IL CARISMA DEL DUCA

IL CLUB DEL 1797 LIBRO 1

JESS MICHAELS

Traduzione di
ISABELLA NANNI

A mia mamma, che voleva che dicessi che non è né un'avida arrampicatrice né un'ubriacona. Mi aiuta a revisionare i testi ed è una delle miei più grandi fan, e questo fa in modo che scrivere sia molto più divertente. Ti voglio bene mamma!

E a Michael. Vent'anni di matrimonio e sei ancora il mio migliore amico e la persona con cui voglio condividere tutti i miei momenti. Grazie per essere il mio tutto.

L'idea per la serie Il Club del 1797 mi è venuta nel febbraio 2016 ed è partita da una battuta tra amiche scrittrici di romanzi storici. "Perché non fare una serie TUTTA DI DUCHI?" abbiamo scherzato tra noi durante una conferenza.

Al termine del fine settimana avevo abbozzato la trama per una serie. Nel corso dell'ultimo anno si è sviluppata un bel po', e ora sono felicissima di presentarvi questa serie di dieci libri su un gruppo di amici che giurano di aiutarsi a vicenda quando ognuno di loro eredita uno dei titoli più importanti del paese. Mi sono innamorata di questi uomini, di questi fratelli di spirito, e spero che amerete sia ciascuno di loro che le loro eroine forti e grintose.

Buona lettura!

P.S. - Entrate nel club! www.1797club.com

PROLOGO

Primavera 1797

J ames Rylon si irrigidì quando vide suo padre attraversare a grandi falcate il prato della Braxton Academy venendo verso di lui e i suoi due migliori amici. Cominciò a battergli forte il cuore, si sentì sbiancare in volto. Le visite mensili del Duca di Abernathe erano qualcosa per cui provava un immenso terrore.

«Sembra sempre così arrabbiato» mormorò Graham, il migliore amico di James.

James deglutì, sforzandosi di mantenere un'espressione che non facesse trapelare la sua paura. A quattordici anni, non gli piaceva mostrare quel tipo di debolezza, nemmeno ai suoi migliori amici. «È sempre arrabbiato» sussurrò.

L'altro suo migliore amico, Simon, scosse la testa. «Mi fa apprezzare un po' di più mio padre. Per lo più lui si limita a ignorarmi.»

James si morse la lingua, restio a dire cosa avesse in mente. Restio a lasciare che gli si incrinasse la voce quando avesse ammesso che suo padre lo disprezzava.

Il Duca di Abernathe finalmente li raggiunse e salutò suo figlio con uno sguardo torvo. «Pulham.»

James trasalì. Da quando aveva dieci anni, suo padre aveva insistito a chiamarlo con il suo titolo di cortesia. Ma lui non era il Conte di Pulham. Era James. Sua sorella lo chiamava James. Quando sua madre era abbastanza sobria da restare sveglia lo chiamava James. Tutti i suoi amici e tutti i suoi insegnanti lo chiamavano James.

Il titolo sembrava un giogo che suo padre gli metteva al collo. Un peso che difficilmente poteva sopportare, mingherlino com'era.

«Padre» rispose James.

Suo padre sollevò il braccio e gli diede una sberla in volto talmente forte che per un momento James vide le stelle. Non riuscì a trattenere un umiliante sussulto di dolore mentre sollevava di scatto la mano per coprirsi la guancia dolorante.

«Mi dovete chiamare Vostra Grazia o Abernathe, o, come minimo, signore.» Suo padre scosse la testa. «Siete troppo vecchio per questa stupidaggine di chiamarmi padre.»

James annuì bruscamente. «Ss… sì, Vostra Grazia.»

Il duca lanciò una rapida occhiata ai suoi amici e James fece lo stesso. Simon aveva voltato il viso da un'altra parte e stava fissando intensamente un punto in lontananza. Graham invece se ne stava dritto come un fuso, con le mani chiuse lungo i fianchi e uno sguardo furioso sul padre di James. Ed essendo l'unico che aveva iniziato a sviluppare fattezze da adulto, era uno spettacolo che metteva davvero soggezione.

Ma Abernathe si limitò a ridacchiare della sfida nello sguardo del giovane. «Attento, ragazzo. Non sei ancora un duca.» Poi rivolse l'attenzione a suo figlio. «Venite, Pulham. Fate due passi con me.»

James deglutì per farsi passare il nodo alla gola e obbedì, mettendosi a camminare accanto a suo padre mentre facevano la loro passeggiata mensile nel giardino dietro la Braxton Academy. Come sempre, suo padre non chiese di lui o dei suoi studi. Si limitò a sbraitare domande sulla Camera dei Lord, sulla gestione delle proprietà terriere, sui titoli nobiliari. E, come al solito, James balbettò le sue risposte, la maggior parte sbagliate, mentre suo padre urlava e lo minacciava.

Terminato il consueto quarto d'ora di visita, Abernathe si fermò di colpo e si voltò a guardare James.

«Siete un caso disperato» disse suo padre scuotendo la testa. «Non tutti i miei figli maschi sono stati un fallimento. Peccato che lo sia proprio quello che erediterà il mio titolo. Buona giornata, Pulham.»

Poi girò sui suoi tacchi e si allontanò senza nemmeno guardarsi indietro. James lo fissò, mentre in petto gli montava rabbia mista ad angoscia e senso di colpa. Si piegò in due in avanti, respirando a fatica nel tentativo di combattere le lacrime che gli bruciavano gli occhi. Nel tentativo di combattere la debolezza. Di farla scomparire.

La campanella cominciò a suonare, segno che era giunto il momento di interrompere lo sport e l'esercizio fisico e di tornare in classe. James si lasciò sfuggire un grugnito di dolore. Doveva rientrare. Avrebbe dovuto affrontare tutti gli altri in classe, compresi i suoi insegnanti. Avrebbero notato questa debolezza, quella che di solito nascondeva dietro a una maschera di buon umore e spensieratezza.

La debolezza che lo faceva marcire dentro dove nessuno poteva vedere.

«James?»

Si fece teso e si raddrizzò quando sentì chiamare il suo nome. Si voltò e vide Simon e Graham in piedi a pochi passi di distanza. Si asciugò gli occhi, avvampando in volto all'idea che lo avessero visto in quello stato.

«Che c'è?» ringhiò di scatto, molto più forte di quanto avrebbe dovuto.

Simon lo fissò a lungo, poi si avvicinò a James e gli mise un braccio intorno alla spalla. «Dai. Svigniamocela al torrente.»

Graham si illuminò in viso. «Oh sì, ci sto! Non voglio andare a sentire il vecchio Comey sproloquiare di numeri per un'ora e mezza di fila. Preferisco di gran lunga andare a pescare.»

James annuì. «Va bene.»

Cominciarono ad allontanarsi dalla scuola, attraversarono il giardino, scavalcarono il muro che lo recintava in un punto in cui era più basso e proseguirono per la campagna che circondava la Braxton Academy. Camminarono in silenzio per più di cinque minuti prima che qualcuno osasse parlare.

«Perché è così crudele con te?» chiese Graham.

James fu scosso dall'umiliazione da capo a piedi. Era una vita che suo padre gli faceva paternali davanti ad altri, ma non era ancora mai successo davanti a Graham e Simon. Gli piacevano quei ragazzi: erano diventati subito amici, insieme a un gruppo di altri, da quando aveva iniziato a frequentare la Braxton Academy l'anno precedente. James era fiorito alla Academy, fuori dall'ombra di suo padre, fuori da casa sua dove non si sentiva né desiderato né amato.

«Non lo ha visto né sentito nessun altro» lo rassicurò Graham. «Simon e io ci siamo limitati a seguirvi. Ero preoccupato.»

«Preoccupato per cosa?» sussurrò James.

«Che potesse picchiarti di nuovo» disse Graham, questa volta a denti stretti.

Simon lanciò un'occhiata al loro amico prima di dire: «James, cosa voleva dire tuo padre quando ha detto che non tutti i suoi figli maschi sono stati un fallimento? Tu non hai fratelli, vero?»

James fece un lungo respiro mentre scalavano una collinetta e raggiungevano il ruscello ai confini della tenuta scolastica. Mentre Graham cercava le canne da pesca che avevano nascosto dietro un albero, James pensò a che risposta dare.

Non si era mai sentito a suo agio a parlare delle sue dinamiche familiari. Erano complicate e sgradevoli. Ma con questi due ragazzi sapeva di poter essere più aperto. E in quel momento era troppo esausto per essere altro che sincero.

Si sedette sulla sponda del torrente e fissando l'acqua gorgogliante disse: «Avevo un fratello maggiore. Aveva quindici anni più di me. Un fratellastro, Leonard. Non l'ho mai conosciuto però. È morto prima che io nascessi. Ecco perché mio padre ha sposato mia madre, per mettere al mondo un altro erede.»

Simon lo fissò. «Com'è morto?»

«Un incidente» disse James scrollando le spalle. «Mio padre non parla di mio fratello, se non per paragonarmi a lui. E io non vinco mai in questo confronto. Vedete, a quanto pare Leonard era perfetto.»

«Quindi tu sei il rimpiazzo?» disse Graham allungandogli una canna con già un verme all'amo.

James sussultò e Simon diede a Graham una pacca sul braccio. «Accidenti a te, Graham.»

Graham gli lanciò un'occhiataccia. «Non lo intendevo come una cattiveria.»

«E comunque ha ragione» disse James gettando la lenza tra le onde. «Non sono l'erede, io *sono* il rimpiazzo. Mio padre non me lo perdonerà mai.»

«*Ecco* perché è così crudele» disse Simon a bassa voce.

I ragazzi rimasero a lungo in silenzio, poi James scrollò le spalle. «Non è giusto. Mi ha disprezzato dal momento in cui sono nato e non ero Leonard. A dire il vero ci disprezza tutti, comprese Meg e la mamma. Non siamo la famiglia che voleva e lo ha messo in chiaro fin da quando ho memoria. E odia *me* così tanto che non mi insegna nemmeno quello che devo sapere, poi mi urla in faccia perché non lo so.» Scosse la testa. «Non ho la più pallida idea di come si fa a essere un duca.»

Simon sospirò. «Io sì. È l'unica cosa di cui mi parla mio padre, come essere il Duca di Crestwood un giorno.

Graham annuì. «Anch'io. Il Duca di Northfield mi fa sempre le sue brave lezioncine. A volte anche per corrispondenza.»

Simon e Graham si scambiarono un sorriso, e poi Simon spalancò gli occhi. «Aspettate, e se ti aiutassimo noi, James?»

James lo guardò. «In che senso aiutarmi?»

«Se tuo padre non ti insegna, perché non potremmo farlo noi?» disse Graham, e si mise a sedere più diritto appassionandosi al piano di Simon. «Potremmo formare un piccolo gruppo, un club.»

«Un club di duchi?» disse Simon alzando gli occhi al cielo. «Be', non è un po' banale?»

«Ci sono molti ragazzi nella nostra classe che diventeranno duchi» disse James, mettendo da parte la sua canna e alzandosi in piedi. «C'è Baldwin... Lucas...»

«Hugh... non Hugh il futuro barone. Hugh il figlio del duca di Brighthollow» aggiunse Graham. «E un sacco di altri nelle classi subito prima e subito dopo la nostra.»

James si strofinò il mento. Tutti questi ragazzi, tutti con le loro conoscenze, tutti pronti ad aiutarsi a vicenda mentre si preparavano a ereditare quello che era il titolo più alto della nazione dopo i reali... anche solo l'idea gli dava speranza.

«Non possiamo chiamarlo Club dei Duchi» disse James. «Simon ha ragione a dire che è ridicolo. Ma mi piace l'idea di fare gruppo e unire le forze. I nostri padri sanno essere talmente inutili... ma insieme potremmo essere più forti e migliori di loro.»

Simon sorrise. «L'idea mi piace di sicuro. Ma se non lo chiamiamo Club dei Duchi, come lo chiamiamo?»

James rifletté per un momento, poi sorrise. «Il Club del 1797. In ricordo del suo anno di fondazione sulla sponda di questo torrente.»

Graham inclinò la testa. «Mi piace.»

James si lasciò sfuggire una risata e il dolore del rifiuto di suo padre svanì per la prima volta grazie all'euforia per il loro piano. Cominciò a camminare avanti e indietro lungo la riva, mentre la mente gli galoppava veloce.

«Ci sarà molto da fare. Dobbiamo capire chi invitare. E cosa fare. Dove incontrarci...»

Simone rise. «Be', prima di tutto hai un pesce all'amo. Per cui prendilo e *poi* parliamo.»

James si lanciò a prendere la canna e cominciò a tirare su il pesce che strattonava la lenza. Ma non gli importava della bestia che si contorceva in acqua. Gli importava solo dei piani che lui ei suoi amici avevano messo in moto.

CAPITOLO UNO

1810

I ntorno a James Rylon, duca di Abernathe si stava svolgendo uno dei ricevimenti più esclusivi e costosi che avesse mai aperto una Stagione londinese. C'era un'orchestra che suonava musica vivace e artisti che fluttuavano da una sala all'altra, facendo magie e altri giochi di fantasia. C'erano belle dame con cui ballare, e per una volta il vino non era annacquato.

E lui era assolutamente, completamente e insopportabilmente *annoiato*. Oh, sorrideva e chiacchierava, e tutti lo avevano sempre definito l'anima di qualsiasi festa.

Ma era *annoiato*.

Si agitò leggermente quando gli si avvicinò un gruppo di dame che sorridevano dietro i loro ventagli, spronate dalle madri in cerca di un buon partito per le loro figlie in età da marito. Si sforzò di fare un bel sorriso.

«Buonasera, signore» disse con tono strascicato, frugando nella mente alla ricerca dei nomi da abbinare ai volti. Li avrebbe trovati, non aveva dubbi. Gentilezza superficiale e perfezione erano le sue specialità. Quel che c'era sotto era un'altra storia, e la condivideva con pochissimi altri.

Stavano parlando tutte insieme adesso, ridevano ogni volta che lui diceva qualcosa di anche solo lontanamente divertente, e lui trattenne un sospiro. Fece un sorriso più genuino solo quando vide avvicinarsi i suoi migliori amici, Simon, il duca di Crestwood, e Graham, il duca di Northfield, che si facevano largo tra la folla. Entrambi mostrarono un'espressione divertita a trovarlo così assediato. Espressioni che scomparvero quando le signore li videro e finirono intrappolati proprio come lui.

«Ci sono così tanti duchi nella vostra generazione» commentò ammiccando una delle giovani che sbatté le ciglia prima rivolta a James, poi agli altri due. «E siete tutti così buoni amici.»

Simon scrollò le spalle. «È il momento dei duchi giovani, suppongo.»

«Eppure nessuno di voi ha scelto di sposarsi» disse una delle mamme, e sporse il labbro facendo il broncio.

«Non è vero» disse James, e afferrò il braccio di Graham spingendolo nel bel mezzo della mischia. «Ecco Northfield per esempio, sposerà mia sorella Margaret. È già tutto concordato da anni.»

Vide che le sue parole non placarono la piccola folla di donne, che comunque fecero le loro felicitazioni, per quanto poco sentite.

«Vogliate scusarci, signore» disse Simon, con voce improvvisamente un po' tesa. «Dobbiamo discutere un po' di affari prima di iniziare tutti a ballare.»

Alla prospettiva di un ballo, sventolata davanti al muso come una carota, le signore sorrisero e si allontanarono, ma James riusciva ancora a sentire i loro sguardi su di lui dall'altra parte della stanza. Fece un lungo sospiro.

«Stai bene?» chiese Simon, inclinando la testa ed esaminando James più da vicino.

James strinse le labbra. Tipico di Simon e Graham vedere la verità al di là delle apparenze. Ma non era una verità di cui voleva discutere, non ancora almeno. «Certo» disse con un sorriso smagliante. «Anche se mi viene da dire che sarà una Stagione impegnativa se la prima serata è già così intensa.»

Simon scrollò le spalle e volse lo sguardo sulla folla, facendosi serio in volto come James stesso si sentiva. «Abbiamo una certa età, suppongo. Ci si attende che ci sposiamo e mettiamo al mondo i nostri eredi. Un'aspettativa che ci rende agnelli da macello in saloni come questo.»

James annuì. Oh sì, conosceva fin troppo bene quelle aspettative. Ne sentiva abbondantemente il carico sulle spalle, lo appesantivano anche se era ormai un esperto a fingere di essere un tipo leggero e spensierato.

«Be', io non ho intenzione di farmi mettere la palla al piede a breve» disse con una risata che sembrava molto falsa. Si rivolse a Graham nella speranza di poter cambiare argomento. «Lascio a Graham il compito di sposarsi per primo.»

Ora sorrideva sul serio. Quando suo padre era morto otto anni prima, il suo primo atto da duca era stato combinare il matrimonio tra Graham e la sua amata sorella minore, Margaret. Lo aveva fatto per dare a sua sorella un futuro sicuro, ma anche perché Graham diventasse suo fratello nella realtà, come lo era già nello spirito.

Si aspettava che Graham sorridesse al pensiero del suo futuro matrimonio, ma entrambi i suoi amici avevano un'aria stranamente cupa. Simon, soprattutto, adesso era pallido e sembrava quasi avere la nausea.

«Scusatemi, signori, ho bisogno di bere qualcosa» mormorò Simon, salutando entrambi con un cenno del capo prima di andarsene senza aspettare una risposta.

James lo guardò allontanarsi. «Che cos'ha che non va?»

«Non lo so» disse Graham a bassa voce. «Ultimamente è di cattivo umore, ma si rifiuta di parlarmene.»

«Sì, l'ho notato anch'io» rifletté James.

«Prova a vedere se uno degli altri riesce a tirarglielo fuori» suggerì Graham.

James sorrise di nuovo. Gli altri. Graham si riferiva agli uomini del loro club informale, il Club del 1797. Tutti uomini destinati a diventare duchi. Avevano aiutato James in moltissime delle sue ore più buie. Erano uomini eccezionali ed era orgoglioso di chiamarli amici e alleati.

C'erano Graham e Simon, ovviamente, i suoi migliori amici e quelli che lo avevano aiutato a formare il gruppo. Ben presto avevano chiesto a Baldwin Undercross, ora Duca di Sheffield, di farne parte. Lui aveva portato suo cugino, Matthew Cornwallis, ora Duca di Tyndale. Dopo di lui avevano aggiunto Ewan Hoffstead, che recentemente era diventato Duca di Dunborrow. Era muto, ma era un uomo di raffinato intelletto ed era un buon amico.

Lucas Vincent, ora Duca di Willowby, si era unito al loro gruppo un anno dopo. Adesso non era più a Londra. A dire il vero, nessuno sapeva dov'era, ma quando fosse tornato James non aveva dubbi che la loro amicizia sarebbe ripresa come se non fosse passato nemmeno un giorno.

Hugh Margoilis, Duca di Brighthollow, e Robert Smithton, Duca di Roseford, erano entrati dopo Lucas. L'ultimo membro del gruppo era Christopher Collins, attualmente Conte di Idlewood. Era l'unico del Club che non aveva ancora ereditato il suo ducato, anche se non ne era deluso, poiché suo padre, il Duca di Kingsacre, nel corso degli anni aveva esercitato un'influenza benefica su tutti loro.

Era un gruppo numeroso, ma incredibilmente unito. James sapeva che poteva contare su chiunque di loro se avesse avuto bisogno di aiuto. E non riusciva a immaginare l'eventualità che qualcosa potesse distruggere amicizie di così lunga data.

«Perché chiedi a *me* di vedere se qualcun altro riesce a far dire a Simon che cosa lo preoccupa?» chiese James.

Graham alzò un sopracciglio. «Non far finta di non sapere di essere tu il capo del nostro piccolo gruppo, James.»

James rise, ma apprezzava l'informalità di Graham. Quando erano soli, Simon e Graham non lo chiamavano mai con il suo titolo, perché sapevano che il nome Abernathe aveva troppe connotazioni negative. Perfino ora, anni dopo la morte dell'ultimo duca, quando qualcuno lo chiamava con quel titolo, James trasaliva un po' dentro di sé e pensava alla crudeltà di suo padre.

Rimosse il ricordo. «Abbiamo tutti il nostro ruolo, Northfield» osservò.

Graham incrociò le braccia e tornarono a osservare entrambi il ricevimento. Il suo amico lanciò a James un'occhiata di sbieco e disse: «Sei *davvero* così contrario al matrimonio in questa Stagione?»

James si irrigidì leggermente mentre Graham si avventurava in acque pericolose. «Ho solo ventisette anni. Penso di avere un sacco di tempo per fare il mio... dovere.»

«Immagino di sì» disse Graham a bassa voce. «O anche per trovare qualcuno che lo faccia diventare più di un semplice dovere. Pare che di questi giorni innamorarsi stia diventando di gran moda.»

James fece uno sforzo enorme per non alzare gli occhi al cielo. L'amore era un'idea assurda, dopo tutto. Non lo aveva mai visto funzionare con nessuno che ci aveva provato. Di sicuro i suoi stessi genitori riuscivano a malapena a sopportarsi l'un l'altro. Suo padre aveva reagito alla loro infelicità con urla e occasionali esplosioni di violenza fisica. Sua madre si era aggrappata alla bottiglia.

No, non era affatto interessato a sposarsi. Non questa Stagione. E molto probabilmente in nessuna Stagione.

«Dubito che ci sia una donna in questa stanza che possa indurmi ad amare, Northfield» ridacchiò. «Dovrebbe essere davvero straordinaria.»

Emma Liston se ne stava in piedi appoggiata contro la parete, desiderando di poter semplicemente confondersi con la carta da parati e di non essere mai più vista. Era una reazione normale quando veniva trascinata a un ballo, ma stasera la sentiva più forte che mai. Normalmente superava questi eventi scivolando inosservata con solo la sua amica Adelaide al suo fianco. Erano ragazze timide che non amavano stare in società, ma adoravano parlare tra loro.

Quella sera, Adelaide non era presente e per qualche ragione Emma era rimasta intrappolata in una cerchia di giovani donne che non erano certo sue amiche. Mentre *lei* era solo un'intellettualoide che ai balli faceva da tappezzeria, Lady Rebecca e Lady Frances erano gemme di prim'ordine. Erano carine, perfette, ammirate e... cattive.

E in quel momento stavano concentrando la loro attenzione dall'altra parte della stanza dove fissavano tutte il Duca di Abernathe e il Duca di Northfield che se ne stavano insieme, impegnati in una conversazione apparentemente seria.

«È un *tale* spreco!» disse Lady Rebecca, avvolgendo intorno al dito uno dei suoi perfetti riccioli neri. «Uno di loro è già fidanzato, l'altro si rifiuta persino di *provare* a trovarsi una sposa!»

Emma si era sforzata di non guardare Abernathe mentre le altre due parlavano. Era in società da quattro lunghi anni e lui era proprio la persona che la rendeva più nervosa. Cercava di evitare il duca e i suoi giri il più spesso possibile.

Ora, però, posò lo sguardo su di lui, spinta a farlo dall'affermazione di Lady Rebecca secondo cui Abernathe si rifiutava di fare il suo dovere. Emma *sapeva* perché lui la turbava. Era bello al limite dell'assurdo, per esempio. Probabilmente l'uomo più attraente su cui avesse mai posato gli occhi.

Aveva intensi occhi castani e folti capelli scuri che portava un po' troppo lunghi rispetto a come andava di moda. Non che importasse. Uomini come Abernathe facevano la moda, non la seguivano. Una volta il duca aveva indossato un particolare motivo sul panciotto due anni prima e nel giro di poche settimane tutti gli altri uomini dell'alta società lo avevano copiato. Anche se a lei nessuno era sembrato altrettanto elegante pur indossandolo.

Ma non era solo il fatto che fosse bello a scoraggiare Emma. Era che lui era... carismatico. Guidava il branco intorno a sé senza nemmeno accorgersene. Rideva forte e spesso, e a volte in modo inopportuno, e non importava. Accettava qualsiasi scommessa, partecipava a qualsiasi corsa e a qualsiasi combattimento. Nel caso di un uomo normale, quel tipo di audacia lo avrebbe gettato in disgrazia seduta stante.

Eppure dopo ogni eccesso la leggenda di Abernathe non faceva che crescere. Sembrava infallibile.

Per farla breve, il duca era l'opposto di tutto quello che era lei. Lui era popolare, lei veniva lasciata in disparte. Lui era bello, lei era insignificante e lo sapeva. Lui era carismatico, lei era un'intellettualoide fino al midollo.

Eppure, a volte, quando Emma lo guardava, scorgeva tristezza nel suo sguardo. Un breve sprazzo di sofferenza che non si adattava al fiducioso sfoggio di potere maschile che indossava come un mantello. Quelli erano i momenti in cui la rendeva più nervosa, perché sapeva di aver intravisto qualcosa che il duca non voleva che nessuno vedesse. Se avesse saputo che lei se n'era accorta… be', un uomo come lui avrebbe potuto distruggere una donna come lei senza nemmeno sforzarsi.

«Ho sentito che ha detto che non si sposerà nemmeno questa Stagione» disse Lady Frances, strappando Emma ai suoi pensieri con il suo tono stridulo e irritato. Aveva incrociato le braccia e stava fissando Abernathe come se le avesse fatto un torto personale.

Emma gli diede un'altra occhiata furtiva. «Mi chiedo perché?» sussurrò, quasi più a se stessa che alle due ragazze, mentre ripensava a quegli involontari scorci di tristezza.

Lady Rebecca si voltò verso di lei ridendo. «Mi viene da dire che in ogni caso a *te* non dovrebbe importare, Emma.»

Lady Frances sentì odore di sangue fresco e incrociò lo sguardo di Lady Rebecca con un'inclinazione crudele sulle labbra che Emma conosceva fin troppo bene. Si preparò ad affrontare quel che aveva in serbo.

«Sì, Emma» tubò Lady Frances, con un tono di falsa gentilezza. «Non è che una donna come *te* potrebbe mai attirare la sua attenzione.»

«Ho sentito che la moglie di Sir Archibald è morta finalmente» disse Lady Rebecca. «Forse dovresti chiedere se sta cercando una moglie che si prenda cura di quei suoi otto figli.»

Usavano toni "premurosi", ma non si poteva negare la loro crudeltà. Emma mantenne la sua espressione neutra mentre diceva: «Non ne avevo sentito parlare. Mi dispiace per la sua perdita e apprezzo il fatto che abbiate a cuore me e il mio futuro.»

Sia Lady Rebecca che Lady Frances sorrisero e ridacchiarono, poi se ne andarono impettite tenendosi a braccetto senza un'altra parola per Emma. Dopo che si furono allontanate, Emma buttò fuori il fiato che aveva trattenuto e mormorò: «Carogne schifose.»

«Neanche a me sono mai piaciute.»

Emma si irrigidì quando udì la voce che proveniva da dietro di lei. Si voltò lentamente per vedere chi aveva sentito il suo sfogo inopportuno. Arrossì quando vide Lady Margaret, la sorella del Duca di Abernathe, in piedi alle sue spalle, con un sorriso che le illuminava il bel volto.

«Lady Margaret» ansimò Emma, cui all'improvviso era venuta a mancare l'aria dai polmoni.

Come suo fratello, Margaret era molto apprezzata. Se non fosse già stata fidanzata con il Duca di Northfield, non c'erano dubbi che avrebbe avuto dozzine di offerte di matrimonio tra cui scegliere.

Eppure, a differenza delle donne che avevano appena lasciato il fianco di Emma, Margaret era sempre sembrata gentile quando avevano avuto occasione di interagire. E anche ora sfoggiava un sorriso cordiale.

«Non avrei dovuto dirlo» ammise Emma. «Per favore, non diteglielo.»

Margaret le si mise accanto e rise. «Cerco di evitarle io stessa. Vi prometto che non dirò loro una parola di quello che *entrambe* pensiamo di loro.»

Emma fece un sospiro di sollievo. «Grazie.» Spostò il peso da un piede all'altro, a disagio. «Ehm, vi piace la festa?»

«Lady Rockford supera se stessa ogni anno nel tentativo di rendere memorabile il suo ballo inaugurale. Ma quest'anno ha ingaggiato dei pagliacci e il loro trucco è inquietante.» Margaret afferrò il braccio di Emma e indicò uno degli artisti. «Vedete?»

Emma guardò tra la folla e trovò il pagliaccio a cui si riferiva Margaret. Il rosso del suo trucco era un po' troppo simile a sangue. «Mamma mia, è *davvero* inquietante» disse rabbrividendo.

Margaret rise ed Emma si ritrovò a fare lo stesso. «Immagino che l'anno prossimo porterà dei carcerati da Newgate, con tanto di catene, solo perché se ne parli.»

«Oh cielo, penso che salterò quel ricevimento» disse Emma.

Margaret annuì. «Resterò a casa insieme a voi.» Fece un sorriso smagliante. «Ora ditemi…»

«Emma» suggerì in fretta Emma.

Margaret corrugò la fronte. «So chi siete, mia cara. Sono venuta io a parlarvi, no?»

«Oh» disse Emma, arrossendo. «Ho pensato che poteste non ricordarvene perché non abbiamo parlato molto nel corso degli anni.»

Margaret scrollò le spalle. «Queste cose sono sempre una tale ressa. Non è per mancanza di volontà. Mi sono sempre piaciute le nostre chiacchierate quando abbiamo avuto occasione di parlare.»

Emma inclinò la testa, in dubbio che Lady Margaret la stesse prendendo in giro. «Davvero?»

«Davvero. Ma ditemi, di cosa stavate confabulando con le altre due che vi ha fatto arrabbiare tanto con loro?»

Emma si morse il labbro, incerta su come procedere. Non era mai stata una bugiarda, ma le sembrava sconveniente dire a Margaret che l'argomento delle chiacchiere delle due donne era suo fratello.

«Be'…» iniziò.

Margaret alzò un sopracciglio. «Abernathe» suggerì.

Emma si sentì avvampare in viso. «Sì» sussurrò. «Come fate a saperlo?»

«Tutte parlano *sempre* di James» sospirò Margaret, ed Emma non era sicura se fosse infastidita o rassegnata o arrabbiata per quel fatto.

«Ma quasi sempre in senso positivo, milady» si affrettò a dire Emma.

«Oh, ti prego, chiamami Meg» disse Margaret. Come tutti i miei amici.»

«Meg. Certo.»

«Fammi indovinare, stavano parlando della riluttanza di mio fratello a sposarsi?» continuò Meg.

Emma annuì. «Lady Frances diceva di aver sentito che non si sposerà questa stagione. Erano piuttosto deluse all'idea di quel potenziale esito. Come sai, è considerato un buon partito per donne come loro.»

«Donne come loro» rifletté Meg. «Sporche cacciatrici di titoli? Spero che non sposerà nessuna come loro. Se mai si sposerà.»

«È una possibilità *concreta*?» chiese Emma scuotendo la testa. «Che non si sposi mai?»

Meg si strinse nelle spalle. «Quando crede che io non ascolti, a volte dice cose che mi fanno pensare che stia valutando di trascorrere la vita da solo, sì.»

Emma riuscì a stento a non restare a bocca aperta per la sorpresa. Era un'idea assurda che un uomo come Abernathe si rifiutasse di fare il suo dovere. Inoltre, poteva avere praticamente qualsiasi donna desiderasse. Qualsiasi donna sarebbe caduta ai suoi piedi se le avesse chiesto la mano. E qualsiasi donna cui il duca avesse riservato anche solo uno sguardo si sarebbe guadagnata l'attenzione di tutto il *ton*.

«Tua madre dev'essere preoccupata rispetto a questa prospettiva» disse Emma, rabbrividendo al pensiero di sua madre. Violet Liston era un concentrato di energia maniacale e quando iniziava a mettersi in moto, non c'era modo di sfuggire ai suoi piani.

Attualmente il suo obiettivo era vedere Emma sposata. Questa stagione. Non appena fosse umanamente possibile.

Meg si rabbuiò in volto. «Mia madre è... diversa dalle altre. Dubito che le interesserebbe quello che James scegliesse di fare o di non fare.»

Emma cercò di non mostrare alcuna reazione in viso. A volte sentiva piccoli pettegolezzi sulla Duchessa Madre di Abernathe, ma mai niente di completamente disdicevole.

Si agitò sul posto e si sforzò di trovare un modo per cambiare argomento rispetto a quello che sembrava essere un tema imbarazzante. «Tu ti sposerai, però, e presto stando a quanto dicono tutti.»

Meg sorrise, ma aveva le labbra tese. «Sì, suppongo che sarà presto. Northfield e io non possiamo restare fidanzati per sempre. Mio fratello insiste che fissiamo una data per la fine dell'anno o al più tardi per l'inizio del prossimo.»

Emma la fissò. Aveva sperato di trovare un argomento più positivo parlando del fidanzamento di Meg. In fondo, tutti sapevano che il Duca di Northfield era uno dei più cari amici del Duca di Abernathe. Lui e Meg erano praticamente cresciuti insieme e il loro matrimonio era stato combinato già da anni.

Eppure il sorriso di Meg non era sincero e i suoi occhi erano spenti quando veniva toccato l'argomento. Emma resistette a malapena all'impulso di scuotere la testa incredula. Eccola lì *lei*, con sua madre che la spingeva a trovarsi un buon partito, quando le sue prospettive erano deboli nel migliore dei casi, inesistenti nel peggiore dei casi, e Meg aveva in mano un duca, un uomo che non le avrebbe fatto mancare nulla... ed era insoddisfatta.

Non avrebbe mai capito le beniamine del *ton*.

Cercò un altro argomento, ma prima che potesse trovarne uno, qualcuno da dietro andò sbattere contro Meg ed Emma. Si voltarono entrambe ed Emma fu scioccata nel ritrovarsi davanti la Duchessa Madre di Abernathe in persona. Aveva un bicchiere in mano da cui rovesciava fuori il liquido mentre barcollava.

«Bene, bene, bene» disse la duchessa. «Guarda chi abbiamo qui, la mia figlia devota.»

Emma trattenne il respiro quando guardò verso Meg e la vide sbiancare in volto. A quanto pareva era questo quello che intendeva Meg quando diceva che sua madre era diversa. E improvvisamente Emma capì moltissime cose che prima non aveva compreso del tutto.

CAPITOLO DUE

«Meg, ti stavo cercando» disse la Duchessa di Abernathe a voce un po' troppo alta. Bevve un altro sorso del suo liquore prima di fare un singhiozzo.

Meg ormai era completamente sbiancata in volto e si fece avanti. «Madre, pensavo avessimo parlato di quanto avresti dovuto bere stasera» sussurrò dando una rapida occhiata a Emma.

Emma spalancò gli occhi di fronte a questo sviluppo del tutto inaspettato. In effetti, la duchessa sembrava piuttosto alticcia. Aveva gli occhi annebbiati e ondeggiava.

«Non sei mia madre, Margaret Elizabeth Elinor Rylon» biascicò la duchessa. «Non puoi dirmi cosa fare e farmi la predica dal pulpito.»

Alcuni tra la folla vicino a loro stavano iniziando a fissarla e Meg si aggrappò al braccio di sua madre. «Per favore, abbassa la voce.»

«Sei imbarazzata, vero?» la duchessa singhiozzò di nuovo.

Emma la fissava. Nessuna donna di sua conoscenza avrebbe fatto una scenata del genere, per di più a un ballo. Non aveva idea di cosa fare. Poteva voltare le spalle e andarsene così che Meg non dovesse essere ancora più imbarazzata, ma questo avrebbe voluto dire lasciare l'altra donna ad affrontare la situazione da sola. Sapeva quanto poteva essere orribile avere gli occhi degli altri addosso, sapere che parlavano di te.

Rabbrividì al pensiero e in quel momento prese una decisione.

«Vostra Grazia» disse con un sorriso luminoso. «Forse non mi conoscete, ma sono Emma Liston, un'amica di vostra figlia. Stavamo per andare nel salottino privato per riposarci un attimo. Forse vi piacerebbe venire con noi.»

Di scatto Meg volse il viso verso Emma e annuì leggermente come per incoraggiarla. «Sì Madre. Il salottino privato è proprio il posto giusto.»

La duchessa sembrò totalmente confusa quando Meg le tolse il bicchiere di mano, lo mise da parte e poi lei ed Emma le presero un braccio ciascuna. Cominciarono a guidarla tra la folla, tenendola su mentre incespicava a causa del suo crescente stordimento.

«Non cadere» Emma sentì Meg sussurrare a denti stretti. «Oh, ti prego, non cadere, non farti vedere da tutti.»

Emma fu invasa da un senso di empatia per l'altra donna. Capiva cosa significava avere un genitore che la metteva in imbarazzo. Comprendeva la paura che inculcava, l'ansia. Solo che era stato suo padre a farlo, piuttosto che sua madre.

Intravide alcuni tra la folla che le fissavano e si schiarì la gola. «Oh sì, Vostra Grazia, fa un caldo tremendo, non è vero? Il salottino privato è proprio il posto giusto per recuperare i sensi.»

Meg le lanciò un'altra occhiata riconoscente mentre i curiosi tra la folla tornavano a quello che stavano facendo. Ma mentre uscivano dal salone, Meg si guardò alle spalle. Emma non capì che cosa stesse facendo, da quanto era concentrata a tenere in piedi la duchessa, ma pochi istanti dopo che erano uscite dalla sala da ballo e si erano dirette verso la stanzina dove le signore andavano a riposare, dietro di loro si sentirono dei passi pesanti.

Emma si guardò alle spalle e per poco non le si fermò il cuore quando vide il Duca di Abernathe proprio alle calcagna. La sua aria solitamente brillante e sicura era stata sostituita da un'espressione preoccupata.

«Meg» disse a bassa voce.

Il cuore di Emma sussultò senza volerlo. Il duca aveva una voce così profonda e risonante che la colpì allo stomaco e la fece palpitare ancora più in basso.

Una reazione del tutto inappropriata nel momento in cui lei stava trascinando sua madre ubriaca lontano dagli occhi dell'alta società. Scacciò la sensazione e si concentrò nuovamente.

«Sì» disse Meg, rispondendo a una domanda che il fratello non le aveva fatto.

Abernathe aggrottò la fronte mentre apriva la porta del salottino privato per consentire a Meg, Emma e alla duchessa madre di entrare. Era vuoto, grazie al cielo, ed Emma e Meg aiutarono la duchessa a mettersi su un divanetto dove crollò sorridendo.

«Mi piace la tua amica, Meg» biascicò. «Gemma, non sarai una gran bellezza, ma c'è una scintilla in te.»

Meg rimase a bocca aperta. «Madre! Adesso basta.» Si voltò per rivolgersi a Emma. «Mi spiace moltissimo.»

Emma allungò il braccio per prendere la mano di Meg, cercando disperatamente di non fare caso ad Abernathe che se ne stava sulla soglia a braccia conserte, con lo sguardo concentrato sul teatrino davanti a lui. «Non hai niente di cui scusarti. È… è meglio che io vada. Ma spero che tua madre si senta meglio.»

Meg sbatté le palpebre per ricacciare indietro le lacrime e annuì. «Sì, grazie ancora per il tuo aiuto, e per la tua *gentilezza*, Emma.»

Emma le strinse la mano e poi si voltò verso la porta. Abernathe la stava fissando adesso, lo sguardo scuro del duca era concentrato sul suo viso mentre lei muoveva alcuni passi esitanti verso di lui.

«Vo...Vostra Grazia» sussurrò Emma, con la voce incrinata.

Il duca le fece un cenno di capo. «Grazie signorina...»

Si interruppe e lei sussurrò: «Liston, Emma Liston.»

«Signorina Liston» ripeté lui.

Poi l'attenzione del duca svanì, tornò al dramma familiare che si stava svolgendo sulla chaise longue dall'altra parte della stanza. Emma li lasciò, chiudendo la porta dietro di sé e vi si appoggiò, cercando di riprendere fiato.

Quello che era appena successo non era certamente quello che si aspettava quando era venuta al ballo quella sera. In qualche modo era rimasta implicata nelle vicende di una delle famiglie più potenti dell'alta società. In qualche modo aveva scoperto un segreto su di loro.

Ora poteva solo sperare che quanto era successo non sarebbe tornato a perseguitarla.

James aggrottò la fronte mentre guardava la sua carrozza allontanarsi dal vialetto. Dentro di lui pulsava una rabbia profonda e persistente mentre si voltava verso Meg, che era in piedi nell'atrio, con il volto pallido e contratto.

Non sopportava vederla in quel modo. Riportava alla mente i ricordi della loro infanzia. Ricordi di quando si erano presi cura della loro madre per decine di notti in cui si era lasciata andare così. Ricordi del volto addolorato di Meg quando loro padre l'aveva ignorata o rimproverata. Avevano potuto fare affidamento sempre e solo l'uno sull'altra. Quando Meg soffriva, James si sentiva di averla in qualche modo delusa.

«Sarei dovuta andare con lei» disse Meg.

James scosse la testa. «Nostra madre aveva con sé la signorina Watson» disse, riferendosi alla dama di compagnia della loro madre. «E si è profusa in profonde scuse per aver permesso a nostra madre di bere troppo, sono certo che si prenderà cura di lei.»

«La tua carrozza potrebbe non sopravvivere al viaggio di ritorno» rifletté Meg, anche se il suo tono era tutt'altro che scherzoso.

«Si può ripulire se dovesse rimettere» disse accigliandosi di nuovo. «Tu piuttosto stai bene?»

«Erano anni che non faceva una scenata del genere in pubblico» sussurrò Meg. «Grazie a Dio c'era la signorina Liston. Mi è stata di enorme aiuto.»

James annuì pensando a Emma Liston. L'aveva già vista in queste occasioni, anche se doveva ammettere che non aveva mai catturato il suo sguardo. In genere rivolgeva la sua attenzione a donne appariscenti, quelle che stavano ai giochi dell'alta società.

La signorina Liston era una timidona che ai balli faceva da tappezzeria. Sapeva solo questo di lei. I suoi capelli castani e la sua corporatura snella non erano il tipo di attributi fisici verso cui si rivolgeva normalmente quando aveva voglia di flirtare. Ma c'era una cosa in lei che l'aveva distinta. Aveva occhi verde-azzurro. Non aveva mai visto prima un colore simile. Occhi bellissimi.

«È tipo da sparlare?» chiese James, riportando la mente al problema principale. «La piccola scenata fatta da nostra madre potrebbe facilmente suscitare un certo interesse intorno a una donna del genere se decidesse di andare a raccontarla.»

Meg corrugò la fronte. «Non credo proprio. Lo ammetto, non la conosco molto bene, ma non c'era altro che gentilezza nel modo in cui ha gestito la cosa. Ha persino sviato l'attenzione della gente da nostra madre mentre ci muovevamo tra la folla.»

James annuì lentamente. «Allora le dobbiamo i nostri ringraziamenti. Ma per favore non lasciare che nostra madre ti rovini la serata, Meg. Vai a ballare con Graham.»

Meg si irrigidì leggermente. «A Northfield non piace ballare, lo sai.»

James si accigliò. «Allora balla con Simon. È sempre disponibile per un giro di danza.»

Meg distolse un attimo il viso. «Molto bene, vedrò se Simon vuole ballare. Ma solo se mi fai una promessa.»

«E cioè?» chiese sorridendole. «Sai che mi è quasi impossibile dirti di no.»

«*Quasi*» ripeté lei con un sorrisino a sua volta. «Puoi ballare *tu* con Emma?»

«Meg...» cominciò James.

Lei alzò un sopracciglio in segno di accusa. «Dopo quello che ha appena fatto per aiutarci, le rifiuteresti questa gentilezza? Insomma,

James, è solo un ballo. Sai che se lo fai, probabilmente il suo carnet si riempirà per tutta la serata. Almeno questo glielo dobbiamo, non trovi?»

James annuì lentamente. «Molto bene, ballerò con la signorina Emma Liston. Per lo meno, mi darà la possibilità di stabilire se vuole raccontare qualcosa sullo... stato di nostra madre stasera.»

Meg aggrottò la fronte mentre tornavano indietro verso la sala da ballo. «Se hai bisogno di un secondo fine, allora accomodati, James.»

La prese per un braccio prima che lei si tuffasse tra la folla per trovare Simon. «Tieni da parte un ballo anche per me, d'accordo?»

La tensione sul viso di sua sorella svanì e lei si sporse per dargli un leggero bacio sulla guancia. «Sempre.»

Meg si voltò e si lasciò inghiottire dalla folla, lasciando James in piedi ai bordi della sala. Lui osservò la calca di persone, tutte vestite con i loro abiti più eleganti. In quel momento, dopo quella scenata con sua madre, non voleva altro che tornare a casa nel suo letto.

Ma aveva un compito da svolgere e una promessa da mantenere a sua sorella. Così mosse alcuni passi in mezzo alla folla per trovare Emma Liston. Ci riuscì abbastanza in fretta. La giovane era in piedi in un angolo, vicino alla parete, con il viso teso dall'emozione. James raddrizzò le spalle mentre attraversava la stanza dirigendosi verso di lei.

Più si avvicinava, più la osservava con attenzione. Non erano solo i suoi occhi ad essere belli. Aveva anche una bella bocca dalle labbra carnose. Labbra che si schiusero quando la giovane girò la testa e lo vide venire verso di lei.

Emma si raddrizzò quando lui la raggiunse. «Vo... Vostra Grazia» balbettò.

«Signorina Liston» disse lui con un cenno del capo. «Mi chiedevo se vi piacerebbe ballare con me, se il vostro carnet non è già pieno.»

La giovane si irrigidì a quella frase e si mise in guardia contro di lui. Il suo tono era freddo quando rispose: «Sono libera per questa danza, sì»

Le tese un braccio e lei esitò leggermente prima di far scivolare la mano sottile nell'incavo del suo gomito. Fu sorpreso dalla scossa di consapevolezza che lo attraversò al contatto. Sentì ogni singolo dito di Emma Liston contro il suo corpo, fiutò un debole profumo di lillà venire dai suoi capelli, udì il fruscio della sua gonna mentre gli sfiorava la gamba.

Sbatté le palpebre. Era *davvero* nervoso se notava cose del genere. Le scacciò dalla mente e la guidò sulla pista da ballo per il primo valzer della serata. Sentì subito decine di paia di occhi posarsi su di loro e un mormorio attraversò la folla.

Anche la signorina Liston sembrò accorgersene, poiché inciampò al primo passo e lui rafforzò la presa per impedirle di cadere.

La giovane alzò lo sguardo scusandosi. «Non ballo spesso il valzer» spiegò.

Lui non fece caso a questa confessione mentre volteggiavano tra la folla. «Siete stata di grande aiuto con la... situazione con mia madre stasera» le disse a bassa voce.

Le sue labbra si schiusero di nuovo per la sorpresa e lui ebbe un momento in cui si chiese che sapore avrebbero avuto. Scosse di nuovo la testa per schiarirsi la mente. Maledizione, il comportamento di sua madre lo aveva davvero scosso.

«Di tanto in tanto a tutti capita di sentirsi accaldati a un ballo» disse con cautela la signorina Liston. «Sono felice di essere stata di aiuto. Spero che si senta meglio.»

«Sta andando a casa» disse lui. «E sappiamo entrambi che non era semplicemente accaldata.»

La ragazza deglutì a fatica e alzò lo sguardo per incontrare il suo. Ancora una volta fu colpito da quanto fossero sbalorditivi i suoi occhi. Non pensava di aver mai visto una simile combinazione di blu e verde prima di quel momento.

«Se qualcuno me lo chiedesse» disse lei lentamente, «sarebbe quello che direi. È tutto ciò che ricordo, in ogni caso.»

James aggrottò la fronte alla sua rassicurazione, che era stata offerta con gentilezza ed era in qualche modo inaspettata. «Se diceste qualcos'altro, potrebbe darvi un po' di fama.»

La giovane strinse gli occhi. «Vi prego di non dare per scontato di conoscermi così bene da credere che baratterei la fama con la buona reputazione di qualcun altro, Vostra Grazia. Non ho aiutato vostra sorella o vostra madre per averne qualcosa in cambio. *C'è* decenza che non ha prezzo in questo mondo. Se non lo sapete, mi dispiace per voi.»

James alzò un sopracciglio alla sua risposta appassionata. Quando si infervorava, era molto più vivace e sulle guance e sul collo le si insinuava un rossore che scompariva nel bustino dell'abito.

«Vi chiedo scusa, signorina Liston» le disse, inclinando la testa. «Non volevo insinuare che foste una mercenaria. Davvero.»

L'espressione della ragazza si ammorbidì un poco. «Sono sicura che ci sia chi potrebbe esserlo. Semplicemente non sono una di quelli.»

«Allora siamo fortunati che foste *voi* l'amica con cui si trovava mia sorella» concluse lui. «E ancora una volta, vi ringrazio.»

«Vostra sorella è adorabile» disse la signorina Liston, guardando sopra le spalle del duca tra la folla di altri ballerini.

Quando le fece fare una giravolta, James vide che Meg stava ballando con Simon. Stava sorridendo e ridendo, e gli si alleggerì il cuore vedendo la scena.

«Lo è davvero» le disse. «Le piacete.»

La musica aveva cominciato a rallentare e la signorina Liston lo guardò a occhi spalancati. «Sul serio? Non riesco a immaginarne il motivo. Non abbiamo niente in comune.»

James rise del suo candore, anche se non credeva alle sue parole. «Siete entrambi intelligenti. Ed è evidente che siete entrambi gentili. Questo è il fondamento di molte amicizie, signorina Liston.»

La musica si fermò e lui le fece un inchino, poi le offrì una mano per scortarla fuori dalla pista da ballo. Quando raggiunsero il lato esterno della sala, avvolse il mantello della sua personalità intorno a sé e disse: «È stato un grande piacere ballare con voi, signorina Liston. Spero che mi concederete di nuovo l'onore.»

Con sua grande sorpresa, la giovane non rise come avrebbero fatto le altre donne. Al contrario, incrociò le braccia sul petto come uno scudo e strinse quelle labbra sorprendentemente carnose fino a formare una linea tesa.

«Vostra Grazia, sappiamo entrambi che questa danza è stato un gesto caritatevole da parte vostra, e che me l'avete offerta come una sorta di ricompensa per il mio aiuto. E chiaramente era anche un modo per capire se avrei usato quello che ho visto stasera contro di voi. Per favore, non fingete che fosse qualcosa di più. So come va il mondo.»

James si ritrasse. «Non le mandate a dire.»

Le si lesse in volto il panico e cominciò ad agitarsi per l'imbarazzo. «Be', una donna nella mia posizione dev'essere pratica e non può permettersi di farsi trascinare da idee assurde.»

«Del tipo che avrebbe potuto davvero essermi piaciuto ballare con voi?» chiese lui con un leggero sorriso. «Lo trovate così difficile da credere.»

Lei scrollò le spalle. «Non faccio esattamente parte della vostra sfera, Vostra Grazia.»

«Signorina Liston, che ci crediate o no, mi è *davvero* piaciuto il tempo trascorso con voi» disse, e fu sorpreso di scoprire che diceva sul serio. Normalmente, quando ballava, si limitava a fare i movimenti come un automa, cercando di essere educato mentre aspettava di fuggire. Questa danza era stata diversa. Emma Liston era... *interessante*.

La ragazza chinò la testa. «Be', vi... vi... ringrazio. Ora dovrei andare a cercare mia madre. Buonanotte, Vostra Grazia.»

James inclinò la testa. «Buona notte, Emma.»

Lei si irrigidì quando lui usò il suo nome di battesimo, ma non lo corresse prima di voltarsi e precipitarsi tra la folla, lasciandolo da solo a guardarla. E la guardò eccome, finché scomparve nella ressa lasciandolo completamente confuso dal loro incontro.

CAPITOLO TRE

Emma fissava il suo piatto senza vederlo. Che importanza aveva il cibo che si stava ormai raffreddando quando non poteva fare altro che rivivere la sua danza con il Duca di Abernathe senza riuscire a smettere? Come una stupida, continuava a pensare alle sue forti braccia che l'avvolgevano, al calore del suo corpo mentre volteggiavano sulla pista da ballo, al suo sguardo scuro concentrato su di lei mentre le parlava.

Certo, aveva rovinato tutto quando era stata così maledettamente diretta con lui.

«Emma!»

Alzò la testa di scatto e vide sua madre che si sporgeva in avanti sul tavolo, con gli occhi fissi su di lei. Emma sospirò. Conosceva quell'espressione. Era l'espressione *sposati, sposati, sposati* che a volte faceva sembrare sua madre un'invasata.

«Mi spiace, mamma» disse Emma. «Ero sovrappensiero.»

Violet Liston sorrise. «Stai sognando il Duca di Abernathe ad occhi aperti? Oh, Emma, non so dirti quanto sono contenta che tu abbia attirato la sua attenzione.»

Emma increspò le labbra prima di mormorare: «Davvero? Non me n'ero accorta dopo che lo hai detto dieci volte ieri sera e almeno quattro questa mattina.»

«Non c'è bisogno di essere impertinente» la rimproverò la signora Liston. «La serata è stata un successo strepitoso. Erano anni che non ricevevi così tante attenzioni.»

Emma si accigliò, perché non poteva controbattere l'accusa di sua madre. Dopo che Abernathe l'aveva lasciata, era stata avvicinata da molti altri gentiluomini. Non del calibro di Abernathe, ovviamente, ma del tipo che sua madre avrebbe chiamato "opzioni praticabili". Era passato molto tempo da quando il suo carnet di ballo aveva avuto più di due nomi scritti sopra. La scorsa notte, aveva finito per averne cinque.

«Si è trattato solo di qualche danza, mamma» disse, spingendo via il piatto perché non aveva appetito.

«Qualche danza è la strada che porta a un matrimonio» insistette sua madre, stringendo il tovagliolo in pugno sul tavolo. Emma vide quanto erano bianche le nocche della sua mano, e aggrottò ancora di più la fronte.

«Non comprarmi il corredo troppo presto, mamma» disse gentilmente. «Sono ancora una zitella.»

Sua madre voltò il viso come se quella parola fosse una maledizione. In quella casa a volte sembrava che lo fosse. «Come puoi essere così indifferente, Emma» sbottò la donna. «Conosci la nostra situazione. Tuo padre…»

«Non è qui» la interruppe Emma. «E non è qui da sei mesi.»

«Ma torna sempre» disse la signora Liston, alzandosi in piedi e cominciando ad andare su e giù per la sala da pranzo irrequieta. «E quando lo fa, si porta regolarmente dietro qualche scandalo. Siamo riuscite a coprirli, a fare in modo che non si riverberassero su di te, ma arriverà un punto in cui non potrò più proteggerti. Ma se tu fossi già sposata e al sicuro prima della sua prossima… intemperanza, allora non importerebbe. Non puoi non capire quanto sia importante, Emma.»

Emma chiuse gli occhi e fece un lungo respiro prima di guardare di nuovo sua madre. «Capisco quanto tu *pensi* sia importante» sussurrò. «Ma mamma, cosa succederebbe se restassi semplicemente una vecchia zitella?»

La signora Liston contorse la bocca inorridita e si avvicinò a Emma. Il suo tono si fece forte e acuto mentre gridava: «Sei così ingenua? Il denaro che abbiamo non può durare per sempre.»

«Non con lo stile di vita che manteniamo ora, no» ammise Emma. «Ma se smettessimo di concentrarci sulle mie Stagioni e prendessimo una casa più piccola in campagna...»

Sua madre incrociò le braccia. «Non t'importa di me» la interruppe, con le labbra tremolanti e gli occhi pieni di lacrime. «Non *vuoi* prenderti cura di me. Non *t'importa* se vengo umiliata.»

Detto questo, sua madre si precipitò fuori dalla stanza, guaendo per tutto il tragitto su per le scale. Il suono si fece sempre più fioco finché non si sentì sbattere forte la porta della camera della signora Liston. Emma appoggiò i gomiti sul tavolo e appoggiò la testa tra le mani.

Era abituata a questi sfoghi da parte di sua madre. La signora Liston aveva sposato il terzo figlio di una famiglia importante e avevano una relazione complicata. Quando Harold Liston era nei paraggi, la madre di Emma andava in un brodo di giuggiole. Agli occhi di sua madre Harold Liston non sbagliava mai.

Ma quando se ne andava, la signora Liston ricordava improvvisamente tutti i suoi numerosi difetti. Non era mai stato un segreto che sua madre avesse sperato di elevarsi con il matrimonio. Ma il padre di Emma era stato da tempo tagliato fuori dai suoi parenti influenti. Lei e sua madre erano solo ai margini dell'alta società.

Emma aveva sempre accettato questo fatto. Sua madre non ci riusciva, e sempre di più nel corso degli anni, aveva riposto le sue speranze sul futuro matrimonio di Emma stessa. Più Emma restava nubile, più frustrata diventava sua madre.

Non che Emma non avesse mai voluto sposarsi fin dall'inizio. Aveva sognato di trovare un uomo gentile, qualcuno che si prendesse cura di lei e di cui potesse prendersi cura a sua volta. Ma quando si era resa conto della vera natura dell'alta società, il suo sogno si era infranto prima della fine della sua prima Stagione.

Alla maggior parte degli uomini importava solo quello che potevano ottenere da un matrimonio. La maggior parte delle donne sapeva come stare al gioco meglio di lei. E così era iniziata la sua vita da zitella.

Se si fosse trattato solo di lei, avrebbe potuto accettarlo. Avrebbe fatto esattamente come aveva appena suggerito a sua madre e si sarebbe trasferita in una casa più piccola, avrebbe smesso di investire in abiti e altre frivolezze e avrebbe vissuto la sua vita con i libri e un gatto e una buona amica o due a cui rivolgersi di tanto in tanto .

Ma l'idea di una vita vissuta con sua madre che le avrebbe fatto la paternale per la sua incapacità di trovarsi un buon partito non era piacevole.

Si alzò e si avvicinò al camino. Mentre lo faceva, la sua cameriera, Sally, entrò nella stanza. Emma si rivolse alla domestica con un sospiro. «Fammi indovinare, mia madre ti ha mandato da me per riferirmi che le ho spezzato il cuore.»

Sally annuì con un sorriso tirato. «Sì, signorina.»

Emma alzò gli occhi al cielo. «Santo Dio, mamma è così prevedibile.»

«Vuole solo vedervi sistemata, signorina. Felice.»

Emma non era certa che fosse del tutto vero, ma non stette a discutere. «Suppongo di sì.»

«È vero che avete ballato con il Duca di Abernathe?» chiese Sally.

Emma scosse la testa. Abernathe era così potente, così carismatico, che persino ai servi veniva un tremolio nella voce quando se ne parlava. «Sì. *E* con qualcun altro.»

Fece una pausa mentre considerava quelle parole. Sua madre aveva detto qualcosa sull'attenzione che Emma aveva ottenuto grazie ad Abernathe. E anche se Emma aveva liquidato con forza quell'idea, non poteva fingere che la signora Liston non avesse ragione. Qualunque cosa Abernathe voleva, qualunque cosa a cui prestava attenzione, diventava di moda. Vestiti, liquori... donne.

Era possibile che lei *potesse* sfruttare il temporaneo interesse del duca per arrivare a un'unione di qualche tipo?

Prima che potesse riflettere su questa ipotesi, il loro maggiordomo, Kendall, entrò nella sala della colazione. «Signorina Liston, una missiva per voi.»

Emma attraversò la stanza per prenderla. La girò e trattenne il respiro. Era il sigillo della Casa di Abernathe. Le tremarono un po' le mani mentre lo spezzava e apriva le pagine.

Era un invito a una festa in giardino che si sarebbe tenuta di lì a due giorni e scarabocchiato sulla convocazione più formale c'era un messaggio di Meg. *Per favore, vieni!*

Emma fece un gran respiro mentre il maggiordomo lasciava la stanza. «Quanto tempo impiegherà Kendall a riferire questa notizia a mia madre?»

Sally rise. «Tre minuti» tirò a indovinare la cameriera. «E solo perché è lento a salire le scale.»

Emma fissò gli arzigogoli del messaggio amichevole di Meg. Meg, che diceva di apprezzarla. E scosse la testa.

«Bene, allora immagino che andrò a una festa in giardino» disse.

«Ottimo» disse Sally. «Farò in modo che abbiate alcuni abiti tra cui scegliere. E vostra madre sarà contenta.»

La sua cameriera uscì dalla stanza e lasciò Emma da sola. Si strofinò gli occhi e sospirò. «Oh sì, la mamma sarà al settimo cielo.»

Ma quanto a lei, era rimasta con una sensazione di irrequietezza che non aveva niente a che fare con giardini, o feste o Meg, ma aveva tutto a che fare con Abernathe.

Quando Meg entrò nel suo ufficio, James alzò lo sguardo dalla pila di scartoffie e le sorrise. Quando vide il suo viso, pallido e tirato, si rabbuiò in viso e si alzò in piedi.

«Che c'è?» le chiese.

Meg mise il braccio dietro la schiena e chiuse la porta prima di appoggiarvisi con un sospiro. «La mia festa in giardino inizia tra mezz'ora» disse.

Lui annuì. «Allora?»

«E la mamma è ubriaca. Di nuovo.»

James chiuse gli occhi e scosse la testa. Gli montò la rabbia in petto, ma la represse e guardò sua sorella. «Mi dispiace, Meg.»

La giovane restò con la testa appoggiata alla porta per un momento e lui vide che stava cercando di respingere lacrime di frustrazione. «Sta bene per mesi di fila e poi entra in questa spirale. So che la sua vita non è stata felice, so che nostro padre era... nostro padre. Ci ha messo in chiaro quanto ci disprezzasse e quanto desiderasse che fossimo quelli che amava veramente. Voglio essere comprensiva, tutto questo l'ha distrutta, ma sono *incredibilmente* avvilita per questo suo comportamento.»

James girò intorno alla scrivania e andò a cingerle le braccia intorno. La sentì rilassarsi per un attimo prima che riprendesse le forze. Lo guardò con un sorriso triste.

«Cosa posso fare?» le chiese mentre lei si staccava dal suo abbraccio.

Meg lo guardò negli occhi. «Vieni... vieni fuori a salutare?»

«Margaret» fece lui, voltando le spalle per tornare a sedersi alla sua scrivania.

«Non cominciare con Margaret!» gli disse, ma c'era di nuovo un timbro allegro nella sua voce. «Per favore, tutte le signore andranno in estasi e toglierà un po' di attenzione dall'assenza di nostra madre.»

James strinse le labbra e poi la fissò. «Stai usando la mia totale adorazione per la mia sorellina contro di me.»

Lei sorrise. «Ogni singola volta, sì.»

James alzò le mani in segno di resa. «Bene. Farò capolino. Ma ti avverto, mi inventerò una scusa per andare via. Oggi ho diverse cose da fare che non possono essere trascurate.»

Meg batté le mani e non si poteva negare il sollievo sul suo viso. «Oh, grazie, Jamie.»

Lui sorrise a sentirla usare il suo diminutivo, un ritorno ai giorni della loro infanzia. Margaret lo chiamava così raramente ormai e questo gli riscaldava il cuore. «Prego.»

«Potresti cambiare idea sul non restare» disse Meg dirigendosi verso la porta.

Lui sospirò. «E perché dovrei? Non m'interessa ascoltare i pettegolezzi delle tue amiche.»

Meg alzò gli occhi al cielo. «Non ci limitiamo a spettegolare. E il motivo per cui potresti voler restare è che ci sarà qualcuno che ti piace.»

Scosse la testa confuso. «Qualcuno che mi piace? Tu?»

«No. Emma Liston» disse Meg, ridendo mentre usciva dalla stanza e lasciava James da solo con le sue parole di commiato. Si appoggiò allo schienale della sedia, fissandola mentre usciva.

Emma Liston. Erano passati due giorni dall'ultima volta che l'aveva vista al ballo di apertura della stagione di Lord e Lady Rockford. Da allora si era sforzato di scacciarla dalla mente. Era una cosa strana che lei continuasse a saltargli in testa. Non era affatto il suo tipo e lui non pensava quasi mai a una donna piuttosto che a un'altra.

«È probabile che mi succeda perché ha visto il lato peggiore di nostra madre ed è stata gentile» mormorò, guardando di nuovo il libro mastro davanti a lui. Ora i numeri gli nuotavano davanti e riusciva a malapena a ricordare cosa stesse facendo prima che Meg entrasse e lo distraesse.

Certamente non era pensare a Emma Liston a distrarlo. Certamente no. Né era lei la ragione per cui il compito di andare a salutare gli ospiti di Meg sembrava improvvisamente meno irritante.

No. Niente affatto.

Mentre la carrozza svoltava l'ultima curva sul vialetto della tenuta londinese del Duca di Abernathe, Emma deglutì a fatica e cercò di mantenere una seppur minima parvenza di calma. Non era facile quando di fronte a lei la signora Liston continuava a parlare, proprio come aveva fatto da quando avevano lasciato la loro casa quasi mezz'ora prima.

«Dovresti provare a sederti accanto a Lady Margaret» disse sua madre.

Emma scosse la testa. «Mamma, sono certa che i posti a sedere saranno preassegnati e ospiti più importanti siederanno accanto a Meg… Lady Margaret.»

Gli occhi di sua madre si illuminarono trionfanti. «Be', assicurati di parlarle il più a lungo possibile, a prescindere. Potrebbe perorare la tua causa.»

Emma strinse la presa al sedile della carrozza. «Mamma, non voglio usare...»

«Sciocchezze!» la interruppe sua madre, con un gesto enfatico. «È ovvio che devi usare questo aggancio. Potrebbe essere la tua salvezza.»

«Per favore, mamma» sussurrò Emma, sommersa da una lunga ondata di spossatezza. «Ti prego.»

La carrozza si fermò prima che potessero continuare la discussione e sua madre le lanciò un'altra occhiata significativa prima di essere aiutata a scendere dalla carrozza da un valletto. Emma si lisciò le gonne, cercò di calmare il cuore che aveva improvvisamente cominciato a battere più veloce e seguì la signora Liston fuori dal veicolo.

Mentre guardava la bella casa, fu sorpresa quando Meg in persona uscì dalla porta principale e le salutò dal gradino più alto.

La signora Liston afferrò il braccio di Emma e praticamente la trascinò in cima alle scale, chiacchierando tutto il tempo.

«Lady Margaret!» gridò la madre di Emma. «Che gentile da parte vostra invitarci. Sapete quanto Emma abbia a cuore la vostra amicizia, siamo così contente.»

Le guance di Emma si infiammarono alle parole fin troppo ossequiose di sua madre. Lanciò a Meg una rapida occhiata, ma scoprì che l'altra donna non sembrava irritata dall'insipienza della sua ospite.

«Il piacere è tutto mio, ve lo assicuro» disse Meg, allungando il braccio per prendere la mano di Emma per una breve stretta. «Ciao, Emma.»

«Milady» disse Emma con un filo di voce, tornando alla formalità che si addiceva a questo ambiente pubblico mentre incrociava lo sguardo di Meg.

Come in un lampo vide comprensione negli occhi dell'amica. Un legame fatto da madri che umiliavano le loro figlie, anche se in modi molto diversi. E per la prima volta quel giorno, trasse un respiro profondo e si calmò un po'.

«Voi due siete le ultime ad arrivare» disse Meg, prendendo Emma sotto braccio. «Quindi vi accompagnerò alla veranda io stessa.»

Emma rimase a bocca aperta, inorridita a quella dichiarazione. Sua madre l'aveva costretta a cambiarsi tre volte, poi alla fine le aveva fatto indossare il primo vestito che si era messa, un abito giallo con fiori blu ricamati sul corpetto. Ovviamente era per questo che erano arrivate in ritardo.

«Mi dispiace tanto di aver fatto iniziare tardi la festa» sbottò Emma.

Meg scosse la testa. «Santo cielo, non c'è problema. Davvero, l'ospite precedente è arrivata solo cinque minuti fa, per cui non siete molto in ritardo. E sono lieta che il nostro gruppo sia al completo adesso.»

Mentre parlava, le condusse attraverso un bellissimo salotto e le fece uscire dalla porta finestra aperta che dava su una veranda. Emma non poté fare a meno di fermarsi tutto d'un colpo a guardare il bellissimo patio.

Era ampio e largo, con tralicci stracolmi di rampicanti in fiore. Da questa posizione privilegiata si poteva vedere il vasto giardino dietro il maniero della tenuta, dove si scorgeva un labirinto di rose e, in lontananza, un enorme gazebo. Al centro di tutto c'era una fontana, dove una dama di pietra vestita di fluenti abiti greci versava una brocca d'acqua inesauribile mentre angioletti bianchi alzavano le mani per raccogliere il liquido.

«Non è bellissimo?» disse Meg con un ampio sorriso. «È uno dei miei posti preferiti al mondo.»

Emma annuì, quasi senza parole. Poi si ritrovò a proseguire mentre Meg la trascinava al centro della veranda dove erano stati allestiti una dozzina di tavoli con tovaglie bianche e bellissime composizioni floreali al centro di ciascuno. Adesso erano occupati da signore elegantemente vestite che chiacchieravano e sorridevano. Emma vide alcune di loro guardarla sorprese. Non c'era da meravigliarsene: non era mai stata invitata a eventi di questo tipo.

«Signora Liston, vi ho messo qui» disse Meg, fermandosi a un tavolo con un posto vuoto. «Sono certa che conosciate già le signore.»

Emma vide la madre strabuzzare gli occhi. Il tavolo era pieno di alcune delle dame anziane più importanti dell'alta società. Dalla Contessa di Hastingcross, che dettava incontrastata la moda del giorno, alla Viscontessa Breckinridge, il cui ballo in maschera annuale era l'invito più ambito del *ton*.

«Benvenuta, signora Liston» disse Lady Hastingcross, indicando la sedia vuota accanto a lei. «Il vostro cappello è divino.»

La signora Liston non disse nient'altro a Emma e Meg, ma si accomodò estasiata sulla sua sedia e si lanciò immediatamente in una conversazione con le altre. Il cuore di Emma si gonfiò di gratitudine per l'opportunità che Meg aveva in qualche modo creato per sua madre.

Ma vide che non c'era posto per lei a tavola e Meg la stava già trascinando verso un altro posto più vicino all'altra estremità della veranda.

«E tu ti siederai accanto a me» disse Meg, liberando Emma mentre sorrideva alle dame che si sarebbero unite a loro. «Conosci tutte?» Poi procedette a fare le presentazioni delle altre sei donne sedute intorno al tavolo.

Emma ne conosceva alcune ma non tutte, perché proprio come al tavolo di sua madre, erano donne di rango molto superiore al suo in società. E come con sua madre, ogni donna si dimostrò amichevole e accogliente e Meg agevolò la conversazione con racconti vivaci. Dal modo in cui includeva Emma in ogni discussione, era ovvio che l'aveva eletta come sua amica e questo sembrava essere sufficiente alle altre donne presenti per accoglierla nella loro cerchia.

Il tempo volò tra tè e dolcetti e amabili chiacchierate. Emma stava appena iniziando a sentirsi a suo agio quando una delle altre dame disse: «Margaret, tesoro, dov'è tua madre?»

«Oh sì» disse un'altra. «So che se n'è andata presto dal ballo di Rockford… sta bene?»

Emma deglutì e lanciò a Meg una rapida occhiata. La sua amica era impallidita leggermente e il suo sorriso ora sembrava più forzato che naturale. «Temo che mia madre si sia un po' ammalata quella sera e che non si sia completamente rimessa.»

«Oh, che peccato» sospirò un'altra donna. «Potrei raccomandarti il mio medico. Fa miracoli, sai.»

La guancia di Meg si contrasse leggermente ed Emma capì la verità in un istante. Aveva una gran voglia di allungare il braccio e stringere la mano di Meg per confortarla, ma resistette.

«Grazie, più tardi ti chiederò di darmi il suo nome» disse Meg.

Altre possibili domande sull'assenza della duchessa vennero bloccate sul nascere quando la porta della veranda si aprì. Emma si voltò a vedere e trattenne il respiro quando il Duca di Abernathe uscì di casa e marciò sul balcone.

La sua comparsa scatenò un mormorio tra la folla e il brusio aumentò un attimo per poi cessare mentre lo fissavano tutte. Lui sorrise, come se stesse assorbendo tutta l'attenzione femminile, e si avvicinò.

«Buon pomeriggio, signore» disse con un tono come se stesse facendo le fusa.

Le invitate in generale risposero ai saluti, ma Emma rimase muta. Si ritrovò persino a scivolare un po' più giù sulla sedia, pregando che lui non la guardasse. Anche se non era del tutto chiaro quello che pensava sarebbe successo se il duca le avesse effettivamente rivolto lo sguardo. Si sarebbe illuminata di punto in bianco? Le sarebbe comparso un faro acceso sopra la testa con su scritto che era una sciocca?

Il duca probabilmente non ricordava nemmeno di averla incontrata o di aver ballato con lei a questo punto. Lei non era esattamente una persona importante.

Abernathe scrutò la veranda proprio mentre quei pensieri le passavano per la mente e improvvisamente il suo sguardo scuro la trafisse. Restò a fissarla a lungo, sollevando l'angolo delle labbra mentre lo faceva. E poi spostò lo sguardo altrove.

Eppure in quel momento il suo cuore perse un battito. A quel suo cuore stupido, sciocco, idiota era bastato un solo sguardo del duca per sobbalzare. Perché diavolo permetteva che succedesse? Era solo un uomo. Un bell'uomo, sì, ma così fuori dalla sua portata che era una stupida anche solo a guardarlo, figuriamoci a lasciare che il suo corpo rispondesse all'attrazione.

«Volevo porgervi i miei saluti» disse il duca. «Come potevo mai resistere a un tale raduno di bellezza?»

Il gruppo rise e ricambiò con rossori e risatine dietro i ventagli. Emma lo guardò sorridere a tutto il gruppo e chinò la testa. Ovviamente niente dell'attenzione del duca era davvero diretta a lei. Era un trucco della mente, niente di più: vedeva qualcosa dove non c'era niente. Aveva ballato con lei solo per obbligo morale.

Emma si rilassò quando il duca disse ancora qualche parola e poi uscì dalla veranda per rientrare in casa. Non appena se ne fu andato, la compagnia quasi esplose mentre le donne parlavano di lui. Anche il loro tavolo non sembrava essere scoraggiato dalla presenza della sorella del duca mentre commentavano entusiaste su quanto fosse bello Abernathe e discutevano sulle possibilità di un suo matrimonio in quella Stagione.

Emma non ci fece caso e si limitò a guardare oltre la veranda per osservare i brevi scorci di erba verde e i fiori in giardino. In questo momento, sapeva di dover restare calma. Di dover restare razionale. Doveva evitare di essere travolta dall'ossessione generale per il Duca di Abernathe. Per una donna fortunata, un giorno sarebbe stato suo marito.

Ma non per Emma.

CAPITOLO QUATTRO

Mentre la festa si avviava lentamente al termine, Emma cominciò ad agitarsi. Da quando Abernathe era uscito per salutare il gruppo, si era sentita giù di corda. Ora voleva solo tornare a casa e dimenticare di averlo visto.

Ma sua madre era immersa in una conversazione con Lady Breckinridge e sembrava che non se ne sarebbero andate finché la signora Liston non avesse colto tutte le opportunità da questa nuova amicizia.

Emma si voltò e vide Meg tornare sulla veranda dopo aver scortato fuori alcune delle sue ospiti. Meg sorrideva mentre si dirigeva verso Emma.

«Ti sei divertita?» chiese la sua padrona di casa.

«Sì» mentì Emma. «Grazie mille per averci invitato.»

Meg la prese a braccetto e la condusse lontano dalla folla. Una volta che furono abbastanza distanti da non venire sentite dalle poche rimaste, disse: «Mi chiedevo se ti sarebbe piaciuto rimanere un po' più a lungo dopo che le altre se ne saranno andate.»

Emma sbatté le palpebre. «Rimanere qui?»

Meg annuì. «Sì. Volevo tanto parlare di più con te, ma con tutti qui e con i miei doveri di padrona di casa è stato quasi impossibile.»

Emma aprì la bocca, ma non ebbe la possibilità di rispondere perché arrivò sua madre. «Che cosa state cospirando voi due?»

«Sto cercando di convincere vostra figlia a restare un po' più a lungo, dopo che le altre se ne saranno andate» disse Meg. «Voglio fare una lunga passeggiata in giardino e mi piacerebbe la sua compagnia.»

Emma vide gli occhi della signora Liston illuminarsi all'idea di poter restare a casa di Abernathe ancora un po'. «Una bella idea» disse la donna, dando un colpetto non troppo gentile a Emma.

«Naturalmente, mi assicurerei che Emma torni a casa sana e salva» aggiunse Meg.

La signora Liston esitò un attimo quando si rese conto che l'invito di Meg in realtà non era esteso anche a lei. Ma poi si riprese e annuì. «Be', ovviamente Emma resta.»

Lanciò ad Emma uno sguardo significativo, carico di anni di ramanzine dette e non dette, ed Emma trattenne un sospiro. «Certo che resterò, milady. Grazie.»

Meg batté le mani. «Ottimo. Lasciate che mi accomiati dalle ultime ospiti e tornerò presto.»

Emma annuì e sua madre si sporse in avanti per darle un bacio sulla guancia. «Approfittane» sussurrò decisa all'orecchio di Emma.

«Ci vediamo, mamma» rispose Emma a denti stretti.

Meg portò fuori la signora Liston e le altre, ed Emma si avvicinò alla balaustra di pietra della veranda, appoggiando le mani sul bordo per guardare ancora una volta il giardino. Si perse per un momento nel fresco verde dei fiori, ma la realtà tornò abbastanza presto.

Di cosa poteva volere parlarle Meg? Aveva qualcosa a che fare con il comportamento spiacevole di Lady Abernathe due notti prima? O aveva intenzione di mettere in guardia Emma dal duca stesso? Meg si era accorta del valzer che aveva ballato con suo fratello?

«Non è bellissimo?» esclamò Meg tornando sulla veranda. «Non vedo l'ora che tu lo veda più da vicino.»

Emma si voltò e osservò l'altra donna mentre si avvicinava. Aveva passato una vita a studiare le persone del rango e della popolarità di Meg. Una vita passata a cercare di evitare la loro attenzione perché raramente era positiva. Gemme di prim'ordine e timide intellettuali semplicemente non erano amiche, non nella sua esperienza.

«Posso chiederti una cosa?» chiese Emma, trovando il coraggio di fare la domanda.

Meg annuì. «Certo.»

Emma si schiarì la gola. Normalmente non era sfacciata, ma in questo caso nutriva un forte desiderio di esserlo, di mettere le carte in tavola e capire quali erano le vere motivazioni di Meg.

«Io ai balli faccio da tappezzeria. E sono un'intellettualoide» disse. «E tu *no*. Pe… perché vorresti passare del tempo con me?»

Meg si ritrasse. «Be', perché mi piaci, sciocchina. Penso che, nonostante queste etichette, potremmo avere davvero molto in comune.»

«Tipo cosa?» chiese Emma perplessa, non capendo affatto a che cosa potesse riferirsi Meg. «Mi spiace sembrare scortese, non è mia intenzione esserlo. È solo che sono confusa.»

Il sorriso di Meg si ridusse un briciolo. «Non credi che il mio intelletto sia uguale al tuo?»

Emma scosse la testa, perché da alcune delle loro conversazioni di oggi era perfettamente chiaro che Meg era tutt'altro che una sempliciotta dalla testa vuota. «No. No certo che no.»

Meg fece un passo avanti e mise un braccio attorno alla spalla di Emma. Il mezzo abbraccio era caloroso e il sorriso di Meg era sincero quando disse: «Emma Liston, sei stata gentile con me in un momento difficile. Avresti potuto usare quel momento contro di me e non sembra che lo farai. Lo apprezzo. E *voglio* che siamo amiche, perché ce ne sono troppo poche a questo mondo. È una ragione sufficiente per chiederti di restare?»

Emma rifletté per un attimo. Sembrava che Meg non la stesse prendendo in giro. E le piaceva questa donna carina e brillante. «Sì» disse con un filo di voce.

«Splendido» disse Meg liberandola dall'abbraccio. «Ora corro a prendere uno scialle, poi possiamo fare un giro in giardino insieme. Resti qui?»

Emma annuì. «Sì. Mi sto godendo il panorama.»

«Aspetta e vedrai, è ancora più bello» disse Meg con una risata mentre tornava di corsa verso la casa.

Emma sospirò mentre riportava la sua attenzione alla distesa verde davanti a lei. Stava appena cominciando a sentirsi a suo agio quando sentì la porta della veranda chiudersi dietro di lei. Quando si voltò, non era Meg quella che stava tornando sulla terrazza.

Era Abernathe.

James si fermò un attimo quando volse lo sguardo dall'altra parte della veranda e trovò Emma Liston alla balaustra a pochi passi di distanza. Lo stava fissando con quegli occhi affascinanti spalancati. Vide che le guizzò fuori la lingua per inumidirsi le labbra prima che sussurrasse «Vostra Grazia» con un tono roco che lo colpì dritto allo stomaco.

Scosse leggermente la testa. Maledetta Meg. Lo aveva mandato in giardino senza dirgli che Emma era ancora lì.

«Signorina Liston» riuscì a dire mentre si avvicinava a lei. «Non mi ero accorto che foste rimasta.»

Ci fu un momento in cui sembrava che la giovane stesse cercando di trovare le parole e poi disse: «Vostra sorella mi ha chiesto di restare. Voleva fare un giro in giardino insieme.»

Lei sorrise leggermente e James corrugò la fronte. Era la prima volta che la vedeva sorridere e sebbene non fosse smagliante, era un bel sorriso. Le cambiava la forma del viso e attirava i suoi occhi sulle labbra carnose di Emma.

«E poi vi ha abbandonato» disse James. «Che maleducata, Meg.»

Emma fece un passo verso di lui, con la mano tesa. «Oh no!» ansimò. «Niente affatto.»

Il genuino dispiacere di quella ragazza all'idea di mettere Meg nei guai lo commosse, e le sorrise abbassando la testa per avvicinarsi un po' di più. «Stavo solo scherzando.»

«Oh» fece lei, e la mano le ricadde lungo il fianco. James scoprì di essere un po' deluso da questa ritrosia. Avrebbe voluto che lo avesse toccato. Si sforzò di scacciare quel desiderio quando lei disse: «Certo.»

«Ovviamente i vostri fratelli devono fare altrettanto» le disse. «È una nostra prerogativa, sapete.»

Lei scosse lentamente la testa. «Non ho fratelli, Vostra Grazia.»

«Ah, capisco» commentò lui con un sorriso. «Sorelle, allora. Poverina.»

Lei rise e il sorriso si fece più ampio. James riuscì a malapena a respirare quando lo vide. Buon Dio, quell'espressione la trasformava in qualcosa di assolutamente adorabile.

«Sono solo io, temo.»

Le si avvicinò di un altro passo. «Vi piacerebbe fare due passi con me?»

Nell'attimo stesso in cui fece la domanda, si ritrasse leggermente. Perché lo aveva fatto?

Emma esitò e il suo sguardo andò verso la porta finestra che conduceva in casa. James si meravigliò di quella riluttanza. La maggior parte delle donne non ne avrebbe avuta. Sapeva che un'unione con lui era considerata un'opportunità altamente apprezzabile. Soprattutto per una donna nella posizione di Emma.

«Non... non c'è bisogno che vi incomodiate» gli rispose alla fine.

James inclinò la testa. «Non è un incomodo, signorina Liston. Sarebbe un piacere.» Le porse il braccio. «Vi prego.»

«E vostra sorella? Tornerà da un momento all'altro e si aspetta che io sia qui. »

Lui sorrise. «Meg non andrà su tutte le furie, ve lo assicuro. E potrà vederci dalla terrazza. Sono certo che si limiterà a raggiungerci e voi due potrete continuare la vostra passeggiata.»

Lei esitò di nuovo, e lui era affascinato dal fatto che la sua riluttanza gli facesse desiderare ancora di più il suo sì. Alla fine lei annuì, ed era come se avesse vinto un premio quando lo prese per un braccio e gli permise di condurla verso le scale che scendevano in giardino.

La giovane rimase in silenzio mentre si avviavano verso il sentiero attraverso il giardino. A un tratto le disse: «È raro che una famiglia sia così piccola. Niente fratelli o sorelle.»

Pensò di aver visto una breve ombra attraversarle il viso, e poi lei rispose: «Be', i miei genitori non hanno avuto la benedizione di avere più di un figlio. La vostra famiglia non è molto più grande, però, non è vero? Nonostante tutti i vostri discorsi su fratelli e sorelle, siete solo voi e Meg.»

Lui annuì. «Sì, suppongo che sia vero. A volte me lo dimentico.»

Lei rise e sollevò il viso per guardarlo. «Vi dimenticate di non avere altri fratelli? È una roba bella grossa da dimenticare, milord.»

James sorrise alla sua presa in giro. Ancora una volta, fu colpito da quanto fosse improbabile che qualsiasi altra dama di sua conoscenza facesse altrettanto. La maggior parte delle volte le donne che conosceva erano intente a fare colpo, a trovare un buon partito.

Emma era diversa. E scoprì che così ispirava in lui un candore che probabilmente non avrebbe avuto con un'altra persona.

«Suppongo che me lo scordo perché ho una cerchia di amici molto stretti» spiegò. «Il Club del 1797.»

Lei sbatté le palpebre. « Il Club del 1797? Non lo conosco.»

«È incredibilmente esclusivo» disse lui, indicandole una panchina che dava sulla fontana al centro del giardino. Lei prese posto e lui le si sedette accanto, improvvisamente consapevole di quanto le loro ginocchia fossero vicine mentre parlava.

«Così esclusivo da sembrare una famiglia?» gli chiese, apparentemente ignara dei suoi pensieri.

«Loro sono i miei fratelli. Abbiamo formato il nostro gruppetto quando eravamo ragazzi.»

«Nel 1797» lo prese in giro Emma. «Alla veneranda età di... quanto? Dodici anni?»

«Quattordici» la corresse con un cenno del capo. «Vedete, avevo bisogno di aiuto mentre mi avviavo a ereditare il mio ducato. E abbiamo formato un gruppo di tutti quelli tra noi che un giorno avrebbero avuto lo stesso titolo in modo da poterci aiutare a vicenda.»

«E quanti siete?» chiese lei.

«Dieci, me compreso» rispose lui.

Gli sorrise ancora una volta, questa volta gentile e comprensiva. «Allora avete una famiglia molto numerosa, dopotutto. Ed è una fortuna oltre che una rarità.»

«Sì.»

«Il Duca di Northfield fa parte del vostro gruppo?» gli domandò.

«Lui e il duca di Crestwood erano i miei migliori amici da ragazzo. Insieme abbiamo avuto l'idea del club ed è cresciuta negli anni a seguire.»

«E ora Northfield sposerà Meg» concluse lei. «E diventerà vostro fratello per davvero.»

«Sì. Ammetto che questa considerazione mi ha spinto ancora di più a favorire l'unione» disse.

«Ma tutti dicono che *voi* invece non vi sposerete mai. Ovviamente, è probabile che non mi sposerò nemmeno io. Ma per ragioni diverse. La vostra è una scelta e la mia...»

Le mancò il fiato e smise di parlare. Spalancò gli occhi e si mise una mano sulla bocca, guardandolo con un'espressione sconvolta.

Emma non voleva fare altro che sprofondare sotto la panchina dove si erano seduti e scomparire per il resto della sua vita. Non aveva idea del perché avesse perso il controllo della lingua. Lei e Abernathe erano seduti insieme e stavano facendo una conversazione assolutamente deliziosa in cui si era sentita a suo agio, a parte il fatto che non riusciva a smettere di contemplare quanto fosse bello.

E poi se n'era uscita con quella frase fuori luogo sulla mancanza di desiderio del duca nei confronti del matrimonio. Sulla sua stessa mancanza di facoltà di sposarsi. Era una perfetta idiota.

«Perdonatemi, Vostra Grazia» disse quando riuscì a trovare abbastanza fiato da parlare. «Ho parlato del tutto a sproposito.»

Il duca rimase in silenzio per un momento, poi disse: «Emma, stavamo facendo una conversazione onesta. Non mi dispiace fare una conversazione onesta con voi. Ma non potete credere davvero che non vi sposerete mai.»

Emma si alzò in piedi e si avviò verso la fontana con le mani serrate lungo i fianchi. «Questo non è davvero affar vostro. Mi sono lasciata andare per un momento. Non c'è altro da dire.»

James la seguì. «Emma.»

Lei si irrigidì. Quella era la terza volta che la chiamava con il suo nome di battesimo. Non avrebbe dovuto piacerle così tanto. Avrebbe *dovuto* correggerlo.

Aprì la bocca per farlo quando lui la trafisse con uno sguardo intenso e chiese: «Perché pensate che non vi sposerete mai?»

Lei boccheggiò in cerca di aria, di parole, e lui allungò il braccio. All'improvviso le prese la mano nella sua. Non indossava i guanti, dato che li aveva tolti per pranzo. E nemmeno lui. La pelle del duca sembrava ruvida sulla sua, la sua mano più scura mentre le avvolgeva la sua.

«Non tutte sono delle gemme di prim'ordine» sussurrò Emma, la sua voce non sembrava quasi la sua. Le parole le uscivano senza volere. «Sono una vecchia zitella, con poco da offrire grazie a...» Si interruppe.

«Grazie a?» la incoraggiò lui, i suoi occhi scuri ancora concentrati su di lei. Come se gli importasse davvero della risposta.

E per un momento pensò di dargliela. Pensò di rivelargli tutti gli eventi dolorosi del suo passato e della sua famiglia frammentata. Ma si riprese prima di poterlo fare. Qualunque fosse l'incantesimo che l'aveva soggiogata con quest'uomo, non aveva intenzione di parlare di suo padre con lui e dargli una ragione per ridere di lei.

«Sono una zitella schiva, faccio sempre da tappezzeria» gli disse, allontanando la mano dalla sua e desiderando di non sentirne ancora il calore. «Non c'è altra ragione se non quella che impedisce a molte donne come me di sposarsi. Mia madre insiste che devo sposarmi, ovviamente, per migliorare la nostra posizione. Mi spinge costantemente a farlo. Ma non basta agitare la mano per far cadere gli uomini ai miei piedi.»

Il duca scosse lentamente la testa. «Che cosa buffa. Io sto cercando di evitare una trappola matrimoniale e voi desiderate finirci dentro.»

«Sì» confermò lei, poi si coprì il viso. «Dio, mi sento così sciocca.»

«Perché?» chiese lui con una risata.

Emma abbassò le mani e lo fissò. «Veramente? Voi mi fate questa domanda?»

La sua giovialità svanì alla sua domanda precisa. «Mi dispiace se sono stato superficiale» disse, con un'espressione di sincero rammarico. «Avete aiutato mia sorella, avete aiutato me. C'è un modo in cui io possa aiutare voi?»

«Fingere di corteggiarmi per rendermi attraente per un altro uomo?» gli rispose, poi scosse la testa ridendo. «No, milord. Non c'è niente che possiate fare, anche se vi ringrazio per il pensiero.»

Il duca aggrottò la fronte e per un momento lei pensò che potesse dirle qualcosa. Ma poi le giunse alle orecchie la voce di Meg dall'altra parte del giardino. «James, volevo mostrarle io la fontana!»

James fece un passo indietro per allontanarsi da lei, ed Emma si ritrovò a sentire un po' più freddo ora che se n'era andato. Qualunque espressione di gravità fosse stata presente sul suo viso svanì e si voltò verso sua sorella con un sorriso luminoso. «Be', ti ho battuto.»

Meg gli diede una pacca scherzosa sul braccio. «Non mi concedi mai un po' di vantaggio.»

«Mi dispiace, Meg» disse lui. «Ti lascio alla tua amica.» Si voltò di nuovo verso Emma con un cenno del capo. «Signorina Liston, è stato un grande piacere.»

C'era sincerità nel suo tono e nella sua espressione mentre la salutava. Emma deglutì forte e disse: «Grazie per la vostra compagnia, Vostra Grazia. Buona giornata.»

«Buona giornata» ripeté lui, poi si avviò verso la casa. Lasciando Emma con Meg.

Lasciando Emma con un senso di disagio e un mucchio di domande in testa.

CAPITOLO CINQUE

James fissava il suo piatto, ma era distratto. Dall'ultima volta che aveva incontrato Emma Liston pochi giorni prima, aveva rivissuto la loro conversazione in giardino più e più volte. Non solo aveva rivelato molto di se stesso, perché non parlava quasi mai della sua banda di amici stretti con nessuno, figuriamoci con una sconosciuta... ma si era trovato avvinto da lei.

Era diversa da tutte quelle che aveva incontrato prima. Laddove la maggior parte delle donne della sua cerchia si concentrava su come presentarsi al meglio, Emma aveva una rinfrescante onestà che lo attirava.

Scosse la testa e scacciò i pensieri di Emma mentre guardava i suoi compagni. Stava cenando con Meg e Graham, ma nessuno dei due parlava. Meg spostava il cibo da una parte all'altra del piatto con i rebbi della forchetta e Graham restava in silenzio.

James si schiarì la gola. «Siamo un gruppo elettrizzante, no?»

Graham gli sorrise e Meg si raddrizzò. «Abbiamo tutti qualcosa per la testa, a quanto pare» disse, lanciando una rapida occhiata a Graham. Lui non la ricambiò.

«So a cosa state pensando voi due» disse James. «Abbiamo un matrimonio da organizzare.»

Con sua grande sorpresa, Meg si irrigidì un po' alla menzione delle sue nozze imminenti. James si accigliò. Non era sicuro di cosa stesse succedendo a sua sorella. Negli ultimi tempi era diventata sempre più strana. La maggior parte delle donne sarebbe stata su di giri all'idea di organizzare un enorme matrimonio da alta società con un duca ricco e potente che era stato un amico per anni. Meg sembrava completamente disinteressata.

Poteva solo sperare che una volta che lei e Graham si fossero sposati, si sarebbe calmata un po'. I suoi guai sarebbero svaniti una volta sistemata.

«In realtà stavo pensando di più al ricevimento alla nostra tenuta in campagna della prossima settimana» disse Meg. «Mi rendo conto che la casa è già piena, ma stavo pensando di invitare Emma Liston e sua madre per completare il gruppo.»

«Emma?» ripeté lui, e tutti i pensieri che aveva cercato di soffocare tornarono.

Meg annuì. «Siamo state benissimo pochi giorni fa. Mi piace, James. E penso che potremmo essere d'aiuto anche a lei.»

La mente errante di James lo riportò, ancora una volta, alla loro conversazione in giardino pochi giorni prima. Emma era molto tesa in viso quando aveva parlato del bisogno di sposarsi, delle complicazioni di quella necessità.

«James?» chiese Meg, intromettendosi nei suoi pensieri.

«Molto bene» le rispose scuotendo la testa. «Non vedo motivo perché no. La stanza l'abbiamo.»

Meg sorrise e si alzò, costringendo lui e Graham a fare altrettanto. «Ottimo. Mentre tu e Graham bevete il vostro porto, le scriverò un invito. E poi probabilmente andrò a riposare presto.» Si voltò leggermente verso il suo fidanzato. «Buonanotte, Graham.»

Graham le si avvicinò, ma non le prese la mano. Si limitò a eseguire un rigido inchino. «Margaret.»

Meg inspirò leggermente, poi si voltò e uscì dalla stanza, lasciando i due uomini da soli.

James mise un braccio intorno alla spalla di Graham. «Porto?»

Se Graham si era dimostrato noioso quando Meg era nei paraggi, ora sorrise e tornò l'uomo che James aveva conosciuto per quasi tutta la sua vita. «Preferirei dello scotch, a dire il vero.»

«Scotch sia.» James rise mentre percorrevano il corridoio verso la sala da biliardo. Una volta dentro, James si avvicinò alla credenza per riempire i bicchieri.

«Dato che non torneremo da Margaret, ti andrebbe una partita?» chiese Graham.

James annuì senza guardarlo. «Non giochiamo da una vita.»

Sentì Graham mettere le palle in posizione e si voltò per porgere un bicchiere mentre Graham gli diede in cambio una stecca. Ognuno bevve un sorso poi misero i bicchieri da parte prima che James dicesse: «Prima tu, amico.»

Graham si mise in posizione e colpì la sua palla. Mentre lo faceva, disse: «Cos'hai in mente?»

James alzò un sopracciglio. «In mente?»

Graham si raddrizzò. «Hai quello sguardo. Conosco quello sguardo.»

James alzò gli occhi al cielo. «Tu e Meg non siete ancora sposati. Non riesco ancora a fare il fratello maggiore preoccupato.»

«Perché no? Io lo faccio già da più di dieci anni.»

James fece un mezzo sorriso mentre faceva il suo tiro. La sua palla colpì sia la bilia di Graham che la palla rossa. «Carambola» disse piano.

«Ho visto» rispose Graham leggermente infastidito dal tono di James. Era sempre stato competitivo. Era per questo che Simon non giocava più con lui. «Allora, qual è il problema?»

James appoggiò la stecca contro il bordo del tavolo e sospirò. «Meg ti ha parlato molto di questa Emma Liston di cui stavamo discutendo a cena?»

Graham era chino sul tavolo per il suo tiro e si bloccò. «In verità, io e Meg non parliamo gran che.»

Per un momento, il focus di James su Emma svanì e fissò il suo amico. «C'è qualcosa che non va tra voi due?»

Graham fece il suo tiro, ma colpì la palla così forte che la spedì fuori dal bordo del tavolo e mancò entrambi i suoi bersagli. Imprecò tra i denti prima di raddrizzarsi e lanciare un'occhiataccia a James.

«Certo che no» scattò Graham. «Va tutto bene.»

«Bene» ripeté James lentamente.

Graham annuì. «Certo, stiamo organizzando un matrimonio, no? E siamo amici da anni. È un'ottima unione, lo sappiamo entrambi.»

James corrugò la fronte. Né Meg né Graham sembravano molto contenti della loro situazione, e non era quello che lui aveva avuto in mente quando aveva suggerito il fidanzamento tanto tempo prima.

«Graham...» iniziò.

«Hai chiesto della signorina Liston» lo interruppe Graham, voltando le spalle in modo che fosse chiaro che l'altro argomento era chiuso. «Perché sei così interessato a lei?»

James strinse le labbra. Per ora avrebbe lasciato perdere l'argomento del fidanzamento, ma si prese mentalmente nota di parlarne con Meg, perché lei avrebbe potuto essere più aperta. «Ha aiutato me e Meg in una... particolare situazione con nostra madre al ballo di Rockford la scorsa settimana.»

Graham si voltò e ora i suoi occhi mostravano grande preoccupazione. «Una particolare situazione. Era...»

James annuì. «Molto. Negli ultimi tempi ci ha dato dentro. Qualche giorno fa alla festa di Meg e di nuovo stasera, motivo per cui non era con noi.»

Graham scosse lentamente la testa. C'erano poche persone che conoscevano tutte le ramificazioni dei problemi di Lady Abernathe con l'alcol. Graham era uno di loro, Simon un altro... e ora Emma Liston.

Buffo come Emma non sembrasse fuori posto in quell'intimo elenco dei suoi amici più cari. Anche se conosceva a malapena la ragazza.

«Emma Liston è una ragazza schiva» disse Graham, e la sua voce si fece più acuta, più distaccata. «Suo nonno è un visconte. Lui e mio padre erano amici, il che non è proprio una buona referenza, come sai. Il padre di Emma è stato allontanato dalla sua famiglia. Una mela marcia, come si suol dire.»

«Non ti ho chiesto di lei perché tu mi facessi l'elenco di tutto quello che ha fatto la sua famiglia» disse James tra i denti.

Graham si strinse nelle spalle. «È la mia specialità, ricordare le cose. Non posso farci niente, tanto vale che ne approfitti. Emma Liston è compromessa.»

«Compromessa?» ripeté James a voce troppo alta, la rabbia gli ribollì dentro inaspettata all'idea che qualche altro uomo avesse toccato Emma.

Graham lo fissò. «Non compromessa *fisicamente*. Voglio solo dire che è in una brutta posizione. La sua dote è misera, i membri importanti della sua famiglia non la riconoscono e suo padre non fa nulla per migliorare la sua reputazione.»

Il cuore di James tornò lentamente a battere a una frequenza normale. «Be', niente di tutto questo significa molto per me.»

«Dovrebbe. La ragazza potrebbe trarre vantaggio se usasse contro di te tutto quello che sa di tua madre.»

James scosse la testa, colto da una vampata di rabbia difensiva, anche se aveva avuto la stessa identica preoccupazione nei riguardi di Emma la notte del ballo di Rockford. «Non credo» disse. «Non ha fatto segreto della sua situazione, né ha tentato di sfruttare ciò che sa di mia madre per migliorare la sua posizione.»

«A parte il fatto che ora è invitata al tuo ricevimento in campagna. Un invito ricercato come pochi. Cercano sempre di ottenerne uno tramite me» disse Graham inarcando un sopracciglio.

«No, non credo» insistette James. «È invitata perché Meg stravede per lei. Ed Emma non è stata disonesta riguardo alla sua situazione.»

«Cosa vuoi dire?» chiese Graham. «Ti ha parlato di quello scapestrato di suo padre?»

«No» ammise James, e fu sorpreso di come quella nuova informazione suscitasse il suo interesse. «Ma ha messo in chiaro che la sua posizione è precaria. Ha anche scherzato sul fatto che fingessi di corteggiarla proprio per elevare quella posizione.»

«E tu non credi che *quello* fosse un tentativo di adescarti?»

«No» disse James a denti stretti. «Stava scherzando, per l'amor di Dio. Non ho mai pensato che parlasse sul serio.»

Graham lo fissò, e si limitò a fissarlo per quella che sembrò un'eternità. «Lo vuoi fare» disse alla fine.

James si ritrasse. «Fare cosa?»

«Corteggiarla!» disse Graham, alzando esasperato la mano libera.

«Non ho alcun interesse a corteggiarla» rispose James. «Non ho interesse a corteggiare nessuno e tu lo sai.»

L'espressione di Graham si addolcì e disse: «James...»

James alzò una mano. «Non ho intenzione di discuterne» scattò. «Il punto è che, sì, *ho* pensato a quello che ha detto Emma. È vero. Non perché io voglia corteggiarla davvero, ma perché ciò che ha suggerito, seppure senza convinzione, potrebbe benissimo aiutare entrambi.»

«Capisco come potrebbe aiutare lei: sei lo scapolo più ambito di tutta Londra. Se vieni visto prestarle più attenzione, sarà circondata da uomini. All'improvviso la ragazza sarà di moda, proprio come il modo in cui allacci la cravatta.»

«Non sono sicuro che sia carino paragonare la signorina Liston a un nodo in una cravatta» mormorò James.

«Per alcuni ci sarà poca differenza» disse piano Graham. «Ma mi interessa di più quello che pensi che questa stupida idea porterebbe a *te*.»

«Hai visto com'è andata al ballo dei Rockford» disse James. «Era il primo evento della stagione e mi stavano già addosso. È stato estenuante. E andrà solo peggio, lo sai. Ho sentito che quest'anno c'è un folto gruppo di debuttanti. Due volte più grande dell'anno scorso. Mi daranno tutte la caccia.»

«E?»

«E se pensano che io sia interessato alla signorina Liston, potrebbero scegliere un altro bersaglio» spiegò James.

«E quando lei si separerà da te per, in teoria, gestire una dozzina di vere offerte di matrimonio?» chiese Graham.

James sorrise. «Penso che potrei averne il cuore troppo spezzato anche solo per ballare quest'anno dopo che lei se ne sarà andata. Perfino il prossimo potrebbe essere in discussione.»

Graham fece un sospiro. «Il tuo atteggiamento mi lascia perplesso, amico mio. Ma sono ben consapevole che non c'è modo di dissuaderti da un piano una volta che te lo metti in testa.»

«In effetti, non c'è» disse James.

Graham scrollò le spalle e una malizia infantile che raramente mostrava ancora gli balenò in viso. «E potrebbe essere un affare redditizio anche per me.»

«Come mai?»

«Be', hai invitato Simon e alcuni degli altri a questa festa, giusto?»

James annuì. «Sì. Simon, Sheffield, Brighthollow e Roseford sono presenti. Gli altri sono impegnati e non vediamo Willowby da anni.»

«Bene, allora saremo tutti lì per sapere dei tuoi progressi con la signorina Liston. E fare le nostre scommesse» disse Graham con una risatina mentre riportava la sua attenzione al loro gioco, ormai dimenticato.

«Fare scommesse su cosa?» chiese James mentre allineava la stecca per il suo colpo.

«Non so. Se ti innamorerai di lei e in quanto tempo» suggerì Graham mentre James tirava.

Quelle parole fecero scivolare la mano di James e la sua palla saltò oltre il bordo del tavolo e rotolò sul pavimento. Andò a raccoglierla accigliato.

«Se decido di farlo, nessuno si innamora di nessuno» disse James con una risata. «Te lo posso assicurare.»

Emma era seduta al sedile della finestra del salotto, con una gamba infilata sotto mentre l'altra penzolava dal bordo. Stava guardando le carrozze che passavano per la strada. Era qualcosa che faceva da quando era molto giovane. Si era sempre chiesta chi ci fosse dentro, dove stessero andando, cosa provassero nascosti nei loro piccoli bozzoli.

Oggi non stava pensando a quelle cose. La mente continuava a portarla al Duca di Abernathe. A quei momenti in giardino in cui era stato così inaspettatamente gentile. E lei era stata così stupidamente sincera.

Quell'uomo non voleva conoscere i suoi guai. E di certo non voleva sentirla chiedergli di corteggiarla, nemmeno per scherzo. Doveva considerarla una vera sciocca.

Di sicuro lei si considerava una sciocca.

«Eccoti.» Emma guardò verso la porta del salotto e vide sua madre che si precipitava dentro, con una missiva in mano. «Hai un messaggio!»

Emma si voltò e si alzò lentamente. Sua madre doveva essersi avventata sul povero messaggero appena aveva messo piede nel vialetto, perché non aveva sentito il campanello.

Non che lei ci avesse fatto esattamente caso.

Girò la busta e riconobbe il sigillo. Era lo stesso che aveva visto sul suo invito alla festa in giardino di Meg pochi giorni prima. Sembrava passata un'eternità ormai.

Le tremarono le mani mentre lo spezzava e dentro trovò una breve lettera della sua nuova amica.

«Leggi ad alta voce!» insistette sua madre, con gli occhi lucidi di possibilità e di speranza quasi maniacale.

«D'accordo» disse Emma dolcemente. «*Cara Emma, volevo ringraziarti ancora per la tua gentile compagnia dopo la mia festa di pochi giorni fa. Apprezzo davvero molto i nostri discorsi. Mio fratello e io ospiteremo un ricevimento nella nostra tenuta di campagna, Falcon's Landing. Ci piacerebbe avere te e tua madre con noi per le due settimane che vi trascorreremo. Spero di ricevere presto il tuo sì. Con amicizia, Meg.*»

Mentre Emma leggeva queste parole, la signora Liston aveva cominciato a battere le mani e stava quasi saltellando di gioia quando

Emma abbassò la lettera. Per parte sua, Emma era meno eccitata. Una quindicina di giorni a Falcon's Landing nella contea di Abernathe significava due settimane con il duca stesso. Un uomo che, Emma aveva già deciso, la considerava un'idiota.

Un uomo che la rendeva nervosa, anche se si ritrovava a blaterare come una stupida appena lui la guardava.

«Oh, Emma, che fortuna avere incontrato un'amica come questa» disse la signora Liston, afferrandola per il braccio e strappandola quasi fisicamente dai suoi pensieri. «Lady Margaret! È molto introdotta. Devi sfruttare questi agganci.»

«Mamma» disse Emma, allontanandosi e andando dall'altra parte della stanza per guardare fuori dalla finestra. «È un modo mercenario di guardare a un'amicizia.»

«Be', dobbiamo essere mercenarie, no?» disse la signora Liston, con un tono tanto acuto che Emma si voltò a guardarla. Sua madre teneva le mani tremanti giunte davanti a lei. «Vuoi fingere che non abbiamo un cavaliere alle calcagna che porterà solo distruzione.»

«Lo trovo un po' esagerato» disse Emma dolcemente. «Non stiamo cercando di sfuggire a morte imminente.»

«No, *non è* esagerato. Stiamo parlando della nostra potenziale morte sociale e tu sei abbastanza grande da non comportarti come una bambina.» La signora Liston incrociò le braccia. «Dimmi, Emma, quante volte tuo padre è tornato nelle nostre vite, portandosi dietro i suoi scandali? Quante volte ha limitato le tue possibilità e mi ha umiliata con la sua promiscuità, dedicandosi al gioco d'azzardo e ai duelli? Quante volte?»

Emma tamburellò il piede per terra. «Mi rinfacci la tua rabbia e la tua paura per papà ogni volta che non faccio come chiedi, ma sappiamo entrambe cosa succederebbe se domani entrasse da quella porta. Lo accoglieresti a braccia aperte, tutto sarebbe perdonato e per alcune settimane o mesi ti rifiuteresti di sentire qualsiasi opinione negativa su di lui, qualunque cosa faccia.»

Il viso di sua madre si accartocciò alla dichiarazione diretta di Emma e le sue spalle si abbassarono. «Pensi che io sia debole.»

Emma trattenne il respiro, perché non c'era un modo giusto per mentire e controbattere l'accusa di sua madre. Quando si trattava di Harold Liston, la signora Liston era sempre combattuta tra il terrore più assoluto e la cieca devozione.

«È complicato» ammise infine Emma.

«Sì, è così» sussurrò la signora Liston, e questa volta le sue lacrime erano vere, non nate dalla manipolazione.

Emma sospirò. Si avvicinò alla signora Liston e le prese delicatamente le mani. «Non discuto che tu abbia effettivamente motivo di avere paura. Mio padre si presenta nei momenti più inopportuni e il suo comportamento di solito non causa altro che guai.»

«E potrebbe benissimo farsi vivo di nuovo, sai» disse la signora Liston tirando su col naso. «È passato quasi un anno dall'ultima volta che lo abbiamo visto, e aspetto di sentire i suoi passi quasi ogni notte ormai. Di sentirlo pestare su per le scale trascinandosi dietro una scia di disgrazie.»

Emma chinò la testa. «Suppongo che sia possibile.»

«E questa volta non mi piegherò al suo fascino, lo prometto.»

Emma strinse le labbra, perché sapeva che non era vero.

«Tu sai che se sono mercenaria, è perché ho il terrore che questa volta o la prossima volta o la volta successiva tuo padre ci scatenerà addosso qualcosa che ci distruggerà per sempre» sussurrò la signora Liston. «E l'unico modo per evitare questo destino è che tu sia sposata o almeno fidanzata. Allora tuo padre potrà fare fuoco e fiamme, ma il suo furore non ci distruggerà come potrebbe fare ora.»

Emma cercò un fazzoletto nella tasca della giacca. Mentre lo porgeva a sua madre, disse: «Mi dispiace di averti deluso finora, mamma.»

La signora Liston scrollò le spalle ma non negò il fallimento di Emma. «Hai un'opportunità adesso, mia cara. E la coglieremo al balzo. Andremo a quel ricevimento.»

Emma conosceva quel tono. Era quello che non ammetteva rifiuti. Non avrebbe convinto sua madre del contrario, qualunque cosa avesse detto.

«Molto bene, mamma» disse con un filo di voce. «Anche se non posso garantire che uscirò da questo ricevimento con più successo di quanto io sia uscita da qualsiasi altro.»

Il turbamento di sua madre di un attimo prima sembrava scomparso, sostituito da una spietata determinazione a favore di Emma. «Avrai ampie opportunità di successo. Sicuramente ci saranno dozzine di scapoli idonei, incluso lo stesso Duca di Abernathe.»

Il cuore di Emma iniziò a battere forte e si sforzò di non pensare agli occhi scuri e alla tristezza interiore del duca. Alle sue mani grandi e alle sue spalle larghe. A lui.

Emma scosse la testa. «Abernathe è interessato a me quanto a un moscerino, mamma» disse, ma la voce le uscì con un filo di fiato e tremò leggermente.

La signora Liston sembrò non accorgersene. «Allora dovresti sforzarti di più. Non sei una grande bellezza, no, ma non sei sgradevole. Se non mostrassi tanto la tua intelligenza, forse avresti più fortuna.»

Emma si morse la lingua, forte. Sua madre lo diceva da anni. Poteva essere vero che il suo cervello non le portava pretendenti, ma Emma non voleva un uomo che avesse bisogno di una moglie stupida. Non voleva nascondere chi era.

Era solo che nessuno sembrava volere ciò che era.

«Non posso costringere un uomo a prestarmi attenzione» sussurrò.

«Allora non ci proverai nemmeno? Per me?» disse la signora Liston, e poi iniziò a piangere a dirotto.

Emma strinse le mani lungo i fianchi. *Questa* era manipolazione bella e buona, e lei lo sapeva, ma non poteva farci niente. Fece un passo avanti e abbracciò sua madre.

«Certo che ci... ci proverò. Andremo, come desideri. E ci *proverò*.»

Sua madre emise un gridolino di trionfo e abbracciò Emma prima di precipitarsi fuori dalla stanza. Chiamò la sua cameriera e cominciò a sbraitare di abiti e cappelli, come se la crisi di prima non fosse mai successa.

Dopo che se ne fu andata, Emma si lasciò cadere sulla poltrona più vicina e si coprì il viso con le mani. Provare era una cosa, riuscire era un'altra. E in quel momento, non sembravano affatto esserci molte possibilità di riuscita.

CAPITOLO SEI

Una settimana dopo, James se ne stava sulle scale di Falcon's Landing a osservare le carrozze che si riversavano nel viale d'ingresso una alla volta. Al suo fianco c'era sua madre, che era riuscita a rimanere sobria per la prima volta da settimane. E Meg era sull'altro lato, sorrideva e faceva la parte della vera padrona di casa di questa serata.

Normalmente non gli sarebbe dispiaciuto questo dovere. Molti degli invitati erano i suoi amici più cari. Sia Graham che Simon avevano viaggiato insieme a loro da Londra fino alla tenuta tre giorni prima e i duchi di Brighthollow, Roseford e Sheffield erano già arrivati. Il loro club non era completo, ma era circondato da amici, nonostante tutto.

Eppure la mente di James era da qualche altra parte mentre stringeva e baciava mani e sorrideva ad amici e conoscenti mentre salivano le scale e si riversavano in casa sua.

Alla fine la duchessa fece un lungo sospiro e disse: «Allora è tutto?»

Meg iniziò a parlare, ma James la interruppe quando un'ultima carrozza svoltò nel viale. «No» disse piano. «Ecco l'ultimo.»

La carrozza si fermò e lui si ritrovò a fare un passo avanti mentre uno dei suoi valletti si precipitava ad aprire la porta per gli occupanti. La signora Liston uscì per prima mentre stava completando una frase e arrossì. Lui la ignorò e si inclinò leggermente in avanti per vedere Emma dietro di lei.

La giovane uscì dalla carrozza ringraziando il servitore di James con un lieve cenno di capo e poi si stirò la schiena. Indossava un abito blu. Non era niente di stravagante, non come alcune delle donne che erano arrivate in abiti eleganti per attirare la sua attenzione. Ma il blu faceva sembrare gli occhi di Emma più cerulei. La tonalità verde sbiadiva un po' con quell'accostamento.

«James» disse Meg, dandogli una gomitata nel fianco.

Lui sbatté le palpebre e vide la signora Liston in piedi in cima ai gradini che gli tendeva la mano.

«Signora Liston» disse con voce soffocata. «Che bello vedervi, benvenuta a casa nostra. Conoscete già Margaret.»

Meg gli lanciò un'occhiataccia per quel suo benvenuto alla signora così rapido e sbrigativo, e lui la sentì rimediare calorosamente con parole sue mentre presentava la signora Liston alla loro madre. A James non importava. Fece un passo in avanti quando Emma salì gli ultimi gradini e le tese la mano.

«Signorina Liston» disse.

Emma esitò prima di prendergli la mano e lasciare che l'aiutasse a raggiungere il pianerottolo. Quell'esitazione continuava ad affascinarlo, perché non aveva mai conosciuto un'altra donna che si mostrasse incerta con lui. Ma non c'era niente di affettato in Emma. Niente di avido o falso.

Non gli dava la caccia.

«Vostra Grazia» sussurrò Emma, poi alzò lo sguardo per ammirare la villa. «È stupenda.»

James si ritrovò a guardarle il viso troppo a lungo prima di voltarsi a esaminare la casa. «Sì. Questo posto è sempre stato il luogo dove evadevo. Magari più tardi potrei portarvi a fare un giro.»

Lei riportò lo sguardo sul suo viso e c'era incertezza nella sua espressione. Non riuscì a rispondere, però, perché Meg la prese per un braccio e la abbracciò forte. L'attenzione di Emma fu definitivamente distolta quando le due giovani donne iniziarono a parlare e a ridere prima che Meg presentasse Emma alla loro madre.

«Ti ricordi la signorina Liston, madre?» chiese Meg quando le formalità furono terminate.

James osservò attentamente lo scambio. La loro madre non ricordava la sua imbarazzante esibizione al ballo di Rockford due settimane prima. E sembrava non riconoscere Emma mentre la fissava con sguardo assente.

«Incontro così tante persone» rispose Sua Grazia. «Liston, giusto?»

Emma annuì e non ci fu alcun lampo di giudizio sul suo viso, nessuna reazione oltre a quella che chiunque avrebbe avuto al primo incontro con qualcuno. Sorrise e tese una mano. «È un piacere conoscervi, Vostra Grazia.»

Il loro maggiordomo, Grimble, apparve dall'atrio e Meg strinse brevemente la spalla di Emma. «Entra, sistemati. Verrò su più tardi e potremo fare una vera chiacchierata.»

Emma annuì e poi il suo sguardo scivolò su James. Fece un leggero cenno di capo prima che i suoi occhi guizzassero altrove e lei e sua madre entrassero a casa sua. Lui si ritrovò a riprendere fiato mentre lei scompariva.

Meg si voltò verso di lui. «Cos'è quell'espressione?»

James sbatté le palpebre e la guardò. «Espressione?»

Meg inclinò la testa. «Oh andiamo, ti conosco troppo bene. Sembri tutto... tirato. Non ti piace Emma?»

Lui deglutì. «Penso che sia una ragazza... a posto. Non la conosco bene.»

«Be', a me piace» insistette sua sorella. «Quindi fattela piacere anche tu. Penso che potremmo aiutarla.»

James strinse le labbra. Aiutarla? Sì, anche lui aveva le sue idee in merito. Idee che Meg avrebbe potuto non approvare del tutto. Ma non aveva ancora preso una decisione definitiva sull'argomento, quindi si limitò ad annuire. «Se è tua amica, è mia amica, te lo assicuro.»

«Allora, ci sono tutti adesso?» chiese la duchessa, con un tono molto infastidito.

Meg lanciò a James uno sguardo significativo prima di voltarsi. «Sì, Madre. Emma e sua madre sono state le nostre ultime ospiti. Possiamo entrare.»

«Finalmente» mormorò sua madre mentre arrancava su per le scale allontanandosi dai suoi figli.

Normalmente James sarebbe stato più concentrato su sua madre e sul suo comportamento, ma oggi la sua mente si rivolgeva ad altri pensieri. Pensieri su Emma Liston. Ed erano di gran lunga più piacevoli di qualsiasi preoccupazione per la duchessa e se avrebbe causato o meno una scenata nelle due settimane successive.

Emma sorrise a Sally quando la sua cameriera ripiegò l'ultimo capo nel cassetto e si raddrizzò chiedendo: «C'è qualcos'altro che posso fare, signorina?»

Emma scosse la testa. «No grazie. Penso che mi riposerò un po'. Grimble ha detto che la cena sarebbe stata alle otto e che avrei potuto avere un attimo per me.»

Sally le rivolse uno sguardo comprensivo. Anche se Emma, ovviamente, non le aveva mai parlato delle sue frustrazioni con sua madre, Sally di sicuro vedeva e sentiva molte cose. E due giorni stipate insieme in una carrozza probabilmente avevano reso le difficoltà di Emma più evidenti del solito.

«Tornerò alle sette per aiutarvi a cambiarvi. Naturalmente chiamatemi prima se ne avete bisogno» disse Sally, poi si avviò verso la porta.

La aprì e si lasciò sfuggire un urletto che attirò l'attenzione di Emma. In piedi sulla soglia c'era Meg, che rideva mentre si portava una mano al petto.

«Chiedo scusa, milady» disse Sally, abbassando la testa.

Meg allungò la mano e le diede una pacca sul braccio. «Santo cielo, mi hai spaventata. Che tempismo… stavi lasciando la signorina Liston da sola?»

«Sì, milady.»

«Allora è tutta mia adesso» disse Meg, entrando mentre Sally si faceva da parte.

Sally lanciò a Emma un'ultima occhiata interrogativa ed Emma annuì, dandole il permesso di andare. Sally chiuse la porta dietro di sé e lasciò Emma e Meg da sole.

«Sono così felice che tu abbia accettato di venire» disse Meg avvicinandosi a lei e stringendola in un caloroso abbraccio.

Emma esitò un momento, ma poi la abbracciò a sua volta. «Sono molto grata che mi abbiate invitato, milady.»

Meg si tirò indietro e le diede un'occhiata. «Meg» la rimproverò alzando un sopracciglio.

«Certo, Meg» disse Emma. «Mi ci vorranno solo una dozzina di volte prima che mi ricordi.»

Meg sorrise e si guardò intorno nella stanza. «La camera ti soddisfa?»

«Oh, certo. Ho una bella vista sul bosco. Sono rimasta… sorpresa di non condividere la stanza con mia madre, però.»

Meg sorrise. «Siamo al completo e alcune signore effettivamente condividono la stanza con madri e sorelle, ma ho fatto in modo che tu avessi una stanza tutta per te. In quale altro modo potremo restare sveglie per tutta la notte a parlare?»

Emma rise. «Ben congegnato allora.»

«James è stato contento di rivederti» disse Meg mentre si avvicinava alla finestra e aggiustava leggermente le tende.

Emma si irrigidì a quell'osservazione inaspettata. «Sono certa che è contento di avere qui in visita tutti gli invitati.»

«Non tutti» disse Meg scuotendo la testa. «Lui pensa che io non senta quando fa quei piccoli grugniti sottovoce, ma li sento eccome. Era riluttante nei confronti di quasi tutte le signore tranne te.»

Emma si sentì ardere le guance. «Era felice perché ero l'ultima ad arrivare e poteva tornare dai suoi amici.»

Meg si strinse nelle spalle. «Forse.»

«Tu e lui siete molto uniti» disse Emma, sforzandosi di cambiare argomento poiché questo in particolare la metteva molto a disagio.

Ora il sorriso di Meg si addolcì e le si illuminò il viso. «Oh, sì. Ha tre anni più di me, ma non mi ha mai estromessa.»

Emma provò una fitta di gelosia a quelle parole. Era cresciuta da sola con un padre instabile e una madre insistente e assillante. Aveva spesso desiderato un fratello con cui condividere gioie e dolori.

«È difficile immaginare Abernathe da bambino» ammise. «È così... uomo.»

Nel momento stesso in cui pronunciò quelle parole, si tappò la bocca con la mano e fissò Meg. Ma Meg non sembrava essere offesa dal suo passo falso. In effetti, stava ridendo.

«Allora è bravo a fingere» disse Meg quando si fu ricomposta. «Perché a volte lo guardo e non vedo altro che quello stesso ragazzino che camminava sulla fune e giocava a fare il torero con i tori nel recinto.»

Gli occhi di Emma si spalancarono a quell'immagine. «Allora è sempre stato uno scavezzacollo?»

Meg annuì. «Non c'è mai stata una scommessa che non abbia accettato. E in un modo o nell'altro ne esce sempre illeso.»

«Alcune persone sono dei prodigi» commentò Emma con un'alzata di spalle. «Non soffrono mai.»

La risata di Meg svanì e il suo viso divenne più serio. «Be', non direi» disse con un filo di voce.

C'era qualcosa nel suo tono che portò Emma a inclinare la testa interessata. Il grande Duca di Abernathe aveva sofferto? L'uomo che sembrava essere infallibile e che guidava un branco di duchi? Un branco sembrava la migliore definizione per un gruppo come il loro.

Sembrava improbabile. Ma in fondo, c'era quell'accenno di tristezza negli occhi del duca. Quella tristezza che sapeva di non dover vedere in teoria.

«Tuo fratello è stato gentile con me» ammise Emma.

«Bene» rispose Meg con un sorriso sornione. «Allora sarai felice di essere seduta accanto a lui a cena stasera.»

Emma spalancò gli occhi. «Che cosa? Oh Meg! Non avresti dovuto!»

Meg si ritrasse. «Perché no?»

«Perché Abernathe è il padrone di casa ed è terribilmente importante. Avere il posto accanto al suo a cena è un posto di prestigio. Avranno tutti da mormorare se una persona come me ha quel posto d'onore.»

Meg alzò gli occhi al cielo. «Ti preoccupi troppo. E se le persone guardano e parlano, non è una cosa positiva? Tu *vuoi* attirare interesse, giusto?»

Emma si bloccò a quell'affermazione, così vicina alle stesse parole che lei aveva detto ad Abernathe nel suo giardino a Londra meno di una settimana prima. «Ti... Abernathe ti ha detto qualcosa?»

«Riguardo a cosa?» chiese Meg, sbattendo le palpebre e sembrava davvero confusa per la domanda e la crudezza con cui era stata posta.

«Riguardo a me. Alla mia posizione» sussurrò Emma. Gli aveva raccontato così tante cose quel giorno. E poi aveva fatto la sua ridicola battuta sul fatto che la corteggiasse per ottenere più visibilità. Le si infiammarono le guance solo a pensarci.

«Non mi ha detto niente» rispose Meg gentilmente.

Emma si lasciò sfuggire un sospiro di sollievo. Almeno la sua umiliazione non era del tutto completa. «In ogni caso, non avresti dovuto organizzare una cosa del genere, Meg. Sul serio.»

«Prendo atto della tua contrarietà. Adesso dovrei andare. Devo andare un attimo da mia madre e a salutare a modo alcuni altri amici.» Meg andò alla porta e sorrise. «Oh, e dovresti sapere che non sono stata io ad assegnare i posti a tavola. È stato *lui*.»

Emma la fissò ammutolita per lo shock mentre Meg se ne andava salutando allegramente. Poi si lasciò cadere sulla sedia più vicina. Abernathe aveva insistito perché fosse seduta accanto a lui? Quella era davvero una notizia inaspettata. Come era inaspettata l'eccitazione che le procurò quell'informazione.

Un'eccitazione che avrebbe dovuto reprimere del tutto prima che cominciasse la cena.

~

James si appoggiò allo schienale della sedia, ignorando ciò che era rimasto della cena nel piatto. Guardò alla sua sinistra, verso Emma. Stava guardando il suo cibo, ma non stava mangiando molto, lo spostava in qua e in là solo per far sembrare che avesse mangiato. Ma era così concentrata nel farlo che gli diede il tempo di osservarla.

Nella settimana trascorsa da quando gli aveva fatto la sua intrigante battutina sul corteggiarla per attirare attenzione, lui aveva fatto un po' di ricerche su di lei e sulla sua famiglia. Quello che Graham gli aveva detto durante la loro partita a biliardo era solo l'inizio, perché erano cose inquietanti. Si trovò colpito da quanto poco Emma riflettesse ciò che aveva sopportato nelle sue parole o nelle sue azioni.

Ma ora lui conosceva la verità e questo lo spinse a esaminarla con maggiore attenzione. Indossava abiti raffinati, non i più raffinati, ma decisamente non economici. E dovevano assorbire buona parte dei fondi che lei e sua madre possedevano, perché sapeva che avevano pochi soldi. Guardando Emma, sapendo cosa provava per l'alta società, non poteva credere che quella fosse una sua scelta.

Il che significava che veniva spinta verso una vita scelta da sua madre. Qualcosa che lui capiva molto bene, se si sostituiva la madre di Emma con suo padre.

Emma era anche nota come una specie di intellettuale. Quando era stato affrontato l'argomento, uno dei gentiluomini aveva detto qualcosa del tipo "troppo intelligente per il suo bene o per quello di chiunque altro". James supponeva che lo scopo fosse scoraggiarlo, ma in realtà aveva aumentato il suo interesse. Non c'era niente che odiasse di più che passare del tempo con una ragazzina dalla testa vuota. Una che faceva solo eco alle sue opinioni in un qualche ridicolo tentativo di avvicinarsi a lui.

L'unica cosa di cui nessuno parlava, e che lui aveva notato sedendole accanto, era quanto fosse carina. Oh, non era appariscente. Non cercava di essere una gemma, né con le parole, né con il comportamento, né con l'aspetto. Ma c'era qualcosa in lei che era innegabilmente attraente. E non erano solo i suoi splendidi occhi e le sue labbra carnose. Era semplicemente... carina.

Si chinò in avanti e abbassò la voce in modo che solo lei potesse sentirlo. «Sapete, quella povera mucca è già stata uccisa una volta, Emma.»

Lei si voltò di scatto a guardarlo, a occhi improvvisamente spalancati e balbettò: «Io... perdonatemi, non ho inteso, Vostra Grazia.»

«Ho detto che la povera mucca è già stata uccisa una volta e voi la state uccidendo di nuovo trascinandola in giro per il piatto con quella forchetta.»

Emma guardò le tracce che aveva disegnato nel suo cibo e poi tornò a guardare lui. E con sua grande sorpresa e totale trionfo, la vide sorridere. Era un'espressione aperta, del tutto sincera, e per un momento lui riuscì a stento a respirare. Il viso le si illuminò e in quel momento vide la gemma che lei non si era mai permessa di essere.

«Mi dispiace» sussurrò, del tutto ignara di ciò che lui stava pensando. «Il cibo è meraviglioso, sono solo...»

Si interruppe e lui inclinò la testa. «Solo?»

Lei abbassò il mento. «Nervosa» disse così piano che lui la sentì a malapena.

«Perché?» la incalzò lui gentilmente.

Emma alzò lo sguardo e incontrò il suo, sostenendolo per un attimo, poi due. Fino a quando non divenne troppo a lungo, fino a quando uno strano calore gli si diffuse in pancia.

«A causa mia?» le chiese, la sua voce ora ruvida.

Lei deglutì e lui guardò la sua gola delicata muoversi di conseguenza. «Sì» mormorò, il suo tono molto più basso e roco.

«Abernathe?»

Sussultò al suono del suo nome, pronunciato ad alta voce dall'altra parte del tavolo dove Meg teneva corte. Spostò lo sguardo su di lei e scoprì che praticamente tutti gli occhi al tavolo erano concentrati su di lui. Su Emma.

Anche Emma sembrò accorgersene in quel momento e arrossì abbassando la testa una seconda volta.

«Sì?» fece lui.

«Ho detto che forse è ora di terminare la cena in modo che tutti possano prepararsi per il ballo.» Meg alzò entrambe le sopracciglia mentre fissava prima lui, poi Emma.

«Ottima idea» disse lui, alzandosi in piedi. «Signore e signori, per favore raggiungeteci tra un'ora nella sala da ballo.»

Gli altri cominciarono ad alzarsi, i loro discorsi riempirono la stanza mentre cominciavano a vagare in coppia o in piccoli gruppi. Emma ci mise un bel po' ad alzarsi e le tremavano le mani quando posò il tovagliolo sul tavolo. James vide sua madre che aspettava, con l'attenzione fin troppo concentrata su di loro. Avevano solo un momento prima che si avvicinasse.

«Emma» disse, resistendo a malapena all'impulso di prenderle la mano.

Lei lo guardò. «Sì?»

«Venite a fare una passeggiata con me in giardino?»

La giovane sbatté le palpebre come se non avesse capito la domanda. «Una passeggiata con voi? Adesso?»

Lui annuì. «Manca un'ora al ballo e vorrei farvi tornare indietro in tempo per prepararvi. Vi prego, fate due passi con me.»

Emma schiuse le labbra e sussurrò: «Perché...»

Ma prima che potesse finire quello che stava per dire, la madre di Emma si precipitò da loro, con gli occhi accesi di un piacere parossistico. «Sì! Certo che farà una passeggiata con voi, Vostra Grazia.»

James arricciò le labbra, perché non voleva l'acquiescenza della signora Liston. Voleva quella di Emma. Anche se quello che voleva discutere con lei era poco più di un accordo d'affari, voleva comunque che lei... si *arrendesse*.

Una consapevolezza che lo destabilizzò un po'.

«È un sì da parte *vostra*, Emma?» le chiese.

Lei lanciò un'occhiata a sua madre e aveva le guance rosso fuoco mentre annuiva. «Certo, Vostra Grazia. Mi piacerebbe moltissimo.»

Non era sicuro se fosse stata onesta con lui in quella dichiarazione, o se stava solo cercando di placare sua madre, che era lì accanto a loro che stava praticamente saltellando. Anche Meg era vicina all'uscita, e li osservava con interesse al punto che i suoi occhi scuri brillavano.

In quel momento, non gli importava. Stava per raggiungere il suo scopo. E quando le prese il braccio e la condusse fuori dalla sala da pranzo, provò un brivido di eccitazione che non provava da molto tempo.

CAPITOLO SETTE

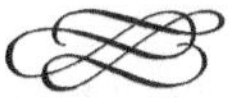

Emma si tenne la mano libera stretta al fianco e cercò di ignorare il fatto che l'altra stringeva il bicipite del Duca di Abernathe. Il bicipite molto muscoloso del Duca di Abernathe. E aveva anche un buon profumo, accidenti a lui. Profumava di chiodi di garofano e cuoio. Era assolutamente ingiusto.

Il duca la condusse giù per le scale, in giardino e attraverso il sentiero tortuoso. Non si erano parlati da quando avevano lasciato la sala da pranzo pochi istanti prima, ed Emma finalmente si staccò da lui e si voltò a guardarlo in faccia sul sentiero.

Il viso del duca era illuminato sia dalla luna che da alcune lanterne che guidavano il loro cammino. In quella tenue penombra, le venne da trattenere il respiro. Dio, quell'uomo era tutto angoli e curve. Tutto solida mascolinità e la faceva sentire piccola e morbida lì accanto a lui.

Ma non voleva sentirsi piccola e morbida, perché equivaleva a vulnerabile e sciocca. Si sentiva già abbastanza *così* in questa vita su cui aveva così poco controllo.

Emma inspirò profondamente e cercò di dimenticare che lui era vicino e la guardava con quegli occhi intensi. Gli lasciò il braccio, mise le mani sui fianchi e scattò: «Perché lo avete fatto?»

Lui si ritrasse, sorpreso dal suo tono, e la fissò con esattamente zero comprensione in viso. «Fatto cosa?»

Lei sospirò in preda alla frustrazione. «Farmi sedere accanto a voi a cena. Avvicinarvi e parlarmi come se stessimo discutendo di qualcosa di intimo. Scegliere me per fare una passeggiata con voi in giardino. Ci stavano guardando tutti... soprattutto *me*, Abernathe.»

Il duca strinse le labbra. «James.»

Emma aveva altro da dire, ma il gentile ammonimento del duca la fece fermare. «Prego? Mi avete appena detto che devo chiamarvi James?»

Lui annuì. «Lo preferirei. Non mi è mai piaciuto il mio titolo. È un male necessario per me.»

Emma esitò, perché quella dichiarazione la stupiva. La maggior parte dei duchi portava il titolo come un distintivo d'onore, anche se nessuno di loro aveva fatto nulla per guadagnarselo se non essere il primogenito del primogenito di qualcun altro. Ma Abernathe sembrava davvero a disagio mentre se ne stava lì.

E niente di tutto ciò aveva a che fare con lei, eppure eccola lì, a rifletterci sopra. Lo guardò accigliata. «Non posso chiamare il Duca di Abernathe con il suo nome di battesimo. Sarebbe decisamente inopportuno.»

«Io vi chiamo Emma» rispose lui con un leggero sorriso.

«Sì, l'ho notato» disse lei, rabbrividendo per il modo in cui le labbra di Abernathe formavano il suo nome. «Ed è altrettanto inopportuno, perché sono nubile senza alcun legame con voi o con la vostra famiglia. Non fa altro che creare un falso senso di...»

«Voi avete un legame con la mia famiglia» la interruppe lui, incrociando le braccia e facendo tendere all'indietro la giacca su quel petto assurdamente ampio. Quel petto che lei non riusciva a smettere di fissare, anche se cercava di sgridarlo per la sua eccessiva confidenza.

«Quale legame?» gli chiese, facendo uno sforzo tremendo per restare concentrata.

Lui alzò un sopracciglio. «Mia sorella vi adora. Siete sua amica.»

Emma lo fissò, e un po' del suo furore si smorzò a quella dichiarazione. «Be' sì. Meg e io siamo diventate amiche.»

«Allora che male c'è se chiamo una delle migliori amiche di mia sorella per nome e lei fa altrettanto, e se ci diamo del tu? Soprattutto quando siamo nella privacy di un giardino dove non c'è nessun altro. Non è che ti sto chiedendo di chiamarmi James in altri posti.»

«Quindi chiamarvi James è una richiesta specifica per il giardino?» chiese, e poi scosse la testa. Che stava facendo? Stava flirtando con quest'uomo? Questo dio? Questo prodigio che non aveva idea di cosa significava starsene ai margini?

Il tipo di uomo che aveva evitato da quando era diventata adulta?

Il duca rise, e il suono la colpì nello stomaco. Più in basso, in realtà. Notevolmente e inadeguatamente più in basso. Adesso si sentiva tutta... calda... e... e... formicolante.

«Specifica per momenti di privacy» la corresse. «Quando siamo in privato, voglio che mi chiami James.»

Emma rabbrividì all'idea, per quanto sciocca. «James, pensi davvero che saremo di nuovo in privato l'uno con l'altra?»

Lui la guardò attentamente e qualcosa nel suo sguardo cambiò. Il duca strinse le palpebre e gli si dilatarono le pupille mentre la fissava. Quella sensazione di caldo e formicolio aumentò e lei cominciò ad agitarsi, ma le gambe che si sfregavano insieme peggioravano solo le cose.

«Perché no?» chiese lui a bassa voce.

Ci fu un momento in cui volle credere che un uomo come quello potesse avere un qualsiasi interesse per lei. Che fosse diverso e potesse vedere oltre i problemi che derivavano dal corteggiarla. Che potesse vedere oltre l'intelligenza che era un ostacolo per così tanti uomini, che potesse vedere oltre la sua mancanza di denaro, che potesse vedere oltre tutto ciò che la rendeva indesiderata.

Ma poi la realtà tornò e lei lo guardò infuriata.

«Che cosa state facendo?» gli chiese. «Perché fingete di poter avere qualche interesse per me? Che cosa ci guadagnate?»

«Sei diretta» commentò lui scuotendo la testa. «Un'altra cosa che mi piace di te.»

Adesso Emma alzò del tutto la guardia e si allontanò da lui. «Ma *voi* non siete diretto, Vostra Grazia. Il che mi fa chiedere a che gioco stiate giocando. Vi state prendendo gioco di me?»

James schiuse le labbra e tutta l'ironia scomparve dal suo sguardo, dalla sua voce, dalla sua postura. «No» disse, quasi inorridito. «No, certo che no. Perché lo chiedi?»

Emma sussultò, la domanda di James le aveva scoperto un nervo che iniziò a pulsare nel suo intimo. Gli voltò le spalle. «Non sareste il primo, Vostra Grazia. Non importa.»

Si aspettava che lui dicesse qualcosa tanto per dire a quel punto. Che trovasse un modo per sfuggire al disagio di quella conversazione. Invece lo sentì muoversi, sentì la sua presenza proprio alle spalle. Le si fermò il respiro quando la mano di James si chiuse delicatamente intorno al suo braccio. La fece voltare e lei lo fissò, così da vicino che se si fosse spostata in avanti solo di un centimetro, gli sarebbe finita tra le braccia.

Le dita del duca le scivolarono lungo il braccio, sulla spalla, e poi le sfiorarono la guancia. Emma riusciva a malapena a respirare mentre lui annullava l'ultimo centimetro di distanza tra loro. Lo sfiorò con il petto e le cosce rasenti alle sue e iniziò a tremare.

«Importa invece, Emma» sussurrò lui. Era così vicino, il suo respiro le toccò le labbra.

Emma si ritrovò ad alzare il mento, si scoprì a chiudere gli occhi come se fosse spinta a farlo da un antico istinto. E poi la bocca di James sfiorò la sua e ogni pensiero, ogni esitazione, ogni altra cosa al mondo, le svanì dalla mente.

Le braccia del duca la avvolsero e lei trasalì. Lui approfittò delle sue labbra dischiuse e le passò la lingua sull'apertura. Emma restò paralizzata. Non era mai stata baciata prima, non aveva idea di cosa fare. Ma lui non cedette, si limitò a inclinare la testa per avere migliore accesso.

E lei glielo concesse. Il suo corpo rispose dove la sua mente non sapeva come fare e si aprì a lui, facendo guizzare fuori la lingua per toccare quella di James seppure con esitazione. Ma presto l'esitazione lasciò il posto ad altre cose. Emma si perse nella sensazione delle sue braccia intorno a lei, della bocca di James sulla sua, della sua lingua che sfiorava la sua. Tutto contribuiva a farle prendere vita. A renderla consapevole di ogni fremito e formicolio nel suo corpo... e in quel momento ce n'erano in abbondanza. Sembrava avesse trovato terminazioni nervose dove non aveva mai saputo che esistessero e tutte pulsavano all'unisono in risposta al suo bacio.

Emma gli strinse le braccia e si sollevò verso di lui, e sentì i fianchi urtare contro quelli di James. Lui emise un suono strozzato quando lei lo fece e poi si ritrasse. Lei rimase lì in piedi, stordita, a fissarlo, e lui la fissò a sua volta, con il fiato corto e gli occhi spalancati.

Alla fine, Emma riuscì a ritrovare la voce e sussurrò: «Perché... perché lo hai fatto?»

Lui sbatté le palpebre. «Non era mia intenzione» disse, a voce bassa come lei.

Lei aggrottò la fronte. Il bacio aveva significato qualcosa per lei e l'idea che fosse stato solo un errore da parte del duca era a dir poco demoralizzante.

«Oh» fece lei.

«Ma sono contento di averlo fatto» continuò James, guardandola negli occhi. «E tu?»

Lei voleva disperatamente dirgli di no. Voleva poter dire che non le era piaciuto e andarsene fingendo che quest'uomo non l'avesse scossa. Ma non poteva.

«Sì» ammise alla fine. Avvampò in viso e gli voltò le spalle. «Oh, devo tornare dentro. Devo prepararmi.»

«Aspetta, Emma!» gridò James quando lei si allontanò di qualche passo.

Emma si bloccò e si voltò lentamente. Dio, era bello da impazzire. In quel momento sembrava così serio, così determinato.

«Sì?»

«Ho un'idea» le disse. «Un piano. Potrebbe aiutare entrambi. Ecco perché volevo parlarti qui fuori stasera.»

Una delusione che non voleva provare le invase il petto. In una piccola parte di lei aveva sperato che lui l'avesse richiamata per qualche motivo più personale. Non per un piano. Anche se che tipo di piano potesse essere le era del tutto ignoto.

«Un piano? Non capisco.»

«Mi hai detto una cosa la scorsa settimana quando ci siamo lasciati dopo la festa in giardino di Meg. Da allora mi è rimasta impressa» disse James.

Emma fece un passo verso di lui mentre con la mente tornava alla volta precedente quando erano rimasti da soli insieme, in un giardino diverso. Sapeva esattamente quali sciocchezze gli aveva detto allora. Come gli aveva aperto l'anima nello stesso modo in cui gli aveva aperto il corpo un attimo prima. In qualche modo quest'uomo le ispirava questi comportamenti, per quanto sciocco fosse.

«Che cosa ho detto?» gli chiese, fingendosi ingenua.

Lui alzò un sopracciglio, la sua espressione diceva che non credeva alla sua memoria difettosa anche se non disse una parola al riguardo. «Quando ho chiesto se potevo aiutarti, hai detto che potevo corteggiarti per farti notare dagli altri.»

Lei strinse i pugni e interruppe il loro sguardo intenso. «Oh, per favore, non rinfacciarmi quella stupidaggine. Era tanto per dire, senza pensarci. Non dicevo sul serio e non c'è bisogno di...»

«È una buona idea» la interruppe lui. «Più ci pensavo, migliore diventava. Per entrambi. Se ci corteggiassimo, mi toglierebbe di dosso gli sguardi di tutte le avide mamme del *ton*. E metterebbe addosso a te gli occhi di tutti i gentiluomini, proprio come hai detto tu.»

Lei sbatté le palpebre. «Quindi tu vuoi... corteggiarmi?»

James mandò giù la saliva. «No. Be', non proprio. Per finta. Voglio prestarti abbastanza attenzione da suscitare interesse senza fare promesse irreversibili. Saremmo sul filo del rasoio, sì, ma possiamo farlo se siamo chiari e prudenti.»

Emma fu scioccata dal dolore diffuso che la colpì in petto mentre lui si spiegava. Non era come se lei *volesse* essere corteggiata da quest'uomo, bacio o non bacio. James era fuori dalla sua portata. Di gran lunga.

«Quindi vuoi mentire» concluse Emma.

Lui annuì. «Un modo crudo per dirlo, ma sì.»

«E come funzionerebbe, esattamente?»

«Proprio come un normale corteggiamento, tranne che noi sappiamo che non lo è. Balleremmo insieme, flirteremmo. Io dirò meraviglie di te quando qualcuno mi farà domande, tu arrossirai in modo grazioso quando sarò menzionato.» Sorrise. «Sì, proprio come stai facendo adesso.»

Emma si portò le mani alle guance bollenti. «Oh, Abernathe...»

«Se complottiamo insieme, devi davvero chiamarmi James» disse lui con un sopracciglio alzato.

«Ma non sono io a complottare, sei tu» disse Emma. «Stavo solo scherzando quando ti ho detto quella cosa la scorsa settimana.»

«Davvero?» le chiese, facendosi di nuovo serio tutto a un tratto. «Sii onesta con te stessa, *stavi* scherzando? So un po' di cose su di te, Emma.»

La paura le attanagliò il cuore proprio come aveva fatto la tristezza un attimo prima. «Che cosa sai di me?»

James sospirò, come se fosse riluttante a dire quello che stava per dire. «So che sei in società ormai da quattro anni. So che fai da tappezzeria ai ricevimenti, e che detesti ogni istante di quelle occasioni. So che tua madre ti assilla, ed esige che la salvi.»

«Che la salvi?» ripeté Emma, detestando il modo in cui le tremava il labbro inferiore. Detestando il fatto che James avesse ragione e potesse vedere tutto ciò che la tormentava.

«Sì, perché i soldi finiranno, soprattutto al ritmo in cui vuole spenderli. E ripone tutte le sue speranze in te. È un fardello pesante, Emma, lo capisco.» James abbassò la voce e fece un piccolo passo verso di lei. «Lo *so*. Mi sto offrendo di aiutarti a portare quel fardello. Per darti una nuova possibilità che non hai avuto dalla prima volta che hai messo piede in società.»

Lei scosse la testa. «E faresti tutto questo solo per tenere lontana da te qualche mamma aggressiva?»

James sostenne il suo sguardo a lungo, o così le sembrò. Lo sentì leggerla, analizzando cosa fare dopo. Sembrava aver preso una decisione quando disse: «È più di questo. Suppongo che se devo fare richieste, per chiederti di essere mia complice in questo, devo essere onesto con te. Emma, io non voglio sposarmi.»

«Mai?» gli chiese.

Lentamente, lui annuì, senza mai abbandonare il suo sguardo. «Mai.»

Lei sbatté le palpebre. Aveva sentito quelle voci, ovviamente, secondo cui James stava evitando il suo dovere. Meg lo aveva sottinteso, aveva detto alcune cose al riguardo, se ne spettegolava a gran voce... ma lei aveva pensato che si trattasse di rimandare l'inevitabile per un anno o due.

Questo era qualcos'altro.

«Perché?» gli chiese.

James si bloccò e un'espressione di disagio attraversò il suo bel viso. Fissò il cielo, dimentico di lei mentre rifletteva su qualunque problema avesse in mente. E di problemi ce n'erano. Li vedeva muoversi sul viso di James. Peggio ancora, voleva farsi avanti e confortarlo, anche se non stava a lei farlo.

«È complicato» disse alla fine, il suo viso si trasformò in un'ombra così che lei non poté più leggerlo. «Basti dire che ho le mie ragioni. Mi aiuterai allora? E ti farai aiutare allo stesso tempo?»

Lei non rispose subito. In quel momento così teso voleva sapere molto di più. Sapere perché quella tristezza era di nuovo nei suoi occhi. Sapere perché evitava il suo dovere quando in cuore sembrava fosse un uomo d'onore.

Ma lui non voleva mostrarle quelle cose e lei non aveva il diritto di chiederle.

«È una follia» disse alla fine, perché non aveva altro modo per descriverla.

Con sua grande sorpresa, lui sorrise. «Sei qui, Emma. Siamo già in questa situazione, no? Perché non aiutarci a vicenda?»

Emma fece un lungo respiro. Il mondo in quel momento stava girando all'impazzata, fuori controllo, e aveva bisogno di un attimo prima di accettare qualcosa di così folle come quel piano.

«Fammici riflettere» gli disse.

James spalancò gli occhi e per un istante fu come se nessuna donna avesse mai rifiutato una sua richiesta prima. Forse non era effettivamente mai successo. Era un uomo cui era difficile dire di no.

Alla fine annuì. «Molto bene, se è questo ciò di cui hai bisogno. Pensa quanto vuoi.»

«Devo andare a casa. Ho bisogno di... prepararmi, solo di... prepararmi.»

«Posso accompagnarti» suggerì lui.

Emma lo guardò, le pulsavano ancora le labbra dove l'aveva baciata, le tremavano le ginocchia, e scosse la testa. «No, penso che faresti meglio a restare qui. Io... oh, meglio che io vada e basta.»

Non disse altro e ignorò che lui la chiamasse per nome mentre correva via dal giardino e tornava a casa. Ma stare lontano da lui non fu d'aiuto quanto sperava. Anche mentre si allontanava da lui, sentiva ancora il suo sguardo su di lei. Le sue mani su di lei. La sua bocca su di lei.

E sentiva ancora le parole del suo piano risuonarle nelle orecchie mentre andava a prepararsi per quella che prometteva essere una serata molto lunga.

CAPITOLO OTTO

James scrutò la pista da ballo e scorse subito Emma dall'altra parte della sala. Se ne stava contro la parete, proprio come faceva a quasi tutti i balli o ricevimenti a cui partecipava, ma quella sera non era sola. Stasera c'erano alcuni gentiluomini al suo fianco a parlare con lei e Meg.

E anche se avrebbe dovuto esserne contento (dopotutto dimostrava la sua tesi che l'attenzione che le dava attirava sguardi e interesse su di lei) il fatto invece gli fece ribollire il sangue. Due di quegli uomini erano degli idioti, non potevano in alcun modo elevarsi all'intelletto di Emma. L'altro, Sir Archibald, aveva vent'anni più di lei, aveva già seppellito due mogli e aveva otto figli veramente insopportabili.

«Perché continui ad agitarti?» chiese Simon, dandogli una gomitata nel fianco.

James sbatté le palpebre e distolse lo sguardo per concentrarsi nuovamente su Simon, Graham e un altro del loro club, Robert, il Duca di Roseford. Lo stavano fissando tutti, curiosi e piuttosto compiaciuti, se interpretava correttamente le loro espressioni.

«Non è niente» grugnì, distogliendo l'attenzione da loro.

Graham rise. «O è la signorina Emma Liston, con cui ti abbiamo visto parlare molto da vicino a cena?»

«Sì, e poi l'idiota va a fare una passeggiata da solo con lei in giardino» disse Roseford, sbattendo le ciglia. «Attento, farai innamorare di te la ragazza e poi ti ritroverai in un bel pasticcio.»

Lo stava prendendo in giro. James strinse le labbra e ignorò il lampo di piacere all'idea che Emma lo volesse. «Non è quello a preoccuparmi. Sono solo scioccato dal fatto che Emma non abbia risposto alla mia offerta.»

Graham fece un passo avanti. «La tua offerta? Cristo, James, non dirmi che sei andato avanti con quella ridicola idea di cui mi parlavi a Londra.»

«Che idea?» chiese Simon, guardando prima uno poi l'altro. «Di che cosa sta parlando?»

James si agitò per il disagio. Voleva i consigli dei suoi amici, ma non il loro scherno quando la verità fosse venuta fuori. «Pensavo che Northfield ti avesse già raccontato tutto» disse. «Si è fatto una bella risata a mie spese.»

«Be', pensavo che tu stessi scherzando» spiegò Graham. «Quindi non ho detto niente a nessuno.»

«Di che cosa stanno parlando?» chiese Roseford, guardando Simon.

«Qualcosa di cui non sono a conoscenza. Qualcuno di voi ha voglia di spiegare?»

Graham si voltò verso di loro. «Prima di lasciare Londra, James è venuto da me con questa idea assurda che avrebbe finto di corteggiare Emma Liston per aiutarla ad attirare attenzione sul mercato matrimoniale e per distogliere attenzione da se stesso.» Lanciò un'occhiataccia a James. «Le hai *davvero* proposto questo piano ridicolo?»

James incrociò le braccia. «Non è così ridicolo. Le ho prestato un minimo cenno di attenzione stasera e guarda, ha già uomini che le si affollano intorno.» Si acciglò quando Emma sorrise per qualcosa che Sir Archibald stava dicendo. «Anche se non ne approvo la qualità.»

Roseford si sporse in avanti, i suoi occhi scuri brillavano di genuina emozione. «Maledizione, sei impazzito? Questo è esattamente il modo in cui gli uomini rimangono intrappolati e finiscono sposati con le donne.»

L'espressione di Simon era meno dura di quella di Robert, così come il suo tono. «Quindi le hai davvero parlato di questo piano?»

«In giardino prima del ballo» ammise James, e la sua mente traditrice lo riportò al loro bacio prima di scacciare il pensiero. «Ha detto che doveva pensarci. Cosa c'è da pensare? Le sto offrendo qualcosa di vantaggioso per entrambi. Perché dovrebbe fare resistenza?»

Graham inclinò la testa all'indietro e iniziò a ridere. «Buon Dio, è questo il problema, ti ha detto di no. Non hai mai avuto una donna che abbia avuto il coraggio di dirti di no.»

James aprì la bocca per confutare l'accusa, ma scoprì che non poteva. Aveva sempre avuto donne che gli cadevano ai piedi. Ballavano sempre con lui, civettavano con lui e, se erano di un certo tipo, finivano a letto con lui.

Emma era diversa. Sotto più di un aspetto. Aveva ricambiato il suo bacio in giardino, sì. Ma dopo non c'erano stati sorrisi melensi, scherzi e flirt. Aveva a malapena ammesso che fosse successo. Ed eccolo lì, ad assaporarla ancora sulle labbra e a sentirla ancora tra le sue braccia.

Era una follia.

«Correggimi se sbaglio, ma prima non hai dichiarato più volte che il matrimonio è qualcosa che non ti interessa affatto?» insistette Roseford.

James si agitò. «Sì. E questa messinscena potrebbe benissimo aiutarmi a raggiungere questo scopo. Se non sono disponibile agli occhi delle mamme, concentreranno la loro attenzione sugli altri. E quando Emma troverà qualcun altro, avrò una scusa perfetta per spiegare perché non sono interessato in questa stagione o nella prossima o anche in quella successiva.»

Graham lo fissò per troppo tempo e la preoccupazione sul viso del suo amico era evidente. «Se non vuoi sposarti, potresti semplicemente non sposarti. Questo piano contorto non è il modo migliore per garantirlo.»

Simon stava annuendo, anche la sua espressione era tesa per l'apprensione. «E se sei veramente preoccupato per la signorina Liston, ci sono anche modi più semplici per aiutarla. Ci sono alcuni nel nostro gruppo che non sono ostili all'idea di trovare una sposa.»

«Pensi che dovrei organizzare un incontro con qualcuno del nostro gruppo?» chiese James, irrigidendosi al pensiero.

Roseford annuì. «Mi viene in mente Idlewood. Christopher non ha ancora ereditato il suo ducato, ma è finanziariamente stabile come conte, per cui la posizione della ragazza potrebbe non essere una difficoltà per lui.»

Una grande ondata di irritazione attraversò James mentre guardava Emma e la immaginava con il loro aitante amico. Con uno *qualsiasi* dei suoi amici.

«No» disse. «È meglio come dico io.»

Roseford si lasciò sfuggire una risatina e disse: «Be', se insisti. Ora vedo mia madre che mi fa cenno con la mano, devo andare.»

Graham fece un lungo sospiro. «Vengo con te. Dovrei ballare con Margaret.»

James sentì Simon irrigidirsi al suo fianco e lanciò uno sguardo al suo amico, ma il suo viso era impassibile. Salutarono i loro amici e rimasero soli. James continuò a guardare Emma in mezzo alla folla.

Come se sentisse il suo sguardo su di lei, la giovane si voltò. Sbiancò leggermente in viso, poi sussurrò qualcosa ai suoi compagni, fece un profondo respiro e iniziò a dirigersi verso di lui. Il cuore di James sussultò mentre la guardava muoversi attraverso il mare di persone.

Simon si voltò verso di lui. «Sembra che la tua risposta stia arrivando dopo tutto, James.» Guardò Emma, poi spostò l'attenzione sulla folla. Scosse lentamente la testa. «Non sono come Graham e Roseford. Non so se quello che hai in mente sia giusto o sbagliato o semplicemente folle. Ma so per amara esperienza che se uno non coglie le sue opportunità, il rimpianto non tiene una gran compagnia a letto. Quindi fai tutto ciò che ritieni giusto.»

James lo guardò, turbato dal cipiglio di Simon. Ma il suo amico non gli permise di insistere sulla questione. Simon si limitò a dare a James una pacca sul braccio e poi sgusciò via poco prima che arrivasse Emma. Poi la mente di James si svuotò di qualsiasi altro pensiero, lasciando solo lei.

Emma riusciva a malapena a respirare quando finì quella che sembrava una camminata molto lunga da una parte all'altra della sala. James l'aveva fissata per tutto il tempo, il che non era stato di aiuto, perché aveva avuto un'espressione molto intensa sul suo bel viso spigoloso. Un'espressione che le ricordava il giardino e il suo bacio inaspettato e molto piacevole.

Si fermò davanti a lui, mettendo le mani tremanti dietro la schiena. «Vostra... Vostra Grazia», disse con un filo di voce.

James inclinò la testa, esaminandola attentamente prima di dire: «Ti piacerebbe ballare, Emma?»

Lei trasalì al suggerimento. Non se l'era aspettato. Ma non c'era modo di evitarlo, per cui annuì. Lui le tese la mano e lei la prese, e le scorse lungo il braccio un'elettricità che cercò di ignorare. Sentì tutti gli occhi in sala voltarsi verso di lei mentre lui la guidava sulla pista da ballo. Quando la musica iniziò, trattenne un gemito.

Un valzer. Chiaro che sarebbe stato un valzer. Qualunque cosa per costringerla a rimanere tra le sue braccia come se fosse il suo posto, quando di sicuro non lo era.

James le mise una mano sul fianco e iniziò a farla volteggiare. Si ritrovò a fissarlo in viso, mentre la guidava a perfezione. James era tutto ciò che un uomo doveva essere durante una danza. Era agile e aggraziato, ma la guidava con mano ferma, facendola girare esattamente dove lui voleva che lei andasse.

James le sorrise. «Probabilmente sarebbe utile se sembrassi un po' meno terrorizzata, Emma. La gente penserà che ti tenga in ostaggio.»

Lei non poté fare a meno di ridere al suo tono leggero. Scaricò parte della tensione accumulata in corpo rendendole più facili i passi. Fece un lungo respiro. «Se sembro nervosa, è perché ho pensato a quello che mi hai suggerito in giardino.»

Lui strinse le dita contro la sua schiena, attirandola più vicino seppur in modo quasi impercettibile. «Davvero? E quale risposta hai deciso di dare al mio piano?»

«È una follia prendere parte a un inganno del genere» gli disse, e vide un lampo di emozione attraversargli il viso prima che tornasse calmo e illeggibile. «Ma...»

«Ma?» la incalzò lui.

«Non ho quasi nulla da perdere a provarci» ammise. «Quindi, se la tua offerta è ancora valida, ne accetterò i termini.»

James sorrise, un'espressione che gli illuminò il viso e la fece inciampare sui suoi passi. Signore iddio, era davvero bello. Veramente bellissimo, come una specie di angelo malvagio.

Lui la sostenne e disse: «Mia cara, non abbiamo ancora discusso i termini.»

Lei aggrottò la fronte. «Ah no? Sto accettando il tuo stratagemma.»

La fece volteggiare con maestria mentre diceva: «Ma bisogna discutere i dettagli. E i dettagli sono incredibilmente importanti, specialmente in un accordo come questo. Ma qui sulla pista da ballo con tutti che guardano non è il posto giusto per parlarne.»

Si guardò intorno e trasse un profondo respiro. In effetti, sembrava che il mondo intero la stesse guardando. Le donne la fissavano da dietro i loro ventagli, i gentiluomini parlavano e formavano il loro giudizio su di lei. Si agitò per il disagio, perché non era mai stata al centro di tanta attenzione prima.

«Dove allora?» chiese, con voce strozzata.

James rifletté un attimo sulla domanda. «Mia sorella dice di averti dato una stanza tutta per te?»

Emma restò a bocca aperta. «Non potete voler venire nella mia stanza, Vostra Grazia.»

Ci fu un'oscura vampata di calore negli occhi del duca, ma poi scosse la testa. «No. Penso che non sarebbe un'idea saggia, pensandoci bene.»

«Pensando cosa?» gli chiese con un filo di voce.

Lui scrollò le spalle, ma ancora una volta le dita di James scivolarono lungo la sua spina dorsale con un'intimità che la fece rabbrividire. «Pensandoci e basta. L'ho detto solo perché se sei da sola, ti sarà più facile sgattaiolare fuori. Mi raggiungi in biblioteca tra qualche ora?»

Emma considerò un attimo la domanda. Uscire di nascosto dalla sua camera nel cuore della notte per incontrarsi con un uomo scandaloso, molto ricercato e incredibilmente attraente non sembrava la cosa più corretta da fare. Ma in fondo, si era comportata correttamente per tutta la vita e cosa le aveva portato?

La scorrettezza cominciava a sembrare avere i suoi vantaggi.

Emma annuì. «D'accordo.»

Lui le sorrise di nuovo quando la musica finì. «Non vedo l'ora, signorina Liston» disse con un inchino formale.

Lei fece la riverenza a sua volta. «Vi ringrazio, Vostra Grazia.»

Il duca le prese la mano e la condusse fuori dalla pista da ballo. Ma prima di rilasciarla, si chinò e le diede un bacio sulla mano guantata. Il calore del respiro di James penetrò nel tessuto sottile, turbinando attorno alla sua pelle finché strinse insieme le cosce.

Lui fece un cenno con il capo e la lasciò andare, mescolandosi tra la folla come se non avesse un pensiero al mondo. E forse non l'aveva davvero. Dopotutto, questo suo piccolo stratagemma probabilmente non significava nulla per lui, proprio come il loro primo bacio.

E lei doveva assicurarsi di essere altrettanto fredda, altrimenti si sarebbe messa in un mare di guai.

~

Ore dopo Emma scese la lunga scalinata, sbirciando nei corridoi ora in ombra per paura di essere scoperta. Aveva escogitato una spiegazione elaborata mentre aspettava che arrivasse il momento giusto per scendere le scale. Una spiegazione incentrata sul non riuscire a dormire, l'amore per le biblioteche e il bisogno di un libro noioso.

Poteva solo sperare che non le sarebbe mai stato chiesto di recitarla, perché non era molto brava a mentire.

Emise un sospiro mentre mormorava: «Esattamente perché ti stai facendo coinvolgere in un finto corteggiamento con un... un...»

Spalancò la porta della biblioteca e trattenne il respiro. James era già lì, in piedi accanto al fuoco. Si era tolto la giacca e la cravatta, la sua camicia aveva i primi due bottoni aperti e rivelava una parte di petto liscia che la fece arrossire. Quando entrò barcollando nella stanza, lui la guardò con occhi scuri in cui turbinava calore mentre la squadrava dall'alto in basso.

«... mascalzone» disse finendo la frase.

James sbatté le palpebre. «Prego?»

Lei scosse la testa. «Oh... io... niente. Stavo solo... niente.»

«Chiudi la porta, per favore» le chiese.

Emma guardò la porta dietro di sé. L'unico bastione rimasto contro qualunque cosa potesse accadere una volta che fossero stati soli. Si voltò e scoprì che James aveva fatto un passo verso di lei.

«Se abbiamo intenzione di avere una conversazione privata, sarebbe meglio» le disse con un tono rassicurante. Quasi ipnotico. Emma si ritrovò a portare il braccio dietro la schiena e a fare quello che le aveva chiesto.

Quando sentì il clic della porta dietro di lei, vi si appoggiò. «Mi... mi spiace essere in ritardo» disse, cercando di essere normale. Calma. «Ho dovuto cambiarmi d'abito e mi ci è voluto più tempo di quanto pensassi.»

James si avvicinò e all'improvviso lei sentì il suo calore. Nella biblioteca buia, nella quiete, nel privato dove nessuno sapeva che stavano insieme, tutto sembrava vicino e intimo. Deglutì a fatica mentre lo guardava in faccia.

«Sono contento che tu sia venuta» disse lui con voce roca.

Emma si sentiva a disagio così vicina a lui, così gli girò intorno per andare nel centro della stanza e si guardò intorno. «Oh, è bellissimo» sussurrò mentre osservava gli alti scaffali foderati di libri di tutti i colori. Sembravano infiniti.

«Sono d'accordo» le disse James, di nuovo alle sue spalle. «Ho sempre amato questa stanza.»

«Hai letto tutti i libri?» lo prese in giro Emma, guardandolo da sopra la spalla.

Si aspettava che lui stroncasse l'idea che fosse rimasto seduto a leggere per ore, ma invece guardò gli scaffali. «Quasi» disse. «Ci sono ancora alcuni tomi su tecniche agricole innovative che non sono di rapida lettura, in effetti.»

Si voltò per guardarlo in viso. «Stai scherzando. Hai letto davvero tutti questi libri? Tu?»

Alzò un sopracciglio. «Credevi che non sapessi leggere? I miei professori sarebbero molto contrariati.»

Lei scosse la testa. «È ovvio che pensavo che sapessi leggere. Ma non ho mai pensato che un uomo come te volesse andare oltre un quotidiano e forse un opuscolo sulle corse dei cavalli.»

«Un uomo come me» ripeté lui. «Che tipo di idee hai su di me, Emma Liston?»

Emma strinse le labbra. Ora che aveva tirato fuori una tale sciocchezza ad alta voce, non voleva aggiungere altro. Non con lui così vicino.

«Non so» gli rispose.

«Sì invece. Avanti, dimmi.» James incrociò le braccia, inarcò le sopracciglia e restò in attesa.

Emma sbuffò. «Suppongo di averti sempre visto come un... prodigio. Non sbagli mai, tutti ti amano, non hai mai dovuto impegnarti per ottenere qualcosa. Ovviamente sei un tipo decente o non avresti una tale libertà di manovra, ma ammetto che non mi hai mai dato l'impressione di essere una... persona studiosa.»

«Un prodigio che non ha mai dovuto impegnarsi per ottenere qualcosa» ripeté lui. «Non avresti potuto sbagliarti di più.» Sorrise, ma non era come prima al ballo. Questo sorriso era teso e privo di ironia. Sofferente.

«Mi... mi spiace» disse lei dolcemente. «Non mi piace essere giudicata dagli altri ed è proprio quello che ho fatto con te ora. Non è stato corretto.»

L'espressione di James si addolcì un poco e allungò la mano per prenderle la sua. Nessuno dei due portava i guanti, così la sua pelle sfiorò quella di lei proprio come in giardino, e lei trattenne a malapena un sospiro di piacere alla sensazione.

«Scuse accettate» le disse a bassa voce. «E spero che scoprirai che sono pieno di sorprese più a lungo ci conosciamo.»

Adesso lui si era avvicinato e il cuore di Emma iniziò a battere forte. Sentiva caldo e freddo allo stesso tempo. Aveva perso il controllo.

Fece un passo indietro di scatto e balbettò: «T... termini. Dovevamo discutere i termini del nostro accordo. Quali erano?»

James la guardò per un attimo e poi annuì. «Giusto. Dritti al sodo.» Indicò due poltrone rivolte verso il camino. Lei si sedette su una, lisciandosi la gonna d'istinto mentre lo guardava sedersi sulla sua.

«Che cosa avevi in mente?» gli chiese.

Lui le lanciò un'occhiata. «Dobbiamo stare attenti, ovviamente. Il nostro corteggiamento non può sembrare troppo serio, altrimenti non servirà a nessuno di noi. Ma chiacchiereremo davanti agli altri, la parola d'ordine è flirtare.»

Emma si agitò. «Temo di non essere molto esperta a flirtare.»

James si sporse in avanti. «No? Perché?»

«Non... non ne ho mai avuto bisogno, suppongo. Nessuno mi ha mai... voluto.»

«Ne dubito molto» disse lui, con un tono ruvido nella voce che le fece arricciare le dita dei piedi nelle scarpine. «Ma flirtare non è difficile. Ti basterà sorridere, ridere, magari cercare di toccarmi.»

«Toccarti?» ripeté lei, e la sua mente errante tornò al loro bacio di prima.

«Non intimamente» disse lui piano. «Volevo dire un tocco sul braccio. Sulla mano. Mentre parliamo.»

Emma rabbrividì. «Posso provare.»

«Toccarmi ti rende nervosa?» chiese James.

Lei sentì il sangue arrivare alle guance e allungò una mano per coprirle con le mani fredde. «Sì» ammise quando fu chiaro che James si aspettava una risposta. «Sì, mi rende nervosa.»

«Perché?» chiese lui.

Emma chinò la testa. Le vorticavano per la testa moltissime risposte inappropriate. Nessuna che potesse dire ad alta voce. Non a lui. Dio, a nessuno.

James scivolò in avanti sulla poltrona e allungò una mano. Le toccò il mento e la costrinse a guardarlo. «Sei nervosa perché ci siamo baciati?»

Lei annuì. «Nessuno lo ha mai... fatto prima. E io... io...»

James strinse le labbra e sembrava dispiaciuto. Emma sentì il cuore sussultare. Probabilmente aveva rovinato tutto. Adesso l'avrebbe considerata un'idiota e se ne sarebbe andato. Probabilmente era meglio così, nonostante il modo in cui credeva di poterla aiutare. Ma che fosse meglio così o no, scoprì che non voleva che lui la rifiutasse.

«Sei così innocente» disse James dolcemente. «Così ignara di tutto.»

Lei sbatté le palpebre mentre lui si inginocchiava lentamente sul tappeto davanti al camino e le si avvicinava. Era così alto che perfino in ginocchio era alla stessa altezza del suo viso con lei seduta sulla poltrona. Entrò nel suo spazio, mettendo le mani su ciascuno dei braccioli e si alzò.

Le loro labbra erano ormai a un filo di distanza e lei iniziò a tremare. «Cosa stai facendo?»

«Forse hai bisogno di aiuto non solo per attirare attenzione» sussurrò lui. «La paura uccide, Emma. Distruggerà ciò che vuoi più in fretta di qualsiasi altra cosa. Non voglio che tu abbia paura di me. Dell'ignoto. Di questo...»

Si sollevò facendosi forza con le braccia e le labbra di James sfiorarono le sue per la seconda volta in poche ore. Adesso la sorprese di meno. Si scoprì a intrecciargli le braccia intorno al collo e ad aprire la bocca a lui. James si chinò e lei lo incontrò a metà strada, intrecciando la lingua con la sua mentre lui la faceva reclinare contro lo schienale e la baciava come se fosse un uomo sul punto di morire di fame e lei fosse tutto il cibo del mondo.

«Hai un talento naturale» gemette lui contro la sua bocca. «Fatta per il piacere.»

Emma non capiva davvero cosa intendesse, ma rabbrividì comunque alle sue parole. Si sentiva fremere nei posti più oltraggiosi. Come i suoi capezzoli inturgiditi, la parte bassa della pancia, tra le gambe.

James si ritrasse e la guardò negli occhi. I suoi erano dilatati e un po' selvaggi. Come se stesse combattendo una bestia interiore che voleva qualcosa che lei non capiva del tutto, ma Emma si ritrovò a chinarsi verso di lui. Verso la bestia.

Gli prese la nuca e lo attirò a sé, sfiorando le labbra di James con le sue. Lui fece un suono aspro in gola e poi la divorò, inchiodandola alla poltrona mentre la schiacciava con forza contro di sé e la spingeva ad arrendersi ancora una volta.

CAPITOLO NOVE

James premette con forza contro la morbidezza di Emma, i suoi silenziosi gemiti di piacere alimentavano in lui un fuoco che non sentiva da... be', da molto tempo. Non era un monaco: se la spassava e nel corso degli anni aveva avuto diverse amanti. Nessuna aveva mai ispirato un desiderio come quello che ora bruciava in lui. E non aveva idea del perché.

Forse perché Emma era così innocente? Perché lei era così diversa dalle donne che cercava di solito? Non ne aveva idea, ma ardeva dalla voglia di toccarla, marchiarla, prenderla.

Ma non poteva esserci niente di tutto questo. Falsi corteggiamenti e baci rubati erano una cosa. Una volta che l'avesse violata, non ci sarebbe stato modo di tornare indietro. Ovviamente, questo non significava che non potessero provare piacere a vicenda.

Si ritrasse un po' e la guardò in faccia. Aveva gli occhi chiusi, le labbra lucide e piene, il respiro corto mentre ansimava sotto di lui. Oh, quanto voleva farle perdere il controllo. Per farle conoscere un mondo che dubitava lei avesse mai immaginato.

«Voglio toccarti, Emma» sussurrò.

Lei spalancò gli occhi e il loro verde-azzurro era così delicato e bello mentre lo fissava nell'oscurità. «Toccarmi? Non mi stai già toccando?»

Lui trattenne un gemito. Maledizione, quella dolcezza, quell'innocenza, lo facevano impazzire. Il suo bisogno di farla venire cresceva a dismisura.

«Non come vorrei» le rispose, e la sua voce risuonò dura nel silenzio. «Voglio toccarti... qui.»

Mentre diceva quelle parole, spostò la mano lungo il corpo di Emma e gliela premette tra le gambe, raccogliendo lì la stoffa del vestito. Emma emise un urletto per la sorpresa, e sollevò i fianchi contro di lui.

«Non... non ho... voglio...»

«Cosa vuoi?» le chiese.

Lei scosse la testa. «Non lo so.» Lo guardò in viso con occhi dilatati e selvaggi. «Non lo so, James. Mi sento solo... piena. Come se stessi per scoppiare.»

«Posso farti stare meglio» la rassicurò mentre le afferrava l'orlo della gonna e la sollevava. Sostenne il suo sguardo mentre lo faceva, osservandola. Si sarebbe fermato se doveva. Se lei avesse voluto che si fermasse. Non importa quanto sembrasse impossibile.

Ma lei non gli chiese di fermarsi. Si limitò a fissare la sua mano che sollevava sempre di più la gonna, centimetro dopo centimetro. Lui fece scivolare le dita sotto l'orlo quando arrivò alle ginocchia e le toccò le gambe nude.

«James!» gridò Emma, e gli mise le mani sopra le sue attraverso la gonna.

«Posso farti stare meglio» le ripeté facendosi avanti e baciandola di nuovo.

Emma si lasciò cadere all'indietro, con le mani lo attirò vicino, intrecciò la lingua con la sua. Lui fece scivolare la mano sopra il ginocchio, sulle sue cosce nude, e finalmente trovò i suoi mutandoni. Erano setosi e morbidi, ma voleva qualcosa di meglio da toccare. Qualcosa di più dolce.

Trovò la sottile fessura nella stoffa e la aprì, spingendo la mano dove lei era squisitamente calda e già bagnata. Poteva sentirle quell'umidità sulle cosce.

James interruppe il bacio e la fissò mentre passava le dita attraverso la sua apertura. Lei rabbrividì al tocco e lo fissò con occhi selvaggi.

«Questo non ti rovinerà» le promise, anche se in cuor suo era esattamente quello che voleva fare. Voleva allargarle le gambe e scivolare dentro di lei, voleva rivendicarla finché non avesse tremato sotto di lui, finché non l'avesse avuta a sazietà.

Ma non era giusto. Nemmeno quello che stava facendo in quel momento era giusto, ma almeno non l'avrebbe distrutta.

Le aprì le pliche esterne, le sue dita scivolarono lungo la scivolosa apertura. Lei emise un lieve suono di piacere mentre i suoi fianchi sobbalzavano contro di lui facendogli passare le dita su di lei ancora una volta.

«Cos'è questo?» sussurrò Emma, con le guance in fiamme.

«Piacere» riuscì a dire a denti stretti. «Questo è piacere, Emma.»

Le passò le dita lungo il sesso ripetutamente, poi le premette leggermente il clitoride. Lei affondò le unghie nei braccioli della poltrona, spalancando gli occhi mentre ansimava il suo nome.

Sentire Emma pronunciare il suo nome mentre era in preda al piacere bastò quasi a fargli perdere il controllo. Si chinò e la baciò di nuovo, succhiandole la lingua mentre la stimolava, portandola a sollevarsi contro di lui, per trovare il picco di piacere che poteva sentire fremere attraverso di lei.

E alla fine lo raggiunse. Sentì il suo corpo tendersi contro di lui mentre gridava sommessamente. Emma sollevò i fianchi dimenandosi e cedette all'orgasmo in ondate veloci e concentrate.

Dopo che lei ebbe superato la crisi, lui ritirò la mano, facendole scivolare giù le gonne a modo mentre con riluttanza si alzava in piedi e si allontanava da lei.

Emma si alzò immediatamente, con il viso pallido e gli occhi spalancati mentre lo fissava. Le sue labbra si aprirono e si chiusero, e lui la vide lottare tra sé in cerca di qualcosa da dire. Ma prima che potesse farlo, la porta della biblioteca si spalancò.

Entrambi si voltarono e videro entrare il duca di Sheffield. Quando Baldwin li vide in piedi insieme al centro della stanza, nel cuore della notte, si fermò di colpo.

«Chiedo scusa» disse, spostando gli occhi su James in cerca di risposte. «Non mi ero reso conto che qualcun altro fosse sveglio a quest'ora.»

Emma non disse nulla: lanciò solo uno sguardo inorridito a James e fuggì dalla stanza, paonazza in viso e instabile sulle gambe mentre passò di corsa accanto a Sheffield senza guardarlo nemmeno con la coda dell'occhio. James la guardò allontanarsi, desiderando ardentemente raggiungerla, per dirle che andava tutto bene, che non aveva fatto nulla di male. Ma non poteva.

Lanciò un'occhiataccia a Sheffield mentre chiudeva la porta dietro di sé senza far rumore. «Che tempismo.»

Sheffield alzò le mani. «Chiedo scusa. Anche se non sono sicuro di come avrei potuto sapere che eri in biblioteca con...» Si guardò alle spalle. «Con Emma Liston.»

James si passò una mano sul viso. «Dal modo in cui dici il suo nome, presumo che Roseford, Simon e Graham ti abbiano detto tutto sui miei piani con lei.»

«È inevitabile che una chiacchera del genere faccia il giro del nostro gruppo in fretta, soprattutto se siamo tutti sotto lo stesso tetto. Brighthollow e io ne abbiamo parlato a lungo con Roseford oggi.»

«Dio» mormorò James, gettando la testa all'indietro. «E cos'ha deciso la società dei galli?»

«Che sei un idiota a farti venire in mente un piano del genere» rise Sheffield. «Ma sai che Brighthollow e Roseford sono entrambi fermamente contrari al matrimonio. Forse anche più di te. Quindi non sono i più indicati a giudicare quel che è giusto.»

James guardò Sheffield. Gli era sempre piaciuto Baldwin. Del loro gruppo, era il più tranquillo, quello più riservato. Simon e Graham erano molto vicini a James, e Baldwin aveva ragione sul fatto che

Roseford e Brighthollow erano i meno propensi a dargli qualche consiglio se non quello di scappare urlando da Emma per timore che rimanesse invischiato in qualche trappola.

Ma in questo momento aveva bisogno di consigli. Di buoni consigli da qualcuno meno coinvolto e meno prevenuto. Perché quello che era successo pochi istanti prima con Emma era completamente fuori controllo. Non aveva niente a che fare con un piano o con il desiderio di aiutarla o di aiutare se stesso. Aveva voluto toccarla, e lo aveva fatto senza pensare alle conseguenze o alle regole o ad altro, se non a quanto voleva vedere il suo viso mentre veniva.

Non lo aveva deluso. Il suo orgasmo era stato potente, erotico e infinitamente dolce. Ma confondeva le acque del suo piano.

«Non so cosa voglio da lei» ammise a bassa voce.

Sheffield esitò un momento, poi si fece avanti per fargli cenno di sedersi. Una volta che furono entrambi seduti, si chinò in avanti, appoggiando le braccia sulle ginocchia, il viso intenso e concentrato. «Pensavo che questo falso corteggiamento che le hai proposto fosse solo una messinscena per aiutare entrambi. Anche se ho avuto la sensazione che ci fosse di più tra voi quando sono entrato in biblioteca.»

James scosse la testa. «Io... lei non è il tipo di donna che normalmente cattura la mia attenzione, eppure c'è qualcosa in lei che mi attira. Stasera io... potrei essere andato un po' troppo lontano.»

«Quanto lontano?» chiese Sheffield a bassa voce.

«Non così lontano da rovinarla, troppo lontano per un gentiluomo» disse lentamente. «So di potertelo dire senza che tu lo vada a raccontare.»

«Non dirò una parola con nessuno» lo rassicurò Sheffield. «Anche se ammetto di essere sorpreso. Non hai mai fatto una mossa che non sembrasse calcolata.»

«Non sono sicuro che sia un complimento» disse James. «Ma non sono nemmeno sicuro che sia falso. Anche se so di avere una reputazione da scapestrato, in realtà la maggior parte delle volte penso bene prima di agire. Soprattutto quando le mie azioni hanno conseguenze sugli altri. Stasera, non pensavo. E forse questo significa che dovrei allontanarmi da Emma. Per il bene di entrambi.»

Disse quelle parole e il pensiero gli fece male in petto. Si alzò in piedi e si allontanò dal suo amico per andare alla finestra, dove fissò l'oscurità con occhi spenti.

«Cos'è cambiato da quando hai avuto quest'idea per aiutarla?» chiese Sheffield dopo che erano passati alcuni secondi di silenzio.

James si voltò. «Che cosa vuoi dire?»

«Voglio dire, la posizione della signorina Liston è migliorata in qualche modo?»

James scrollò le spalle. «Il po' di attenzione in più che le ho prestato finora sembrava aiutarla un po', ma no. È ancora nella stessa posizione.»

«E la sua famiglia ha avuto entrate inaspettate o qualsiasi altra cosa che potrebbe darle più valore agli occhi di qualcuno?» insistette Sheffield.

«No, certo che no» disse James. «Dove vuoi arrivare?»

«Sappiamo entrambi che questo tuo piano è più vantaggioso per la signorina Liston che per te.» disse Sheffield incrociando le braccia sul petto. «Puoi fingere che non ti importi, ma è chiaro che vuoi aiutarla. E non è una brutta intenzione. Molti hanno...» Esitò. «Hanno cose che accadono che non sono sotto il loro controllo. Cose che li danneggiano. E le brave persone *dovrebbero* aiutare. Quindi, se mi chiedi cosa penso che dovresti fare, penso che aiutare quella giovane donna sia ancora la cosa giusta da fare.»

James fissò Sheffield. Nessuno gli aveva parlato del suo piano in quei termini. Se avesse abbandonato Emma adesso, solo perché era a disagio con il desiderio che gli ispirava, sarebbe stato giusto nei suoi confronti? Dopo tutto, l'aveva trascinata lui in questa idea. Lei non avrebbe mai chiesto di essere in questa posizione senza il suo incoraggiamento.

«So che hai ragione» disse James alla fine.

Sheffield sorrise e la sua espressione mostrava un certo sollievo.

Come se fosse veramente coinvolto nell'idea che James aiutasse Emma. James guardò il suo amico più attentamente.

«Perché sei in piedi così tardi?» gli chiese.

Sheffield si agitò. «Non riuscivo a dormire» rispose. «E ho pensato che un libro mi avrebbe aiutato.»

James aggrottò la fronte. «Sei stato di grande aiuto a me stasera. Posso essere io di aiuto a te?»

Sheffield sostenne il suo sguardo per un attimo e poi scosse la testa. «No, amico mio, credo di no. Grazie comunque per l'offerta. Lo apprezzo.» Si alzò in piedi. «Adesso vado a letto. Dovresti fare altrettanto. Sembra che domani tu debba riparare ai danni con la signorina Liston. Spero che le chiarirai che non ho intenzione di parlare con nessuno del fatto che stasera vi ho trovati in biblioteca.»

«Senz'altro» disse James, tendendo una mano a Sheffield. Se le strinsero. «Grazie.»

Sheffield si strinse nelle spalle. «Prego» disse. «Buona notte.»

Poi uscì dalla stanza, lasciando James a guardare le fiamme che danzavano nel camino. Stasera era andato troppo oltre con Emma e avrebbe dovuto dispiacersene. Invece no. In effetti, sentiva solo un forte desiderio di farlo di nuovo. Di fare di più.

E tutto quello che poteva fare era cercare di controllare quella parte di lui che voleva prenderla e farla sua. Concentrarsi sulle vere questioni in pista e non lasciare che il fascino inaspettato di Emma Liston lo allontanasse dalla sua rotta.

CAPITOLO DIECI

Se Emma aveva sperato che una bella dormita sarebbe stata d'aiuto, non fu così. Primo perché non aveva dormito per niente, secondo perché non c'era tempo o spazio che potesse cambiare quello che aveva fatto con James in biblioteca.

Ora se ne stava seduta al tavolo della sala colazione a fissare il suo piatto, rivivendo ogni momento incandescente e appassionato tra di loro. Gli altri potevano leggerglielo in viso? Il Duca di Sheffield avrebbe raccontato a qualcuno del loro rendez-vous?

Non ne aveva idea, ma tremava al pensiero e alla consapevolezza di ciò che una di quelle cose poteva farle. E in verità, anche lei tremava nel ricordarlo. Sbagliato o no, quello che James le aveva fatto quando l'aveva toccata era a dir poco magnifico. Non aveva mai provato un tale piacere. Anche ora le si arricciavano le dita dei piedi quando ci pensava.

Tutto questo la disorientava molto.

L'universo sembrò percepire la sua confusione perché in quel momento James entrò dalla porta della sala colazione. Emma emise un suono gutturale sommesso e soffocato quando lui si fermò e scrutò la stanza con il suo sguardo scuro finché non la trovò. I loro occhi si incrociarono e nelle profondità dello sguardo fumoso di James vide passione, calore e promesse che non sarebbero mai state mantenute.

Emma voltò il viso per interrompere il contatto visivo e si concentrò sul respiro da rallentare come meglio poteva. Invano.

«Buongiorno» disse James a quelli che erano già svegli e stavano mangiando. Non era tutta la compagnia, questo era certo. Solo circa la metà dei presenti era al piano di sotto, ma chi c'era ricambiò il saluto.

James attraversò la stanza e si lasciò cadere sulla sedia di fronte a Emma che sentì gli occhi delle donne seguirla e arrossì mentre lo fissava.

«Non farlo» disse Emma a denti stretti. «Non farlo.»

L'espressione di James si addolcì mentre la guardava negli occhi, la preoccupazione impressa su ogni linea del suo bel viso. «Emma» le disse dolcemente.

«Vostra Grazia» disse lei di rimando, lanciandogli uno sguardo per ricordargli che adesso erano in pubblico, non in un giardino privato o sulla pista da ballo o in una... biblioteca.

James strinse forte le labbra e alzò il viso verso il domestico che gli aveva portato il caffè e un piatto di cibo. Una volta che furono di nuovo soli, si chinò più vicino. «Voglio parlarti.»

Lei scosse leggermente la testa. «Qui?»

«No» le rispose. «Troppa gente. Scusati e vediamoci sulla terrazza fuori dal salotto dall'altra parte del corridoio.»

«Tutti ci vedranno andare via insieme.»

«Non è questo il piano?» le chiese.

Emma sospirò. Il piano. Per l'amor del cielo, dopo la notte scorsa aveva quasi dimenticato il suo piano. Il suo piano di trovarle un altro uomo da sposare, un uomo che non avrebbe saputo che il Duca di Abernathe le aveva messo le mani sotto la gonna e aveva trasformato il suo mondo in un arcobaleno fatto di intense ondate di piacere inimmaginabile.

Accidenti a lui.

«D'accordo» disse lei, spingendo da parte il piatto mezzo vuoto.

Si alzò e lasciò la stanza dicendo poche parole qua e là ai

presenti. Grazie a Dio sua madre e Meg non si erano ancora alzate. Emma era abbastanza certa che ognuna di loro avrebbe notato la strana interazione tra Emma e James. Meg perché era troppo perspicace per non farlo. La signora Liston perché era ossessionata da ogni mossa che Emma faceva quando si trattava delle prospettive offerte da un duca.

Attraversò il corridoio, entrò in salotto e uscì dalla portafinestra sul terrazzo. Quando il sole della tarda primavera mattutina le colpì il viso, inspirò una lunga boccata d'aria fresca di campagna. Il battito cardiaco iniziò a rallentare mentre lo faceva. Le mani smisero di tremare e per la prima volta dalla notte scorsa, la sua mente sconvolta si calmò e la lasciò pensare con chiarezza.

Ma non riusciva a fare altro che pensare a James che la toccava. Al suo stesso corpo che faceva cose che non aveva mai immaginato fossero possibili. Cose che le erano piaciute, se era onesta con se stessa.

Per tutta la vita era stata costretta a vivere situazioni che non le piacevano. Era stata costretta ad avere paura grazie alle sceneggiate di suo padre. Costretta a ballare quando non voleva. Costretta a fingere che essere respinta non facesse male. Costretta a nascondere la sua intelligenza.

Ma la notte scorsa era stato come se le catene di tutte quelle cose, tutte quelle situazioni, le fossero state tolte e lei avesse preso il volo sotto le sue mani e fosse salita in cielo finché non aveva avuto paura di bruciare al sole. Ed era stato maledettamente bello.

«Emma?»

Trasalì quando James disse il suo nome e si voltò per vederlo chiudere le porte della terrazza. Si mosse verso di lei, esitante, la sua espressione incerta. Le venne un nodo allo stomaco quando lo vide. Probabilmente si era pentito per quello che avevano fatto, soprattutto perché il suo amico li aveva visti insieme in quella che sarebbe stata una posizione compromettente per definizione.

«Buongiorno» gli disse con un sospiro.

James inclinò la testa. «Stai bene?»

«Se mi stai chiedendo se ho dormito bene, no» gli rispose, distogliendo lo sguardo in modo che non la vedesse arrossire.

«Nemmeno io, lo ammetto» disse lui, con tono quasi sollevato. «Non... non riuscivo a smettere di pensare alla biblioteca, Emma.»

Emma si azzardò a guardarlo e lo trovò concentrato così intensamente su di lei che sembrava imprigionarla con lo sguardo. Lei schiuse le labbra e fece un mezzo passo verso di lui. «Anch'io ci ho pensato molto da ieri sera.»

«Quello che ho fatto... quello che ho fatto non è stato un comportamento da gentiluomo, Emma» le disse. «Ed è stato pericoloso.»

«Il tuo amico... il duca di Sheffield...» iniziò, ma lui la interruppe.

«Baldwin non dirà una sola parola, te lo giuro. È un brav'uomo, non ha alcun desiderio di fare del male a nessuno di noi» disse James. «Il nostro segreto è al sicuro con lui.»

Emma emise un breve sospiro di sollievo. «Eppure rimpiangi ancora quello che hai... fatto?» chiese. Non voleva sentire la risposta ma sapeva di avere bisogno di ascoltarla. Solo la verità l'avrebbe risvegliata da questo sogno che in qualche modo quest'uomo la voleva davvero.

James deglutì prima di parlare. «Non è quello che ho detto, Emma. Ho detto che quello che ho fatto era sbagliato. Non ho detto che ne sono pentito.»

Lei trasalì e scosse la testa. «Che cosa vuoi dire?»

«Ti volevo» sussurrò lui. «E quel desiderio ha preso il sopravvento sul mio raziocinio, ed è stato sbagliato. Ti ho messo in una situazione in cui avresti potuto essere gravemente danneggiata dalle mie azioni. Ma per quanto riguarda il toccarti, farti venire... mi ha dato piacere.»

«Ti è piaciuto?» chiese, scioccata.

Lui annuì lentamente. «Molto. Ma so che devo scusarmi perché ho molta più esperienza di te. Non avrei mai dovuto costringerti a concedermi certe libertà, non importa quanto forte fosse il mio desiderio per te.»

Lei fece qualche passo in avanti, e ora erano pericolosamente vicini. Non in modo del tutto inopportuno, ma mancava poco. E a lei non importava niente.

«James» sussurrò lei, senza fiato. «Quello che è successo la scorsa notte... quella è stata la prima volta in cui mi sono sentita viva... da molto tempo. Non sapevo nemmeno che fosse possibile sentirsi come mi hai fatto sentire tu.»

James sollevò una mano e in quel momento tutto rallentò. Era chiaro che voleva toccarla e lei voleva disperatamente che lui lo facesse. Ma poi James diresse lo sguardo alla porta e abbassò la mano aggrottando la fronte.

«Sono contento che non te ne sia pentita» le disse dolcemente.

Emma sentì scorrerle dentro una sensazione di sollievo, così come di quel desiderio che stava iniziando a capire. «Potremmo... farlo di nuovo?»

Lei stessa non riusciva a credere quanto fosse spudorata, e dal modo in cui James spalancò gli occhi, anche lui fu sorpreso dalla sua audacia. «Vuoi rifarlo?»

Lei annuì. «James, anche se il tuo grande piano andasse proprio come speri e un uomo si interessasse a me e chiedesse la mia mano, nel mio cuore saprò sempre che mi ha voluto solo perché sentiva che stava sottraendo qualcosa a te. Ho poca scelta su quale sarà il mio futuro, viste le mie circostanze, ma se potessi entrare in quel futuro con più ricordi di...» Rabbrividì. «...di quello che abbiamo fatto, mi piacerebbe.»

Il cipiglio di James si fece più profondo ed Emma pensò per un momento che lui potesse rifiutarla. Ma alla fine sospirò. «Molto bene, possiamo farne un termine del nostro accordo. Continueremo il nostro finto corteggiamento, proprio come abbiamo deciso ieri sera. Se avremo la possibilità di trovare un po' di piacere come ieri sera, lo faremo.» Le si avvicinò. «E giuro di non rovinarti, Emma, non importa quanto difficile da mantenere possa essere quella promessa.»

Lei gli tese una mano. «È un patto, Vostra Grazia.»

Sorrise alla mano che gli offriva e la prese, ma invece di scuoterla, se la portò alle labbra e stampò un bacio sulla parte superiore del guanto. «Un patto» confermò James. «Ora dovremmo tornare dagli altri. Credo che Margaret abbia in programma una giornata frenetica con una travolgente partita a croquet sul prato ovest e un picnic vicino al ruscello. Tutto ciò ci consentirà ampie opportunità di mettere in atto la prima parte del nostro piano, se non la seconda.»

Lei sorrise, perché nel tono e sul viso di James era tornata la leggerezza, ma sotto il suo sorriso si agitava il desiderio. Era stata riluttante a venire a questo ricevimento, ma ora la sua intera vita era stata sconvolta da lui, dal suo piano e dal suo tocco.

Poteva solo sperare di riuscire a mantenere un qualche controllo su se stessa e sulle sue emozioni, così da non iniziare a credere che ci potesse essere qualcosa di più tra loro di una messinscena e di pochi momenti di piacere rubati.

~

James non poté fare a meno di sorridere mentre guardava Emma e Margaret dall'altra parte del vasto prato. Nel bel mezzo della partita di croquet, quelle due stavano ridendo come matte mentre Emma cercava di impostare un tiro vincente e falliva miseramente. La vide piegarsi in due, scossa dalle risate da capo a piedi.

Ed era gloriosa. Accesa come se mille candele vivessero dentro di lei, rossa in viso proprio come era stata sotto le sue mani la sera prima, rilassata e a suo agio come se questo fosse il suo posto. Con lui.

Non riusciva a capire come qualcuno potesse vederla com'era in quel momento e non voler starle vicino. Lui di certo desiderava annullare la distanza tra loro, prenderla per la vita, farla roteare e baciarle le labbra carnose finché lei non si fosse abbandonata tra le sue braccia.

«Creaturina interessante, non è vero?»

James si irrigidì quando Sir Archibald si avvicinò, con un bicchiere in mano e uno sguardo malizioso sul viso rubicondo e sudato.

«Sono certo di non sapere a chi vi riferiate, Sir Archibald» disse James, con un tono freddo.

Non gli era mai piaciuto quell'uomo, ma viveva nella contea di James e aveva sempre cercato di ingraziarsi il duca suo padre e successivamente lui stesso. Ma James lo trovava un pomposo arrogante che mangiava e beveva troppo.

Il fatto che avesse ronzato intorno ad Emma all'inizio della festa non faceva che rendere il disprezzo di James ancora più mirato.

«Ah no?» disse Sir Archibald con una risatina. «Pensavo di avervi visto annusare le gonne della signorina Liston, mi sbagliavo?»

James emise un respiro lungo e profondo. «È una buona amica di Margaret» spiegò, poi pensò al loro piano. Aveva promesso a Emma che avrebbe finto interesse per attirare quello di altri. Non aveva di certo pensato a qualcuno come Sir Archibald, ma cosa poteva fare? «E mi piace.»

Archibald fece un sorriso smagliante a quella ammissione. «Non che sia una gran bellezza, eh? Ma c'è qualcosa in lei. Qualcosa con un po' di fuoco. Potrei farle una proposta io stesso. Non è che abbia molti pretendenti, no?»

James si sentì avvampare le narici. Sir Archibald aveva insultato Emma non una ma due volte nell'arco di cinque frasi, e ora James non voleva fare altro che tirargli un pugno in faccia. Invece, strinse più forte il suo bicchiere e disse: «Potrebbe avere più pretendenti di quanti pensiate. E non è un po' giovane per voi?»

«Più giovane è, meglio è» Sir Archibald rise dando a James una gomitata amichevole. «Ma voi potreste avere chiunque, Abernathe. Per l'amor di Dio, non abbassatevi così. Vostro padre avrebbe voluto che voi sposaste qualcuna di importante, qualcuna che desse lustro al vostro nome.»

James strinse i denti. Sì, suo padre avrebbe voluto che facesse molte cose. Ed era esattamente la ragione per cui James non aveva nessuna intenzione di farle. «Se ritenete la signorina Liston così inferiore, perché la prendete in considerazione?»

«Be', come avete detto, ormai sono anziano» ridacchiò Sir Archibald. «I miei eredi e secondogeniti sono già più vecchi di voi, a quelli più giovani potrebbe far comodo una donna nei paraggi che si occupi di loro. Non ho bisogno di accrescere la mia posizione con un matrimonio. Voglio solo una puttanella che allarghi le...»

«Basta così» disse James, voltandosi verso di lui con quello che sapeva essere uno sguardo pericoloso. «Non parlerete di Emma in questo modo. Non qui, né a me né a nessun altro ospite.»

Sir Archibald sbiancò e gli passò un lampo di rabbia negli occhi prima che alzasse le mani. «Venite in soccorso della ragazza, vero? Bene, prima di buttarvi a capofitto in una sorta di intesa con lei, fareste meglio a fare un po' di ricerche su di lei. E su suo padre.»

James incrociò le braccia. «So di suo padre.»

Era una mezza verità, ovviamente. Sapeva che era stato tagliato fuori dalla sua famiglia, che al momento non era presente nella vita di Emma, ma poco altro.

«Di tanto in tanto giocavo con lui» gli confidò Sir Archibald. «Più di una volta è arrivato a mettere sul piatto la signorina Liston, sapete. A volte la sua mano, a volte la sua verginità. Non ha mai perso. Ma un giorno perderà, Abernathe. Un giorno *qualcuno* gliela vincerà al gioco. Allora la ragazza non sarà il premio di nessuno. È *questo* che volete in una duchessa?»

Sir Archibald stava inclinando la bocca in modo crudele e James gettò da parte il suo bicchiere. Afferrò il bavero di quell'uomo con entrambe le mani e lo scosse.

«Andatevene da casa mia» disse James, con tono basso e pericoloso. «E non tornate mai più, pomposo coglione. O ve ne pentirete amaramente.»

Sir Archibald si dimenò e James lo spinse via, facendolo barcollare in mezzo al prato. Fu solo allora che si rese conto che l'intero gruppo di ospiti aveva rivolto la propria attenzione su di lui, su di loro. Anche Sir Archibald si guardò intorno, rosso in viso, e si aggiustò i vestiti.

«Scoprirete che ci sono persone che non vale la pena difendere, Abernathe» sogghignò. «E nemici che vi pentirete di esservi fatto.»

James fece un passo verso di lui, e Sir Archibald si allontanò di scatto e si precipitò verso la casa a un passo che era quanto di più simile a una corsa avesse fatto da quando era giovane.

«Signore e signori, perché non ci ritiriamo tutti in casa per prepararci per il nostro picnic?» li invitò Margaret, ma c'era profonda tensione nella sua voce mentre fissava James.

Fu colto da un improvviso senso di colpa. Meg passava gran parte del suo tempo a cercare di mitigare qualsiasi danno che la loro madre potesse fare alla loro reputazione, e ora James aveva appena avuto un alterco fisico con Sir Archibald, che era ben noto in società. Dal modo in cui gli ospiti stavano già guardandoli di sottecchi e sussurravano, era chiaro che quanto successo avrebbe suscitato scalpore per un po' di tempo.

Poi i suoi occhi incrociarono quelli di Emma tra la folla. Lo stava osservando bene, con le labbra leggermente socchiuse. E all'improvviso non gli importò nient'altro. Emma aveva bisogno di un paladino contro quel bastardo. Non gli dispiaceva aver assunto quel ruolo.

Lei meritava di meglio di una vita incatenata a Sir Archibald, vista come un bel giocattolo per il piacere di quell'uomo e nient'altro. Non era il futuro che immaginava per Emma.

La folla iniziò a dirigersi verso la casa e Meg gli si avvicinò, con ancora lo sguardo fisso sul suo. Si costrinse a concentrarsi su di lei, lasciando che Emma uscisse dal suo cono visivo mentre sua madre la raggiungeva ed andavano in casa con gli altri.

«Che accidenti è stato quell'alterco, James?» chiese Meg sottovoce.

Lui scosse la testa. «Scusa, Meg. Non avrei dovuto fare una scenata e metterti in imbarazzo.»

«Che cos'avevi contro Sir Archibald da afferrarlo in quel modo?» insistette Meg.

Cercava sempre di essere onesto con sua sorella. Lo era sempre stato, perché in qualche modo erano sempre stati loro due contro il resto del mondo. Ma in quel momento era riluttante a dirle la verità. «Ha detto cose... disdicevoli nei confronti di un nostro ospite» mormorò.

Meg si sporse in avanti, a occhi spalancati. «Un nostro ospite? Chi?» Lui rimase in silenzio troppo a lungo e lei gli prese la mano. «Ha detto qualcosa su Emma?»

Lui ritirò la mano. «Perché dici così?»

Meg si mise le mani sui fianchi. «Perché ti conosco. Non t'importa un accidenti di nessuna donna a questo ricevimento tranne una. Emma è l'unica donna a cui ti abbia visto prestare più di due minuti di attenzione. Era lei?»

Lui annuì lentamente. «Sì. Non avrei dovuto difenderla?»

«Forse non con così tanta energia» rispose Meg, e ora lo stava osservando ancora più attentamente. «Cosa c'è tra voi?»

«Chi?» chiese lui con voce roca.

«Tu ed Emma, zuccone» disse Meg con una risata. «Oddio, dev'essere qualcosa d'importante se ti sforzi tanto di fingere che non sia così. Cioè, hai chiesto di farla sedere accanto a te, hai ballato con lei ieri sera, ti ho beccato a guardarla tutto il tempo e hai scacciato un conoscente dal nostro ricevimento per lei... allora, cosa c'è?»

Lui esitò. In parte perché sapeva che Meg non avrebbe approvato il suo stratagemma con Emma. In parte perché era molto più complicato di così. Lo sapeva. Non voleva ammetterlo ad alta voce.

«Ti interessa... corteggiarla?» chiese Meg lentamente. Quando non rispose subito, sua sorella batté le mani. «Oh, Jamie! È meraviglioso! È da tempo che sono preoccupata per questa tua smania di vendicarti di nostro padre distruggendo il tuo stesso futuro. Una vita da solo punisce più te di lui. E io adoro Emma, davvero. Sono così felice che tu scelga qualcuno che sia sopportabile e non una ragazzotta senza cervello.»

Sua sorella sembrava così felice che James riusciva a malapena a respirare, a parlare. Eppure doveva, perché non aveva intenzione di lasciare che Meg fluttuasse per il resto del ricevimento con questa gioia nel cuore solo per vederla andare distrutta. Era qualcosa che avrebbe fatto loro padre. Loro padre avrebbe avuto un grande piacere nel far sentire Meg una stupida.

James non voleva avere niente a che fare con tutto questo.

«Meg» le disse, ma lei stava ancora parlando di Emma. Si schiarì la gola. «Margaret!»

Sua sorella si fermò e lo fissò. Smise di sorridere. «Che c'è?»

«Non la sto... corteggiando» disse a bassa voce. «Faccio solo... finta di corteggiarla.»

Meg corrugò la fronte. «Che cosa?»

James fece un breve respiro. Dio, quanto era difficile. Poteva già vedere la delusione affacciarsi sul viso di sua sorella. Era delusa di lui.

«Ha bisogno di aiuto per attirare nuove attenzioni» le disse. «Avrai notato quanta attenzione in più ha ottenuto dopo averne avuta un po' da me.»

«Presuntuoso, James» commentò Meg.

«Vero, *Margaret*.» Scrollò le spalle. «E io... mi rendo conto che non approvi il mio desiderio di evitare il matrimonio, ma esiste. Al primo ballo a Londra sono stato assediato. Non voglio niente di tutto questo. Quindi se dedico qualche attenzione in più a Emma, aiuta anche me.»

Meg scosse la testa, si limitò a scuoterla avanti e indietro per quella che sembrò un'eternità. Poi sussurrò: «Lei sa che le tue attenzioni non sono sincere?»

«Certo!» esplose lui, facendo un balzo per prenderle le mani. «Ti prego, dimmi che non mi ritieni così crudele da farlo a sua insaputa, da prenderla intenzionalmente per una stupida. Ti prego, dimmi che non pensi che io sia perfino peggio di papà, Meg.»

Sua sorella lo fissò per un momento e poi la sua espressione si addolcì. «Ovviamente no. Non potresti essere così crudele, non è da te. Suppongo di essere solo... scioccata dal fatto che Emma abbia accettato qualcosa di così disonesto.»

James si raddrizzò e le lasciò le mani. Ancora una volta drizzò le penne in difesa di Emma. «Era riluttante» disse. «Ma non puoi davvero giudicarla in modo severo. Dopo tutto, la sua vita è molto diversa dalla tua.»

Meg fece una piccolissima smorfia. «Sì, il mio destino, il mio futuro è stato deciso molto tempo fa.»

Lui aggrottò la fronte al tono di voce di sua sorella, ma cercò di rimanere concentrato a difendere Emma. «Sì. Non ti sei mai dovuta preoccupare del tuo futuro. Me ne sono assicurato io. Emma non ha nessuna di queste protezioni. E ne ha sofferto. Sarebbe una sciocca a non darsi la possibilità di fare un buon... matrimonio.»

Pronunciò l'ultima parte più lentamente, perché in qualche modo trovava difficile formare le parole. E quando immaginava Emma sposata, gli si rivoltava lo stomaco.

Una cosa cui cercò di non fare caso mentre Meg faceva un lungo sospiro. «Suppongo che tu abbia ragione.»

«Lo so» disse dolcemente. «Se devi essere arrabbiata con qualcuno per tutto questo, lascia che sia io. Emma è una buona amica e non vorrei mai rovinare la vostra relazione.»

Sua sorella chinò la testa. "«Non l'hai fatto, James. Sono semplice-mente... delusa. Pensavo che Emma cominciasse davvero a piacerti. Speravo...» Si interruppe. «Be', suppongo che non importi quello che speravo adesso. So che non ti lascerai sviare da una strada una volta che hai deciso di intraprenderla. Ma non approvo.»

«Ne prendo atto.» le rispose lui.

Meg si voltò e guardò la casa. «Devo salire e assicurarmi che tutti i preparativi per il picnic siano stati fatti correttamente.»

James annuì, ma quando lei si allontanò la chiamò: «Meg?»

Lei si guardò indietro. «Sì?»

«Non... interferirai con il nostro piano, vero?»

«No» gli rispose con evidente riluttanza. «Non ti fermerò.»

Si rilassò un po' dopo quella promessa. Sapeva che sua sorella non l'avrebbe infranta. Non era nel carattere di Meg. Manteneva le sue promesse e le aveva sempre mantenute.

«Grazie.»

«Ci vediamo tra poco» sussurrò Meg, e si allontanò.

E sebbene Meg avesse acconsentito a mantenere il suo segreto, sebbene avesse accettato la cosa e avesse promesso di non cambiare il suo atteggiamento nei confronti di Emma, James si sentiva ancora come se avesse fatto qualcosa di molto sbagliato.

Qualcosa cui si chiedeva se era in grado di porre rimedio.

CAPITOLO UNDICI

E mma uscì dalla sua camera e trovò sua madre già nel corridoio che aspettava. Ed era piuttosto impaziente a giudicare dal piede che tamburellava sul pavimento.

«Buon pomeriggio, mamma» disse Emma con il sorriso più luminoso che riuscì a fare nonostante l'espressione concentrata di sua madre. «Sei contenta di andare al picnic?»

Gli occhi della signora Liston si accesero di una gioia mercenaria. «Non quanto dovresti esserlo tu, Emma, perché ho sentito una voce.»

Emma contò mentalmente fino a cinque, piano, prima di dire: «Una voce, mamma?»

Sua madre le prese le mani e si avvicinò. «La discussione molto pubblica e piuttosto fisica del Duca di Abernathe con Sir Archibald, quella che ha portato Archibald a fuggire a cavallo... era su di te.»

Emma dischiuse le labbra incredula mentre fissava sua madre. C'era stato un gran mormorio tra gli ospiti durante il rientro in casa, poche ore prima, su ciò che aveva potuto causare uno scontro così scioccante e pubblico tra i due uomini. Emma era curiosa, ovviamente, perché non si era mai aspettata che James si comportasse in quel modo.

Ma su di lei?

«No» disse lentamente. «Non è possibile.»

Sua madre si mise quasi a saltellare ora. «Oh, ma dicono di sì invece. Non gli piaceva l'attenzione che Sir Archibald ti stava prestando prima, ed ecco qua.»

Cominciarono a fischiarle le orecchie e le braccia a formicolare, ma si sforzò di mantenere un viso sereno mentre sua madre continuava a cianciare. Possibile che fosse vero che James avesse quasi litigato con un altro uomo per lei? Così esagerava con la loro messinscena. James aveva affermato di voler portare gli uomini da lei, non di volerli respingere. Letteralmente.

«... un'opportunità che non puoi rifiutare, quindi devi fare del tuo meglio per accalappiare Abernathe a tutti i costi» disse sua madre, afferrando il braccio di Emma.

Emma la scrollò di dosso quando le parole di sua madre diventarono chiare. «Accalappiare Abernathe?» ripeté.

«Sì. Quando siamo venute qui, onestamente per te mi sarei accontentata di uno come Sir Archibald» disse la signora Liston.

Emma strinse la mascella. «È più vecchio di mio padre e ha una nidiata di bambini orribili, orribili, alcuni dei quali sono più grandi di me!»

«E quali altre opzioni avevi?» sbottò la signora Liston. «Ma ora vedo che dobbiamo arrivare molto, molto più in alto. Emma, potresti accalappiare un duca. Un *duca*!»

Emma riusciva a malapena a respirare. Oh, questo era esattamente quello che lei e James avevano pianificato insieme, ma la mente le andava a mille a prescindere.

«*Non* accalappierò Abernathe» sussurrò.

Sua madre alzò un sopracciglio. «Non con quell'atteggiamento. Emma, devi essere aggressiva adesso. E... oh, come posso dirlo... devi giocare sporco se si presenta l'occasione.»

«Sporco?» ripeté Emma, innervosita per il tono di sua madre.

«È vero, potrebbe essere riluttante, nonostante il suo comportamento di oggi» disse la signora Liston, sfregandosi le mani. «Ma questo non può fermarci. Se devi, allora ti suggerirei... di...»

«Che cosa?» sbottò Emma.

«Comprometterti con lui» terminò sua madre.

Emma la fissò a bocca spalancata per l'orrore. «*Mamma*, non puoi dire sul serio.»

Sua madre incrociò le braccia, con un'espressione compiaciuta sul viso. «Perché no? A volte è così che si fanno queste cose. E puoi farcela, Emma. Chiudi gli occhi e immagina la vita meravigliosa che potresti avere e quello che potresti offrirmi. Immagina la libertà da qualsiasi danno che tuo padre potrebbe fare, la libertà dalla paura dell'ignoto. Renderà il suo tocco sopportabile.»

Emma rabbrividì, perché sua madre era all'oscuro di tutto. Non solo non aveva idea del piano di Emma con James, ma non sapeva nemmeno che Emma, a tutti gli effetti, si era già compromessa con James. Sopportarc il suo tocco non era un problema. Non riusciva a smettere di pensarci.

«Emma!»

Entrambe le donne si voltarono e videro Meg che veniva verso di loro su per il corridoio. Stava sorridendo ma c'era qualcosa nei suoi occhi, uno sguardo diverso che fece sobbalzare il cuore di Emma. Aveva sentito questa orribile conversazione? Certamente Meg non avrebbe voluto essere sua amica se avesse saputo quello che aveva appena detto sua madre.

«Pensaci» sibilò la signora Liston prima che Meg le raggiungesse e prendesse Emma a braccetto.

Il gesto affettuoso calmò un po' Emma mentre scendevano le scale e andavano dove si erano radunati gli altri per partire per la breve passeggiata verso il luogo del picnic, ma aveva ancora lo stomaco sottosopra. Le sembrava di essere assediata da complotti da tutti i lati. E nessuno le sembrava giusto.

Emma si lasciò superare dalla folla di ospiti finché non restò ultima della fila. Solo allora riuscì a respirare di nuovo. L'ultimo quarto d'ora era stato un incubo, con James che le lanciava i suoi sguardi, il suggerimento di sua madre che le risuonava nelle orecchie e Meg che sorrideva e chiacchierava con lei, completamente ignara di tutti i tradimenti di cui Emma era partecipe.

Aveva voglia di raggomitolarsi su se stessa e nascondersi per sempre, ma non era possibile. Quindi la cosa migliore che poteva fare era mettere una certa distanza tra sé e gli altri e cercare di riacquistare un po' di controllo sulle sue emozioni.

Una cosa che divenne chiaramente impossibile quando alzò lo sguardo e vide James in piedi lungo il lato del sentiero, appoggiato a un albero. Emma emise un sospiro mentre le si avvicinava.

«Aspettavi me?» gli chiese.

«Ti nascondevi da me?» ribatté lui.

«No» mentì lei, perché era esattamente quello che aveva fatto. «Avevo bisogno... avevo bisogno di spazio.»

James si raddrizzò e la guardò con più attenzione. «Cosa c'è che non va?»

Lei si mordicchiò il labbro per un attimo e scosse la testa. «È solo che... mia madre mi sta assillando. E mi ha detto...»

Quando si interruppe, lui le prese la mano. Emma trattenne il respiro quando alzò gli occhi per guardarlo in viso. Lo sguardo di James era infuocato, velato, ed Emma sentì che il suo corpo gli rispondeva anche se James la stava appena toccando. Tutto sembrava caldo e le procurava fremiti e il mondo divenne sfocato, l'unica cosa a fuoco era lui.

«Cosa ti ha detto?»

Emma fece un profondo respiro. «Che hai litigato con Sir Archibald per... per me.» James fece una smorfia e in quel momento lei capì la verità. Non sarebbe stata più scioccata se James avesse iniziato a cantare e ballare proprio lì sul sentiero. «È *vero*?»

Lui annuì. «Ha detto qualcosa di molto disdicevole. E l'ho rimproverato per questo.» Il suo tono era cupo e pericoloso, e ancora una volta la colpì nei posti più inopportuni.

«Qualcosa di disdicevole su di me?» ansimò Emma. «Non sa di...»

«No!» disse James. «Non su di noi. Ha solo fatto alcune implicazioni sulle sue intenzioni nei tuoi confronti che non mi sono piaciute.»

Emma rabbrividì, perché poteva ben immaginare cosa avesse in mente Sir Archibald. Aveva sempre passato molto tempo a fissarle il seno, e ogni volta che la toccava era come un serpente che le si avvolgeva intorno alla pelle. Ma in ogni caso...

«Lo hai afferrato per il bavero, lo hai spinto, lo hai mandato via» balbettò. «James, tu... hai fatto una scenata.»

«Si meritava molto peggio di quel che gli ho fatto» le rispose. «Ma come faceva a saperlo tua madre?»

Emma scrollò le spalle. «Non ne ho idea. Qualcuno ti ha sentito, forse, o Archibald ha parlato prima di fuggire da casa tua. Ciò che conta è che se ne parlerà. È una storia troppo ghiotta per non ripeterla.»

«Ne sembri turbata» disse James, aggrottando la fronte. «Perché?»

«A parte il fatto che sei quasi venuto alle mani a causa mia? Sono turbata perché getta un'ombra troppo grande su di me.»

«No, sposta attenzione su di te, che era esattamente il nostro piano fin dall'inizio» puntualizzò lui, ma il suo tono era fintamente allegro.

Alla fine si staccò da lui con più riluttanza di quanto avrebbe dovuto e incrociò le braccia. «Se questo è esattamente ciò che intendevi quando abbiamo iniziato, allora perché sembri teso, perché vedo preoccupazione nei tuoi occhi?»

James corrugò la fronte e la fissò. «Io... io... non so di cosa tu stia parlando» disse, e le emozioni negative finalmente scomparvero dal suo viso.

Lei scosse la testa. «Non puoi fingere che non sia così, James. È chiaro che questa cosa preoccupa sia te che me. Anche se apprezzo questo tuo atteggiamento protettivo, sento che è meglio che io conosca anche i dettagli peggiori, così posso essere preparata.»

«Ti preoccupi troppo» mormorò James passandosi una mano tra i capelli. «Emma, non sono angustiato per Archibald. È un idiota e il pettegolezzo sulla sua partenza svanirà molto prima che causi danni permanenti, soprattutto se scegliamo di ignorarlo per non alimentarlo.» Fece un breve sospiro. «C'è... qualcos'altro, però. E hai ragione, dovresti esserne a conoscenza.»

Le cominciò a battere forte il cuore mentre lo fissava, cercando di leggere qualunque cosa avesse in mente prima che la dicesse. Non ci riuscì, pur immaginandosi un'ipotesi orribile dopo l'altra.

«Di che si tratta?» gli chiese con un filo di voce.

«Margaret sa del nostro stratagemma» le rispose a bassa voce.

Emma barcollò e lui si lanciò in avanti per prenderle il braccio e sorreggerla. Lei lo guardò: era troppo vicino, troppo bello, troppo perfetto, e lei riusciva a malapena a ricordare come respirare, figuriamoci come parlare. James attese pazientemente, non cercò di forzarla, non cercò di riempire di parole lo spazio tra loro.

«Meg sa che stiamo fingendo di corteggiarci?» chiese Emma. Lui annuì e lei fece un minuscolo grido strozzato. «Ecco perché mi guardava in modo così strano. Pensavo fosse per mia madre, per quello che aveva detto mia madre, ma era questo. Come fa a saperlo?»

James la lasciò andare finalmente e le fece segno di proseguire lungo il sentiero. «Dovremmo andare, in modo da non restare troppo indietro rispetto agli altri» le suggerì.

Per un momento Emma pensò di resistergli, ma decise di non farlo. Dopotutto James aveva ragione. Arrivare insieme troppo indietro rispetto agli altri li avrebbe esposti a osservazioni impertinenti e ad ancor maggiore incoraggiamento da parte di sua madre rispetto all'idea di farsi compromettere.

Fecero qualche passo avanti insieme ed Emma disse: «Dimmelo, per favore.»

Lui chinò la testa. «Gliel'ho detto, Emma.»

Si voltò di scatto verso di lui e si accorse che la stava guardando. Deglutì a fatica, soffocando il senso di tradimento che la sua confessione le aveva procurato. Non poteva tradirla. Non erano niente l'uno per l'altra, nonostante i baci. Doveva ricordarlo.

«Perché?» sussurrò lei. «Perché glielo hai detto?»

James rimase a lungo in silenzio. «Ho questo enorme gruppo di ottimi amici» disse. «Ma la persona che mi conosce e che mi vuole più bene è Meg. Siamo gli unici due che comprendono appieno il nostro... passato. La situazione con i nostri genitori. Non le racconto bugie, non quando posso evitarlo. Né lei mi nasconde le cose. È venuta da me, elettrizzata come mai all'idea che tu ed io ci stessimo corteggiando. Non potevo ingannarla e lasciare che rimanesse delusa alla fine. Così ho ammesso la nostra messinscena.»

Emma voleva proprio essere arrabbiata con lui per averlo fatto, ma scoprì di non esserlo. Non dopo che si era spiegato in quel modo. Quante volte aveva desiderato qualcuno con cui condividere le cose come le aveva descritto? Non aveva nessuno con cui confidarsi. In un certo senso, era gelosa piuttosto che arrabbiata.

«Capisco...» sussurrò alla fine. «E so che è meglio così. Inoltre, non vorrei fare del male a Meg. Vorrei solo...»

Si interruppe, riluttante a confessare la sua stupidità a quest'uomo. Dopotutto, nemmeno James era il suo confidente.

«Cosa vorresti?» la incalzò lui.

Lei scosse la testa. «Niente.»

James si fermò e si voltò verso di lei. «Ancora quattordici passi e avremo scalato questa collina, Emma. A quel punto, il luogo di ritrovo del picnic sarà proprio dall'altro lato. Tutti ci guarderanno, ci aspetteranno, e questa conversazione finirà. Non c'è tempo per fingere. Ho fatto qualcosa di cui non mi pento, ma non mi illudo nemmeno che la mia confessione non ti disturbi. Quindi, se vuoi qualcosa, dimmi che cos'è adesso.»

Il suo tono era tagliente e cupo, il suo sguardo concentrato e impellente. In quell'istante, i desideri di Emma passarono da Meg alla bocca di James. Le labbra di quell'uomo sulle sue.

Scacciò quei pensieri. «Vorrei poter restare amica di Meg. Mi piaceva davvero.»

Lui la squadrò. «Perché non dovresti restare amica di Meg?»

«Perché lei dovrebbe voler continuare a esserlo dopo tutto questo?» chiese Emma, umiliata dalle lacrime che le bruciavano gli occhi. «Che idea dev'essersi fatta di me!»

«Tu piaci a Meg, e capisce perché questa strada è quella che hai sentito di dover intraprendere. Semmai è arrabbiata con me per...»

James si interruppe e distolse lo sguardo di scatto. Emma gli si avvicinò. «Per cosa è arrabbiata con te?»

«Non importa» le rispose, e si voltò a guardarla. «C'era un altro argomento di cui volevo parlare con te prima di unirci agli altri. Almeno accennarne per discuterne più avanti.»

Emma schiuse le labbra. James l'aveva accuratamente tagliata fuori da qualsiasi cosa avesse in fondo al cuore e anche se ciò che condividevano non era reale, si sentiva delusa. Si schiarì la gola. «E cosa sarebbe?»

«Tuo padre, Emma» rispose lui dolcemente.

Tutti i pensieri su Meg, sui suggerimenti inopportuni di sua madre, sul voler baciare James, svanirono tutti in un istante e il mondo sembrò rallentare di colpo.

«Mio... padre» ripeté, ed ebbe la sensazione che le parole le venissero strappate dal corpo con forza dolorosa.

Lui annuì. «Sì. Ho sentito diverse cose qua e là. Volevo affrontare l'argomento per via della nostra situazione.»

«La nostra situazione» gli fece eco. «Che cosa ha a che fare mio padre con la nostra situazione? Non mi stai davvero corteggiando. Non hai paura di quello che potrebbe...» Si interruppe e respirò a fatica. «Quello che potrebbe fare. Non desidero parlarne.»

La fissò sinceramente stupito. «Non sto cercando di ficcare il naso, voglio solo aiutare.»

«Non puoi aiutare» gli rispose. «E stai ficcando il naso.»

«Emma» disse lui con più forza. «È una domanda perfettamente ragionevole.»

«Sì, per un uomo che dovesse diventare mio marito» scattò lei. «Hai messo in chiaro che non vuoi quel ruolo nella realtà. Quindi non hai il diritto di farmi domande su faccende private. Dopo tutto, tu vorresti parlarmi di tua madre? Sul perché lei... sul perché è così?»

James indietreggiò voltando il viso come se lo avesse colpito fisicamente. Flesse la mascella mentre distoglieva l'attenzione da lei. Alla fine disse: «Capisco cosa intendi. Vieni allora, torniamo dagli altri.»

Indicò la collina con la mano e riprese a camminare, senza aspettarla. Lei lo fissò per alcuni istanti prima di affrettarsi a raggiungerlo. James rimase in silenzio per tutto il percorso, poi sorrise e tutto il dolore, tutto il turbamento era sparito. Nessuno avrebbe mai immaginato che avessero litigato dal modo in cui salutò il gruppo e diede qualche spiegazione su un sassolino nella scarpina di Emma.

Ma anche se nessun altro sapeva la verità, lei la sapeva. Sapeva che molto probabilmente aveva rovinato tutto tra loro. E anche tutto questo si basava per lo più su uno stratagemma, sentiva ancora dolore in petto all'idea che quest'uomo ora avesse un'opinione diversa su di lei.

E non c'era niente che potesse fare per cambiare la situazione.

James era seduto alla sua scrivania e fissava con occhi spenti le scartoffie della tenuta che vi erano sparse sopra. Era lì da un'ora, sforzandosi di concentrarsi e fallendo miseramente. Tutto quello a cui riusciva a pensare era Emma.

Per Meg il picnic era stato un successo, ma per James era stata una tortura. In primo luogo, l'attenzione che rivolgeva a Emma non sembrava funzionare del tutto come aveva sperato. Coglieva ancora gli sguardi interessati e i sussurri di alcune delle donne presenti al raduno. Molte delle debuttanti più giovani avevano voltato gli occhi altrove, certo, ma c'erano altre donne che gli rivolgevano sguardi di un certo tipo. Continuava a trovarsi tra i piedi la contessa di Montague, una famigerata civetta, che sbatteva le ciglia e parlava di... onestamente, non sapeva nemmeno lui di cosa di preciso.

Ovviamente, questo non lo preoccupava tanto quanto il fatto che

Emma si era seduta il più lontano possibile da lui, senza mai guardarlo. Peggio ancora, era diventata il fulcro dell'attenzione di molti degli uomini presenti. A differenza del ballo, questi erano uomini di qualità superiore. Più giovani, molti con soldi a disposizione, c'era anche un visconte nel gruppo.

Sotto questo aspetto, per quanto riguardava Emma il suo piano stava funzionando, ma non ci trovava niente da festeggiare.

Sentì bussare leggermente alla porta e si tese da capo a piedi. Sapeva chi era. Sapeva cosa doveva fare.

«Avanti» disse alzandosi in piedi.

La porta si aprì ed entrò Emma. Trattenne il fiato. Era vestita per la cena, un solare abito giallo con una gonna cucita a mano. Il colore metteva in risalto le mèche dei suoi capelli e la rendeva un raggio di luce in quella che fino a quel momento era stata una serata buia.

«Desideravate vedermi» disse lei, con un tono formale e incerto e senza guardarlo.

«Entra. Chiudi la porta.»

Allora Emma lo guardò incerta e sussurrò: «Non è opportuno, James.»

«Nemmeno la conversazione che dobbiamo fare» replicò lui con un sospiro. «Per favore, Emma. Chiudi la porta.»

Lei fece un lungo respiro, come se si stesse riprendendo, e fece come le era stato chiesto. Non gli si avvicinò, però, ma rimase sulla soglia, con la mano pronta ad aprire di nuovo la porta.

«Se vuoi che me ne vada, lo capisco» gli disse con un filo di voce. «Ma ci vorrà un po' per convincere mia madre a farlo.»

James la fissò, accorgendosi solo ora di come le tremavano le mani, di quanto era pallida la sua pelle e, peggio ancora, del rossore dei suoi occhi, segno che aveva pianto.

Le si avvicinò quasi senza volere. «Emma, non ti ho chiamata qui per chiederti di andartene. Perché pensi che voglia che te ne vada?»

Emma deglutì e rispose con voce roca: «La nostra conversazione di oggi non è stata esattamente positiva. Mi stai facendo un favore con il tuo patto e io ti ho ricambiato respingendo il tuo interesse e comportandomi da maleducata. Perché vorresti tenermi qui? Non hai bisogno di me.»

In quel momento James non voleva altro che annullare la distanza tra loro e prenderla tra le braccia. Per confortarla tenendola stretta al petto e sussurrarle che aveva bisogno di lei. Anche se non voleva. Anche se lottava contro questo bisogno con tutto se stesso. Stava cominciando ad aver bisogno di lei.

Non si mosse. Invece, si schiarì la gola. «Oggi ti ho chiesto di raccontarmi una cosa su tuo padre. E avevi ragione a dire che non ti ho detto niente di personale su di me. Dato che conosci mia madre e l'hai vista in uno dei suoi... dei suoi momenti peggiori, forse quella spiegazione ti *è* dovuta.»

«Cosa?» ansimò Emma, spalancando gli occhi luminosi per la sorpresa. Lasciò la posizione sicura vicino alla porta e si mosse nella sua direzione di pochi passi.

«Mi hai chiesto perché mia madre è così» le disse, ogni parola una pugnalata al cuore. «La risposta è semplice. Ha sposato un uomo che non amava e a cui sicuramente non importava di lei.»

Emma deglutì. «Era infelice?»

Lui annuì lentamente. «Non l'ho mai conosciuta in un momento che non fosse infelice. Beve per dimenticare, immagino. Ed è per questo che ho bisogno di te, Emma. Non ho nessun interesse a sottoscrivere lo stesso tipo di accordo.»

«Un matrimonio, vuoi dire» sussurrò lei. «Quello che hai visto tra tua madre e tuo padre è il motivo per cui non desideri sposarti.»

«In parte sì.»

«Ma non potresti...» iniziò e si interruppe. Come se l'argomento fosse troppo intimo. Lo era, ma James scoprì che voleva che lei ne parlasse liberamente.

Le si avvicinò di un passo. «Non potrei cosa?»

«Non potresti trovare qualcuna che ami davvero?» sussurrò Emma. «Qualcuna che ti ami?»

James sollevò il mento e scosse la testa. «Stai parlando di favole, Emma. Quelli che trovano il vero amore sono molto rari. Anche con quelli che lo trovano, non sempre dura. No, conosco i miei limiti e non mi aspetto che qualcun altro mi salvi.»

Emma lo fissò, e in quel momento lui vide qualcosa nei suoi occhi che lo terrorizzò. Vide pietà. Come se conoscesse la verità su di lui e si sentisse dispiaciuta per lui.

E poi si mosse di nuovo verso di lui, solo che questa volta non si fermò finché non lo raggiunse. Alzò lentamente le mani e gli sfiorò le guance. Lui non si staccò, ma la guardò negli occhi. Voleva scappare da lei, ma una parte altrettanto forte di lui voleva restare. Lo stava guardando dentro, nel profondo della sua anima, e c'era una piccola parte di lui che voleva che lei vedesse la verità. Come se volesse che lei facesse esattamente ciò che lui affermava di non desiderare.

Salvarlo.

«*Ecco* da dove viene la tristezza» sussurrò Emma.

Mentre elaborava quello che gli aveva detto, James spalancò gli occhi e fu scosso dallo sgomento. Per tutta la vita si era allenato a nascondere le proprie emozioni. Da ragazzo lo aveva fatto per proteggersi. Da adulto il motivo principale non era stato molto diverso. Ma in quel momento era chiaro era che Emma lo vedeva. Vedeva quello che lui non voleva ammettere a se stesso di sentire, figuriamoci dirlo o mostrarlo a chiunque altro.

Fu colto dal terrore e di scatto sottrasse il viso dalle mani di Emma. «Non c'è nessuna tristezza, signorina Liston, ve lo assicuro» disse, con un tono tagliente e distaccato, per quanto possibile.

Emma lo lasciò ritrarre, ma non si allontanò da lui. Mantenne la sua posizione come se fosse il suo posto. «C'è tristezza in tutti, Vostra Grazia» insistette. «Nessuno riesce a sfuggirle del tutto in questo mondo.»

«Be', non ce n'è in me, Emma» esclamò con tono frustrato davanti al fatto che lei insisteva a farlo affrontare se stesso. Ad affrontare lei. Strinse i denti e combatté contro di lei nell'unico modo che conosceva. «Di sicuro, non ce n'è in questo momento. In questo momento sono in una stanza con la porta chiusa insieme a una bella donna e l'ultima cosa a cui penso sono i miei guai. Ecco a cosa penso.»

Abbassò la bocca sulla sua e la baciò. Un bacio punitivo, duro, ma lei non se ne staccò. Al contrario, gli si aprì subito, invitandolo a entrare, prendendo ciò che lui le offriva con solo un lieve sospiro di acquiescenza.

La sua paura e la sua tristezza, la sua rabbia e la sua frustrazione, si sciolsero in lei, e ammorbidì le labbra sulle sue mentre con uno strattone la attirò ancora più vicino. Emma gli mise le braccia intorno alla schiena e spostò la testa in modo che lui potesse baciarla più a fondo. E perdersi in quel bacio e in lei.

E così fece. Dimenticò ogni altra cosa al mondo a parte assaporarla, sentirla. Annegò dentro di lei e non gli importava se sarebbe mai tornato a galla a prendere aria.

La fece andare all'indietro finché non si appoggiò al bordo della sua scrivania. Voleva sentirla contro di sé, voleva toccarla, voleva farla venire come aveva già fatto. Più di questo, voleva seppellire il corpo in profondità in quello di Emma e fondersi con lei.

Ma non era possibile.

Si staccò dal bacio e la fissò. Emma aveva uno sguardo annebbiato e sfocato, le labbra rosse e piene grazie ai suoi baci, il respiro corto e roco.

«Voglio toccarti di nuovo, Emma. Voglio fare di più che toccarti, anche se manterrò la promessa di non prenderti.»

Emma si mordicchiò il labbro inferiore. «Sì» gli sussurrò in risposta alla domanda che non le aveva fatto. «Ti prego.»

Quelle parole lo fecero quasi esplodere, ma riuscì a tenere sotto controllo la sua libido. Le sorrise, sollevandola sul bordo della scrivania in modo che avesse un appoggio sicuro. Poi iniziò a farle scivolare le gonne verso l'alto mentre lui si sistemava su una sedia, e si posizionò davanti a lei aprendole le gambe.

Emma lo fissò, a occhi spalancati, il corpo scosso dai tremiti. «Cosa stai facendo?» sussurrò.

Le lanciò un'occhiata maliziosa, perché la malizia era l'unica cosa che poteva controllare. «Ti assaggio, Emma. Sto per assaggiarti.»

CAPITOLO DODICI

«Assaggiarmi?» ansimò Emma, mentre i fianchi le si inarcavano di propria iniziativa e James appoggiava ciascuna delle sue mani calde sulle sue cosce nude e le allargava un po' di più.

«Oh sì» replicò lui con tono sornione, aprendole i mutandoni per poterle guardare il sesso.

Divenne paonazza sotto il suo esame intenso. «Davvero non capisco cosa intendi con...»

Prima che lei potesse finire la frase, lui si chinò e le premette la bocca addosso, tracciando la vulva con la lingua.

Fu assalita da un'intensa sensazione e sobbalzò contro di lui. Questo non fece che spingere la lingua di James più forte contro di lei, rendendo quello che stava facendo ancora più potente. La tenne ferma e la leccò di nuovo, questa volta allargandole le pliche per avere migliore accesso.

Emma sapeva che avrebbe dovuto protestare. Che avrebbe dovuto reprimere questa creatura lasciva che si era risvegliata in lei e dirgli di no. Si sarebbe fermato. Non aveva dubbi che si sarebbe fermato.

Ma *non* lo fermò. Al contrario, si accasciò un po' all'indietro sulla scrivania, aprendosi di più verso di lui mentre lui continuava a stimolarla e ad accarezzarla con la lingua. James trovò la piccola protuberanza di nervi all'apice del suo sesso e ci girò intorno con un movimento languido, facendola rabbrividire mentre le scorreva dentro un rovente piacere elettrico. Ma poi si ritrasse e tornò a fare l'amore al suo corpo con quella sua abile lingua audace.

Emma si inarcò contro di lui, incapace di fermare la marea di sensazioni che la attraversavano, sovrastavano, minacciando di affogarla con la loro intensità. Lui sollevò lo sguardo e i loro occhi si incontrarono mentre le procurava piacere.

«Vorrei farlo per ore» ansimò tra le leccate. «Ma non posso. Non adesso. Così…»

Si interruppe e lei si lasciò sfuggire un gridolino quando James concentrò la bocca sul suo clitoride. La succhiò, dapprima delicatamente, poi più forte, e lei si aggrappò al bordo della scrivania con una mano mentre con l'altra si copriva la bocca per trattenere le grida di piacere che non poteva più controllare.

Le sensazioni stavano crescendo, più intense, più veloci, più forti dell'ultima volta che l'aveva toccata e poi, quasi senza preavviso, esplose l'orgasmo. Emma mosse convulsamente i fianchi contro di lui mentre era scossa da ondate di intenso piacere. Stava annegando, stava volando, si era persa ed era stata salvata tutto in una volta, e lui non rallentò mai il ritmo mentre la leccava sempre più forte, sempre di più.

Alla fine, dopo quella che sembrò un'eternità beata, i tremori si placarono e lui sollevò la testa tra le sue cosce per sorriderle. Le bruciavano le guance per l'intimità di ciò che avevano appena fatto, ma ricambiò comunque il sorriso.

James le prese la mano e l'aiutò a sedersi, poi ad alzarsi in piedi. Lei si aggiustò le gonne, accorgendosi per la prima volta del rigonfiamento duro e rigido dei suoi pantaloni. Sapeva molto poco di sesso, ma sua madre le aveva raccontato il minimo necessario. Era prova che la voleva.

Alzò lo sguardo e si accorse che James la osservava. Lui scrollò le spalle. «Più tardi troverò soddisfazione da solo.»

Emma deglutì a fatica. James voleva dire che lo avrebbe… toccato, pensò. L'idea stessa era intrigante, e il cuore iniziò a batterle forte, mentre era invasa da formicolii che si concentrarono proprio nel punto che lui aveva leccato pochi istanti prima.

Santo cielo, era una sgualdrina.

Gli voltò le spalle e continuò a sistemarsi. Lui si schiarì la gola. «Allora, non è stato meglio impiegare così il nostro tempo che in una conversazione senza senso?»

Emma si bloccò e si girò lentamente per guardarlo di nuovo. Aveva un sorrisetto in viso. Era un'espressione che aveva imparato a conoscere fin troppo bene nel corso degli anni. Uno sguardo che le persone avevano dopo averla ingannata. O dopo averle fatto un qualche scherzo.

Lo fissò, cominciarono a tremarle le mani. «Hai... fatto quello che hai fatto perché mi volevi o perché volevi distrarmi?»

James si agitò, un movimento appena percettibile, ma Emma se ne accorse. «Ma certo che ti volevo» le disse.

Emma scosse la testa, mantenendo lo sguardo fisso su di lui anche se non voleva fare altro che voltarsi. Andarsene. Scappare.

«Stai mentendo» sussurrò. «Non ti piacevano le mie domande o le mie osservazioni. Volevi fermarmi così hai usato la mia debolezza contro di me. Hai trovato un modo per distrarmi a cui sapevi che non avrei potuto resistere. Oh, è stato un modo molto più gentile di quello che hanno fatto altri in passato, ma ti stavi pur sempre nascondendo da me.»

«E se anche fosse?» le chiese, il suo tono si fece più freddo mentre incrociava le braccia sul suo ampio petto. Non era più il suo amante gentile: era di nuovo il nobile carismatico, e lei solo una di quelle che facevano da tappezzeria ai ricevimenti. «Non è che tu mi abbia rivelato i tuoi segreti quando te l'ho chiesto.»

Lei esitò, perché James non aveva torto. Le aveva chiesto di suo padre e lei si era rifiutata di rispondere. Lei aveva scavato più a fondo nel suo passato, nelle sue motivazioni di non sposarsi mai, e lui aveva fatto lo stesso, anche se con risultati molto più piacevoli.

«Sembra che siamo entrambi dei vigliacchi» disse Emma alla fine, chinando la testa mentre indietreggiava verso la porta del suo ufficio. «Abbiamo troppa paura di dare qualcosa nel timore che ci esporrà al dolore, al tradimento. Ci proteggeremo fino alla fine. E sarà una fine amara, James. Perché sappiamo entrambi che se continuiamo su questa strada, è garantito che finiremo da soli. Anche se trovassi un marito qui, anche se tu un giorno accettassi di dover trovare una moglie... saremo comunque soli.»

James la fissò, a bocca aperta, lei si voltò e si aggrappò alla maniglia della porta. Le mani le tremavano così forte che riusciva a malapena a girarla per liberarsi da questa stanza, da questo spazio, da quest'uomo, dalle cose che lei stessa aveva detto, che sembravano così reali e così dolorose.

«Vostra Grazia» sussurrò, e fuggì da lui.

Si ritrovò in corridoio, il respiro affannoso e veloce, e si incamminò alla cieca barcollando per allontanarsi da lui e da ciò che avevano appena fatto. Non solo fisicamente, ma avevano eretto un muro tra di loro. Non si era mai aspettata niente di meno, ma vederlo e percepirlo adesso la feriva in modi che non avrebbe mai immaginato. Voleva solo andare di sopra, sdraiarsi e restare da sola. Lontano dagli altri, lontano da James, lontano dalla verità su se stessa che le accuse che gli aveva rivolto avevano rivelato.

«Emma?»

Si bloccò al suono della voce di Meg che fluttuava giù per il corridoio dietro di lei. Fece un respiro profondo, sforzandosi disperatamente di trattenersi dal mostrare in viso la sua agitazione, e si voltò a guardare la sua amica.

«Meg» disse con falsa allegria. «Non ti avevo visto.»

Meg sorrise, ma aveva un'espressione esitante che le fece gelare il sangue. Doveva aspettarselo. James le aveva già detto che sua sorella sapeva della loro messinscena. Ora Meg l'avrebbe affrontata ed era molto probabile che Emma avrebbe perso un'amica.

Le si strinse il cuore al pensiero.

«Penso che dovremmo parlare» disse Meg, avvicinandosi a lei con passi leggeri e indicando la porta di un salotto in fondo al corridoio.

«E questa è la prima volta che possiamo stare da sole, vieni con me allora?»

Emma esitò. Quella voglia di fuggire era ancora più forte adesso. Eppure non c'era niente da fare. Non poteva scappare. Questo tipo di delusione riusciva sempre ad agguantarla quando ci provava. Era meglio lasciare che accadesse ora e farla finita.

«Certo» riuscì a dire Emma con le labbra secche.

Seguì la sua amica in salotto e guardò Meg chiudersi la porta dietro di sé.

Meg si appoggiò contro l'uscio e fissò Emma. «Mio fratello mi ha detto qualcosa oggi» esordì.

Emma chinò la testa. Parte di lei apprezzava quanto fosse diretta Meg. Non c'era modo di fingere con lei. Di girare intorno ad argomenti scomodi. Eppure avrebbe preferito che avessero potuto fingere ancora un po', perché in qualche modo Meg era diventata importante per lei nel breve lasso di tempo in cui si erano conosciute.

«Sì, lo so» disse Emma. «Ti ha parlato del nostro accordo. Mi ha accennato alla vostra conversazione mentre andavamo al picnic. E mi ha detto della tua delusione.»

Meg fece un passo avanti. «*Sono* delusa, Emma. Davvero.»

Emma rabbrividì. In quel momento il suo gioco con James sembrava più abietto che mai e desiderava uscirne con tutto il cuore. Ma si era meritata questo biasimo e doveva affrontarlo.

«Capisco» commentò con voce strozzata. «E se non vuoi essere mia amica...»

Meg trattenne il respiro e afferrò la mano di Emma. Emma si aggrappò a lei come se Meg fosse una zattera di salvataggio su un mare in ebollizione.

«Ma certo che voglio essere tua amica» la tranquillizzò Meg. «Santo cielo, il mio rapporto con te non è mai stato basato sulla tua relazione con James. Sei mia amica a prescindere da ciò che accade tra voi o dagli accordi che voi due fate al di fuori della nostra amicizia.»

Emma quasi cedette all'emozione a quelle parole. Le salirono le lacrime agli occhi, ma per una volta tanto in quella giornata orribile furono lacrime di sollievo. Non avrebbe perso Meg in tutto questo.

«Mi fa molto piacere» sussurrò Emma.

Meg sorrise portando Emma verso il divano e si sedettero insieme. «La mia delusione deriva dal fatto che penso che mio fratello se la passerebbe meglio se avesse il sostegno di una donna come te. *Volevo* che il vostro corteggiamento fosse reale.»

Emma la fissò scioccata, prima di tutto dal fatto che Meg avrebbe voluto che suo fratello fosse legato a una donna con così poche prospettive, senza ascendente e con legami familiari discutibili. Ma scioccata anche dal fatto che quello che aveva detto Meg rivelava qualcosa del suo stesso cuore.

Perché in quel momento Emma si rese conto che anche una parte di lei desiderava che questo corteggiamento fosse reale. Che quello che era appena successo tra lei e James nel suo ufficio fosse l'inizio di qualcosa di più grande, non solo un modo per lui di nascondersi da lei.

«Ti dispiace se ti faccio una domanda?» chiese Emma.

«Certo che no.»

«Perché tuo fratello è così contrario al matrimonio?» Naturalmente conosceva una parte di quella risposta. Le aveva parlato delle terribili conseguenze del matrimonio senza amore di sua madre, ma lei sapeva che c'era di più.

Ed era disposta ad agire alle sue spalle per scoprire che cosa fosse quel di più.

Meg emise un lungo sospiro carico di dolore. «Mio padre è stato molto crudele con lui.»

Emma si ritrasse sorpresa. Non aveva mai conosciuto il precedente Duca di Abernathe, perché era morto molto prima che lei facesse il suo debutto in società, molto prima di venire istruita, o torchiata, su coloro che erano i suoi superiori. Ma non aveva mai pensato che fosse stato crudele.

«Come?» sussurrò. «Perché?»

Meg si agitò per il disagio. «James non vorrebbe che ne parlassi. Lo considererebbe un tradimento, lo so. Il suo passato è privato: solo i suoi amici più cari ne hanno anche solo una vaga idea.»

Emma annuì lentamente, delusa dal fatto che sarebbe stata tenuta lontana dalla verità, anche se aveva capito le ragioni di Meg per tenerla all'oscuro.

«Ci tieni a lui?»

Emma trattenne il fiato alla domanda inaspettata e al modo in cui Meg la stava fissando. «Io, io... sai che è uno stratagemma.»

La sua amica la stava guardando e la sua espressione era seria. «Sì, lo so. Ma a volte, quando vi ho visti insieme, ho percepito qualcosa di più profondo di quello che potrebbe essere interpretato come uno stratagemma. Mi chiedo se tieni a James. Se c'è una parte di te che desidera che ci sia qualcosa di più tra di voi oltre a un giochino elaborato che ha escogitato per proteggersi... per proteggervi?»

Emma si fissò le mani, strette in grembo. Meg si stava avvicinando troppo alla verità. Emma non voleva rivelare così tanto del suo cuore, eppure si scoprì incapace di fare altrimenti.

«Sì, ci tengo a lui» sussurrò. Pronunciare quelle parole ad alta voce le tolse il fiato e dovette fare uno sforzo per continuare. «Anche se so che non c'è speranza per un futuro con lui. C'è qualcosa in lui che mi fa desiderare... di più.»

Meg sorrise, con un'espressione di inequivocabile trionfo. «Lo sapevo.»

«Però Meg, non c'è nessuna indicazione che lui provi qualcosa per me» si affrettò a dire Emma. «Né che abbia alcun desiderio di cambiare nessuno dei suoi piani per me. Devi sapere che è una battaglia persa. La cosa migliore che posso fare è stare a quello che vuole lui, cercare di usare la sua attenzione per trovare un altro buon partito.»

Meg corrugò la fronte e sul suo viso si leggeva comprensione. Qualcosa che andava più in profondità di una semplice empatia per Emma. «Sì, so che a volte non possiamo avere ciò che vogliamo veramente» disse con un filo di voce. «Anche se per te e per mio fratello vorrei di più di un compromesso che tu non volevi e di un'esistenza solitaria e vuota.»

«Apprezzo il tuo interesse, ma... devo accettare le cose come sono» commentò Emma. «Lo so.»

Meg chinò la testa e fece un respiro profondo. «James non era il primogenito» disse senza guardare Emma. «Nostro padre si era già sposato prima di nostra madre.»

«Davvero?»

«Sì. La sua prima moglie morì dandogli il suo erede. E poi anche il ragazzo morì anni dopo, in un incidente.»

Emma trattenne il respiro. «Pover'uomo.»

Meg si strinse nelle spalle. «Non so come fosse con quella prima famiglia. È difficile immaginare che sia stato gentile o amorevole, perché di certo non ho mai visto quella qualità in lui. Ma che tenesse veramente alla sua prima famiglia o no, nostro padre era un duca e continuare la sua linea dinastica era la sua ossessione. Aveva bisogno di un erede, così, prima ancora che fosse terminato il suo periodo di lutto, corteggiò e sposò nostra madre. Concepirono James dopo poco. Io fui un tentativo di avere un secondo figlio maschio di scorta, e una delusione per lui, di sicuro.»

Emma allungò il braccio e le prese la mano. «Sono sicura di no, Meg. Nessuno potrebbe fare altro che amarti.»

Il sorriso di Meg era triste. «Grazie, Emma, ma ti assicuro che mio padre non mi amava. Me lo diceva in faccia prima di smettere di parlarmi completamente quando compii quattordici anni.»

«Smise di parlarti?» ripeté Emma, restando a bocca aperta all'idea di tanta crudeltà.

Gli occhi di Meg si velarono di lacrime, ma lei le ricacciò indietro. «Disse che ero un problema di mia madre. Ma non ero solo io. Non gli piaceva nessuno di noi. Ci disprezzava perché eravamo il rimpiazzo della famiglia che desiderava veramente. A essere onesta, sono contenta di essere stata ignorata. James non ha avuto questa fortuna e ha sopportato il peso maggiore dell'odio di nostro padre.

Uno dei miei primi ricordi è quando il duca schiaffeggiò James in viso così forte che gli spaccò il labbro.»

«Quanti anni aveva?» sussurrò Emma.

«Otto? Forse nove?» Meg deglutì a fatica. «Mentre mio fratello sanguinava e piangeva, Abernathe lo rimproverava per non essere Leonard, il nostro fratellastro. Il vero erede, come lo chiamava sempre nostro padre. *Detestava* James e questo ha spezzato il cuore di mio fratello.»

Emma si coprì la bocca con le mani e trattenne un singhiozzo di dolore per la storia che le era stata raccontata. Riusciva a malapena a immaginare quanto doveva aver ferito James.

«Odiava mio fratello perché era quello che era. E James iniziò a ricambiare il suo odio. Non vuole essere come nostro padre» continuò Meg.

Emma annuì. «Posso capire perché, dopo quello che ha sopportato.»

Meg si lasciò sfuggire un lungo, pesante sospiro. «Nostro padre voleva solo che portasse avanti la sua eredità. E quindi il desiderio di James è di porre fine a quell'eredità una volta per tutte. Non sposarsi è una punizione postuma nei confronti del precedente Abernathe. O forse è una penitenza, per nostro padre, per lo stesso James.» Meg rabbrividì e alla fine lungo la guancia le scivolò una lacrima. «Così ora conosci la verità.»

Emma mise un braccio intorno alla sua amica e le accarezzò i capelli mentre Meg le poggiava la testa sulla spalla. «Mi dispiace moltissimo che abbiate passato un tale calvario» disse dolcemente.

Meg annuì e sospirò. Ma mentre confortava la sua amica, Emma si ritrovò a pensare a James. Quello che Meg le aveva detto dava un senso a tutto ciò che sapeva di lui, a tutto ciò che lui voleva tenerle nascosto. E provò dolore per lui. Perché ci teneva.

Anche se entrambi quei sentimenti erano incredibilmente pericolosi, li provava comunque, e sperava che ci fosse qualcosa che poteva fare per alleviare il dolore di James.

CAPITOLO TREDICI

Evitare Emma non era servito. James chiuse la mano a pugno contro il piano della scrivania e la fissò come se avesse fatto qualcosa per offenderlo. E a dire il vero, era arrabbiato con se stesso. Dopo il loro precedente incontro ventiquattr'ore prima, James aveva cercato di stare lontano da Emma, sperando che avrebbe ridotto quella strana sensazione al petto. Invece no.

Sedersi lontano da lei a cena, la sera prima, lo aveva solo portato a domandarsi che cosa stesse dicendo al gentiluomo accanto al quale *era* seduta. Più tardi, quando si era cominciato a giocare, si era limitato a guardare, trattenendosi a stento dal congratularsi con Emma quando vinceva o dal darle un consiglio quando stava perdendo una mano a carte.

E quando gli era stato chiesto di lei, con falsa ritrosia da Lady Montague, che si era avvicinata di soppiatto sbattendo le ciglia e ammiccando con i suoi sorrisi, tessere le lodi di Emma era stato fin troppo facile.

«Idiota» mormorò tra sé mentre apriva il pugno e stiracchiava le dita irrigidite.

«Cos'hai combinato adesso?» chiese Graham mentre entrava nell'ufficio di James e si chiudeva la porta alle spalle.

James scosse la testa. Sembrava un argomento così privato. Troppo privato, anche per il suo migliore amico. Ma quando alzò lo sguardo su Graham, sapeva che ne avrebbe parlato. Graham era sempre stato in grado di cavargli fuori la verità. Non si arrendeva finché non la otteneva. Ecco perché per James era più simile a un fratello che a un semplice amico.

«Non ho idea di cos'ho fatto» mormorò James. «Qualcosa di stupido, a quanto pare.»

L'aria canzonatoria di Graham si trasformò in un'espressione più seria. Il giovane duca prese posto di fronte a James e si sporse in avanti, appoggiando i gomiti sulle ginocchia. «Di cosa si tratta? Sono giorni che sei di cattivo umore.»

James inclinò la testa all'indietro e fissò il soffitto finemente intagliato. Emise un lungo respiro, ma non riuscì a trovare le parole per spiegare ciò che non era certo di aver capito completamente lui stesso.

«Si tratta di quella donna? Emma Liston?» chiese Graham.

James lo fissò, sorpreso dal tono gentile di Graham. La sua espressione non era diversa. Graham sembrava già conoscere la risposta alla domanda che aveva posto. James strinse i denti. «Sì» ammise a bassa voce.

Ovviamente Graham non sembrava sorpreso da quella risposta. «Capisco. Pensavo avessi sistemato tutto, che la tua messinscena fosse pianificata a perfezione. Cosa c'è che non va?»

James si alzò in piedi e si allontanò. «Non c'è bisogno di gongolare, sai. Lo sento nel tuo tono.»

«Perché dovrei gongolare?» chiese Graham. «A meno che non avessi ragione io e tu non ti sia innamorato della ragazza.»

James si girò verso di lui, sentendosi sbiancare in viso. «Innamorato di lei? No, certo che no. Certo che no. Certo che non la amo.»

«Certo» ripeté Graham. «Dici "certo" tre o quattro volte e questo basta a rendere evidente la tua mancanza di sentimenti nei suoi confronti. Così non sei innamorato di lei, certo che no. Allora cos'è? Sua madre invadente? Lo sforzo di mentire a tutti? Ti calpesta i piedi quando ballate insieme? Cos'è?»

James abbassò lo sguardo, scoprì che il suo piede tamburellava all'impazzata e si costrinse a fermarsi prima di sbottare: «Lei riesce a… vedermi.»

Graham corrugò la fronte. «Vederti?»

Ora che era stato detto, James avrebbe voluto rimangiarselo. Oh, Graham conosceva la sua storia, così come Simon. Ma non ne parlavano mai. Non permetteva *mai* che la sua storia influenzasse ciò che faceva o ciò che prendeva o come si comportava. Ora stava per mettere a nudo qualcosa e non ne era contento.

«Lei vede quel che è reale» chiarì. «Non solo quello che scelgo di mostrare.»

«Ad esempio?» insistette Graham dopo una pausa che sembrò protrarsi per un'eternità.

«Ha detto che vedeva tristezza in me» sussurrò James, cercando di non reagire di nuovo a quell'affermazione pur senza riuscirci, proprio come quando lo aveva detto lei e aveva avuto la sensazione che gli avesse fatto scivolare la sua morbida manina intorno al cuore e glielo avesse stretto forte.

Graham dischiuse le labbra. «Capisco.»

«È… del tutto sconcertante.» La voce gli uscì strozzata e aveva un nodo in gola.

«È ovvio, essere esposto in questo modo da una donna che hai iniziato a conoscere davvero solo nelle ultime settimane.»

James annuì, ma in verità non si sentiva così. A volte gli sembrava di conoscere Emma da una vita.

«Non voglio che lei veda» disse, più a se stesso che a Graham.

Graham fece un sospiro. «Ma quello che lei dice è vero, giusto?»

James chiuse gli occhi, non voleva guardare il suo migliore amico. «Certo che no» mentì. «Io sono l'anima di ogni festa, lo sai meglio di tanti altri.»

«Oh sì» disse Graham. «Balli e ridi, corri dei rischi e seduci le donne. Sei, in apparenza, la quintessenza della gioia e della spensieratezza. Ma io ti conosco.»

«Sì, lo so» ammise James, guardandolo finalmente. «La maggior parte delle persone mi vede solo al meglio, ma tu e Simon mi avete visto nei miei momenti peggiori.»

«Infatti. Ti ho visto dopo l'attacco di collera di tuo padre, quando i tuoi voti non erano perfetti.»

James sussultò. «Mi colpì così forte che pensavo mi avesse fatto saltare i denti.»

«Volevo ucciderlo» disse Graham, diventando rosso in viso al solo ricordo.

«Lo avresti fatto, se Simon non ti avesse trattenuto» disse James scuotendo la testa con l'ombra di un sorriso.

«E sono stato testimone di molte altre occasioni in cui il precedente Duca di Abernathe ti trattava come un cane e non come suo figlio. Ti ho visto quando tuo padre è morto» continuò Graham.

«Tu e Simon eravate lì per tutto. È per questo che ho combinato il matrimonio con Meg» disse James. «Volevo che uno di voi fosse mio fratello per davvero.»

Un'ombra passò brevemente sul viso di Graham, ma la accantonò. «Sarò sempre tuo fratello» disse con gentilezza. «Qualunque cosa accada.»

«E io lo apprezzo» disse James, passandosi una mano tra i capelli. «Ma è diverso con Emma. Come hai detto, la conosco da meno di un mese. Che sia così perspicace è... non so.»

«Be', forse è una cosa importante, James» insistette Graham. «Forse il disagio è segno che è ora di non fingere più. Di consentire a qualcun altro di vedere oltre la facciata. Forse questa è un'opportunità.»

«Che cosa stai suggerendo?» chiese James. «Che renda reale questo corteggiamento, che prenda in considerazione di sposarla, nonostante mi fossi ripromesso il contrario?»

Graham si strinse nelle spalle. «Ho sempre pensato che il tuo desiderio di evitare il matrimonio punisse più te di quanto avrebbe mai potuto punire un morto.»

James considerò per un momento il commento del suo amico. Meg aveva detto qualcosa di simile e lui lo aveva ignorato, ma ora era più difficile. Poteva davvero immaginare ciò che ciascuno di loro suggeriva. Gli balenò un'idea in testa. L'immagine di una vita che sarebbe stata possibile con Emma. Una vita di piacere e risate... ma anche di vulnerabilità. Più Emma lo conosceva, più avrebbe visto. Allora non sarebbero stati solo accenni di tristezza. Avrebbe conosciuto la sua rabbia, il suo dolore, la sua paura...

Si acciglò. «No, io non credo» disse.

Graham strinse le labbra preoccupato. «Bene, allora hai solo altre due opzioni. Puoi abbandonare completamente il tuo piano...»

James scosse la testa. «No, la danneggerebbe. Non voglio ferirla.»

Graham alzò un sopracciglio, come se già quell'affermazione dimostrasse qualcosa. Poi continuò: «La tua altra opzione è dare spettacolo alla grande stasera. Porta avanti la tua messinscena fino in fondo, prestale così tanta attenzione da rendere evidente che Emma è desiderabile. Una volta fatto, lasciala andare a portare avanti tutte le possibilità che ne derivano.»

James annuì. Sapeva che Graham aveva ragione, ma la consapevolezza sembrava... insoddisfacente in qualche modo. Cercò di immaginarsi Emma che trovava qualcun altro da amare, da sposare, con cui condividere tutta la passione che aveva appena sotto la superficie e si sentì... vuoto.

A dire il vero era sempre *stato* vuoto, non importa quanto desse a intendere il contrario.

«Ci penserò su» disse.

Prima che Graham potesse rispondere, bussarono leggermente alla sua porta. Si voltò verso l'ingresso e disse: «Avanti.»

La porta si aprì e dall'altra parte c'era Emma. Lei lo guardò e James ebbe la sensazione che il cuore gli balbettasse in petto. Era vestita per il ballo imminente e il colore blu dell'abito che indossava donava vitalità ai suoi occhi.

«Emma» sussurrò.

La giovane voltò la testa e sembrò notare Graham per la prima volta. Fece quasi un salto. «Oh mi dispiace. Non mi ero accorta che foste qui, Vostra Grazia.»

Graham lanciò a James uno sguardo significativo. «In realtà me ne stavo andando, signorina Liston. È un piacere rivedervi.»

Fece un piccolo inchino e poi si defilò lasciandoli soli. Finalmente Emma entrò nella stanza e si chiuse la porta alle spalle.

Gli tornò in mente il giorno precedente quando erano stati soli in questa stanza. Ricordò quando l'aveva assaggiata, quando le aveva dato piacere. Dio, quanto voleva farlo di nuovo.

Ma lei si schiarì la gola e disse: «James, vuoi che me ne vada?»

Emma vide James cambiare espressione alla sua domanda. Quando era entrata il suo sguardo era stato aperto, infuocato. Ora lo vide mettere su la guardia e gli sentì dire con voce aspra: «Sei appena arrivata, Emma. Perché dovrei volere che tu te ne vada?»

Lei scosse la testa. «Non andarmene da questa stanza. Andarmene da casa tua casa. Lasciare il ricevimento. Tornare a Londra con mia madre.»

James spalancò gli occhi. «Questa è la seconda volta che proponi di andartene da qui. Perché ritorni su questo argomento?»

C'era un accenno di disperazione nel suo tono ora che lo capiva. Le fece venire voglia di fare un passo avanti, di finirgli tra le braccia. Le fece venire voglia di toccargli il viso e calmarlo. Non lo fece.

«James, ci siamo accordati su una messinscena, ma sta... sta sfuggendo di mano, non è vero?»

Lui incrociò le braccia. «In che senso?»

Lei quasi alzò le mani per la frustrazione davanti alla sua reazione. «Be', non sei esattamente contento di me, no?»

James le si avvicinò e lei smise di respirare. «Non di te, Emma. Di me stesso.»

Emma sbatté le palpebre a quella risposta inaspettata e lo fissò in faccia. Le emozioni di James erano così ingarbugliate che non riusciva a distinguerne una che sovrastasse le altre.

«Perché?» sussurrò.

«Maledizione» sbottò James e si voltò. Si avvicinò al camino e si mise a fissarlo. Lei voleva dire qualcosa, incalzarlo, ma non lo fece. Si costrinse a rimanere ferma e calma, aspettandolo.

Alla fine James si voltò. La fissò. La guardò dall'alto in basso e la fece sentire nuda. Nuda emotivamente oltre che fisicamente. Poi fece un suono gutturale sommesso e si mosse verso di lei.

La prese per le braccia, la attirò contro di sé e abbassò la bocca sulla sua. Lei si sollevò aderendo al suo corpo, sciogliendosi nel suo bacio incandescente, arrendendosi al potere di quel bacio e di lui. Non era quello per cui era venuta qui, ma non riuscì a resistere. Per quanto pericolosa fosse quell'ammissione, ora che la bottiglia era stata stappata, non poteva più farci rientrare i suoi sentimenti.

Alla fine James si ritrasse e la guardò, ansimando. «*Non* dovevi essere irresistibile, Emma. Non voglio che tu lo sia.»

Lei rabbrividì quando lui si allontanò. Le voltò le spalle e lei non aveva idea di cosa fare o dire.

Una risposta che non ebbe bisogno di trovare visto che la porta dello studio si spalancò e sua madre irruppe nella stanza. A Emma si gelò il sangue davanti all'espressione luminosa e piena di speranza sul viso di sua madre. Un viso che sbiancò quando la donna vide James dall'altra parte della stanza rispetto a dove si trovava Emma.

«Oh, scusatemi, Vostra Grazia» disse la signora Liston, lanciando un'occhiata a Emma. «Avevo sentito che mia figlia era stata vista entrare in questa stanza, ma non avevo idea che voi foste con lei.»

James si era voltato quando la donna era entrata e ora la stava fissando. Il cuore di Emma sussultò, perché l'espressione di James era blanda e annoiata, la stessa espressione che gli aveva visto rivolgere a una dozzina di mamme avide nel corso degli anni. Ora lei non era migliore di quelle donne che lui disprezzava con tanta facilità.

«Buonasera, signora» la salutò James.

«Devo chiamare un prete?» disse sua madre con una risatina.

Emma scattò in avanti. «Mamma!» ansimò, con le guance in fiamme. Non ebbe la forza di guardare di nuovo James. «Adesso basta.»

«Oh, sta' calma, piccola, sto solo scherzando» disse la signora Liston, con gli occhi ancora puntati su James. «Anche se tutto questo è inopportuno, Vostra Grazia. Siete solo con mia figlia con la porta chiusa.»

James rimase in silenzio per un momento, tanto a lungo che persino sua madre si agitò leggermente sotto il suo silenzio accusatorio. Lanciò una rapida occhiata a Emma, e lei pregò che capisse che non aveva organizzato lei quella ridicola esibizione.

«Certo, avete ragione, signora Liston» disse con gentilezza. «Il mio comportamento è sconveniente. Chiedo scusa a voi e alla signorina Liston.»

«Oh no» esclamò la signora Liston. «Ovviamente mia figlia è molto onorata dall'attenzione che le prestate.»

«Mamma!» sibilò Emma, afferrandole il braccio.

La signora Liston la scrollò di dosso. «Vi lasciamo solo ora, Vostra Grazia. Ma spero davvero che avremo l'onore di vedervi ballare con Emma stasera.»

James inclinò la testa senza rispondere a parole, e la signora Liston prese la mano di Emma e la trascinò alla porta. Lei seguì sua madre, incapace di fare altro di fronte a questa nuova umiliazione. Ma mentre uscivano, lanciò un'ultima occhiata a James.

La stava fissando, il viso ancora impassibile, e fu in quel momento che si rese conto che non le aveva mai detto di non volere che se ne andasse. E dopo questa scenata, poteva immaginare che lui non avrebbe potuto desiderare altro.

CAPITOLO QUATTORDICI

Emma se ne stava in piedi contro la parete, con la testa piegata e le labbra ben serrate. A James si rivoltò lo stomaco mentre la guardava, perché il dolore della giovane era evidente. Tutto ciò a cui riusciva a pensare erano le tre opzioni che Graham gli aveva offerto poche ore prima. Poteva mandarla via, poteva fare un ultimo tentativo per aiutarla o poteva semplicemente rivendicarla come sua e farla finita con questa follia.

Ma l'ultima opzione era impossibile. Sembrava impossibile. Aveva giurato di non sposarsi mai come punizione nei confronti di suo padre, e questo era uno dei motivi per cui si opponeva al suo dovere. Ma c'erano anche altri motivi. Il principale tra questi era che trovava tremendamente terrificante la capacità di Emma di vedere nella sua anima. Permettere a *chiunque* di avvicinarsi così tanto era un invito a soffrire.

Almeno quello lo aveva imparato da suo padre, se non altro. Quante volte quell'uomo lo aveva attirato a sé, soprattutto quando era piccolo? Fingeva di cambiare, fingeva di volergli bene, solo per scacciarlo crudelmente con altrettanta rapidità. James aveva imparato che l'amore non era permanente. Non poteva mai esserlo.

Non poteva permettere a Emma di avvicinarsi più di quanto non fosse già, ma questo non significava che non volesse continuare ad aiutarla. Aveva visto contro chi aveva a che fare durante l'intrusione di sua madre poche ore prima. La signora Liston era così disperata che avrebbe potuto rovinare tutto se non avessero agito in fretta.

Così fece un respiro profondo, si preparò a contrastare qualunque stupido sentimento stesse cercando di farsi strada dentro di lui, e si diresse verso Emma dall'altra parte della sala da ballo.

Lei sembrò percepire che stava avvicinandosi, perché quando James fu circa a metà stanza, Emma sollevò il viso e lo vide. Spalancò gli occhi mentre si raddrizzava e dischiuse le labbra.

Rimase ipnotizzato. Voleva prenderle la bocca, voleva prenderle il corpo, voleva tenerla contro di sé e lasciare che tutto ciò che in lei era caldo e meraviglioso gli riempisse i suoi spazi vuoti.

Ma non poteva permetterlo. Si fermò davanti a lei e le tese la mano. «Un ballo?» le chiese, incapace di formulare la domanda in modo più formale.

Emma fissò le sue dita tese molto più a lungo di quanto avrebbe fatto qualsiasi altra donna di sua conoscenza. Poi annuì senza parlare. Lui le prese la mano, trasalì ancora una volta alla consapevolezza di quell'azione e la condusse sulla pista da ballo dove iniziarono a muoversi insieme.

Lei rimase in silenzio a lungo e lui glielo permise perché non aveva idea di cosa dirle, di come affrontarla. Emma era molto più di quanto si sarebbe mai aspettato che fosse settimane prima, quando aveva imbastito il suo piano.

Ora sembrava una vita fa.

Alla fine, Emma si schiarì la gola e sussurrò: «Mi hai detto che tuo padre era il motivo per cui tua madre si comporta in quel modo. È lo stesso con me e i miei genitori. I problemi di mio padre sono... ben noti. Sono certa che ne sarai a conoscenza.»

La fissò, scioccato dal fatto che finalmente Emma avesse risposto alla sua precedente domanda. Dopo tutto quello che era successo da allora, non aveva pensato che lei avrebbe abbattuto quel particolare muro.

Eppure lo aveva fatto. Si fidava di lui e questo gli fece gonfiare il petto d'orgoglio. Il fatto che offrisse questo scorcio di se stessa significava qualcosa. E lui lo desiderava più di quanto volesse ammettere.

«Ho sentito delle voci su Harold Liston, lo ammetto.»

A quelle parole Emma sbiancò e per un attimo incespicò sui suoi passi. Lui la sostenne, tenendola in piedi mentre le esaminava il viso.

«È questo che mia madre teme di più» disse in un tono appena udibile. «Che alla fine quelle voci diventeranno grida e ogni possibilità che ho per il futuro che lei vuole per me sarà spazzata via per sempre.»

«Il futuro che vuole lei?»

Emma annuì. «Un buon matrimonio che offrirà non solo a me un posto nel mondo, ma a anche lei.»

James strinse la mascella. Quanto capiva il fatto di essere costretti a prendersi cura di chi si aveva intorno, anche a proprio danno. «È un bel fardello da metterti sulle spalle.»

Lei scrollò una di quelle spalle e disse: «È quello che ci si aspetta da me da quando ho memoria. Il peso può essere... opprimente, soprattutto perché non sono riuscita a ottenere ciò che lei desiderava per troppo tempo. Ma non è come se avessi scelta in merito. Andare a vivere in campagna come zitella è un pensiero che non mi è concesso.»

James aggrottò la fronte all'opzione inaspettata che Emma aveva menzionato. «È questo che vorresti, vivere una vita da sola? Non sposarti mai, non diventare mai madre tu stessa?»

Emma inclinò la testa. «Senti chi parla. Anche tu hai un dovere e non vuoi adempierlo. Sei disposto ad arrivare al punto di fingere di corteggiare una donna per evitare di stabilire un legame reale con chiunque.»

La guardò nel profondo degli occhi. «Penso che il nostro legame sia reale.»

Emma schiuse leggermente le labbra e le brillarono gli occhi di un accenno di desiderio, tuttavia lei lo scacciò. «Ma non permanente, Vostra Grazia. Siamo entrambi guidati dalle ombre dei nostri padri.

Tu perché non vuoi essere come lui, io perché temo le conseguenze delle sue azioni.»

James si ritrasse leggermente a quella frase. Come faceva a sapere di suo padre? Le aveva a malapena parlato di quell'argomento.

A meno che non glielo avesse rivelato Meg.

«Che cosa fa tuo padre?» le chiese, allontanandola dall'argomento che gli procurava dolore.

Emma sospirò. «Gioca d'azzardo, intrattiene relazioni scandalose, scatena risse. Fa quello che vuole.»

«Sembra di sentire la descrizione che avevi fatto di me una volta» le disse. «Carismatico? Intoccabile?»

Si aspettava che lei ridesse della sua gentile presa in giro, ma invece la vide serrare la mascella. «Quando va bene, mio padre non è la metà dell'uomo che sei, James. E non è mai stato carismatico. Tutto quello che fa ha un costo. Semplicemente non lo paga sempre.»

«Lo paghi tu» disse James gentilmente.

Lei annuì e il suo turbamento era evidente. «È per *questo* che mia madre lo considera un tale pericolo, anche se dimentica tutto appena torna a casa e le dà un briciolo di attenzione.»

Lui scosse la testa. «Tua madre volterebbe le spalle a tutto quello che ha fatto?»

«Come hai detto tu, è questo che fa l'amore» sussurrò Emma, con la voce spezzata e lo sguardo improvvisamente intenso.

James si scrollò di dosso l'effetto di quello sguardo accusatorio con difficoltà. «Riesce a farle dimenticare di essere un potenziale pericolo? *È* un pericolo?»

Pensò a quello che aveva detto Sir Archibald sul fatto che Liston avesse messo in palio il futuro di Emma al tavolo da gioco. All'epoca aveva creduto che fosse solo un modo sgradevole per provocarlo, ma ora... ora temeva che potesse essere vero, specialmente quando Emma esitò troppo a lungo perché lui non sapesse la risposta prima ancora che parlasse di nuovo.

«Non lo so» ammise Emma. «Sicuramente è un pericolo per se stesso.»

La musica iniziò a scemare e James si ritrovò frustrato da quel fatto. Era stato colto di sorpresa dalla capacità di Emma di vederlo, vederlo veramente, ma quella sera finalmente era stato lui a scorgere qualcosa di lei.

Fece un passo indietro per eseguire un inchino mentre lei faceva una riverenza, poi si portò la mano di Emma alle labbra e le diede un bacio sulle nocche guantate. La sentì diventare tesa, vide le sue pupille dilatarsi con lo stesso desiderio che scorreva nelle vene anche a lui. Quel desiderio che non si era aspettato, ma che era arrivato a desiderare tanto quanto l'acqua o il cibo.

«Grazie, Emma, per aver avuto fiducia in me. E voglio aiutarti. Farò tutto ciò che è in mio potere per farlo.»

Lei ritirò la mano dalla sua, voltando il viso dall'altra parte come se non le piacesse quella risposta. «Grazie, Vostra Grazia» mormorò prima di voltarsi e andare via.

La guardò avanzare tra la folla con passo incerto e desiderò poterla seguire. Ma non lo fece. Perché salvarla, salvarla veramente, avrebbe voluto dire perdere se stesso.

E mma era sulla terrazza, stringeva forte la balaustra di pietra e fissava la notte buia. L'aria fresca non riusciva a calmarla però, perché nella mente continuava a rivivere il suo ballo con James.

Aveva cercato di fingere di poter giocare a questo gioco con lui senza perdere. Ma non era sofisticata come lui. Non era in grado di proteggere il suo cuore nel modo in cui lui aveva chiaramente addestrato se stesso nel corso degli anni.

Così, quando lo aveva guardato nei suoi occhi scuri, si era resa conto di quanto teneva a lui, di quanto lo voleva. Non desiderava solo il suo tocco inebriante, ma *lui*. Voleva il suo cuore, la sua anima, voleva appartenere a lui, non solo per una notte o per la breve durata di un ricevimento, ma per sempre.

«Idiota» imprecò contro se stessa, stringendo la balaustra ancora più forte.

«Lo vuoi allora.»

Emma trasalì. Si voltò e vide sua madre in piedi alle sue spalle con un sorrisetto compiaciuto sul viso. «Che cosa?» esclamò Emma, troppo forte. «Chi?»

«Abernathe» disse sua madre, pronunciando il nome lentamente. «Lo vuoi, vero?»

Emma scosse la testa. Non si fidava abbastanza di sua madre da farla diventare sua confidente. «Non dire sciocchezze, mamma.»

«Non è una sciocchezza» ribatté sua madre, mettendole una mano sulla propria, riuscendo solo a premerle il palmo della mano contro la pietra fredda e ruvida. «Potresti averlo, Emma, e allo stesso tempo salvarci entrambe. Sai cosa fare.»

Emma si voltò. «Non mi comprometterò e non lo tradirò costringendolo a un'unione che non desidera.»

«Tradirlo?» ripeté sua madre, con espressione sconvolta. «Mia cara, non devi essere così ingenua. Può fingere di essere un eroe qui dentro, ma un uomo del genere potrebbe tagliarti la gola come salvarti, non importa cosa finge in questo momento. Sei in guerra e devi fare qualsiasi cosa per vincere.»

Emma si allontanò da lei. «Ascoltami, mamma. Non mi comprometterò e non gli forzerò la mano. Smettila di chiedermelo.»

Sua madre mormorò: «Allora ci condanni entrambe.»

Detto questo, si precipitò di nuovo in casa. Emma era pronta a seguirla quando colse un movimento dall'estremità al buio della terrazza. Si voltò, con il cuore che batteva all'impazzata, e vide James uscire dall'ombra. Il cuore che aveva battuto così forte ora quasi le si fermò mentre lo guardava avvicinarsi a lei, il viso contorto dall'emozione, lo sguardo focalizzato sul suo.

«Quanto hai sentito?»

«Quanto basta» le rispose James dolcemente. Non disse altro, ma chinò la testa e la baciò. Mentre gli altri suoi baci l'avevano posseduta, rivendicata, questo era gentile, confortante, e lei ci sprofondò perché aveva bisogno della sua forza e del suo sostegno in quel momento.

Quando lui si allontanò, Emma emise un sospiro. «Grazie.»

James sorrise. «*Troveremo* una soluzione, Emma.»

Lo fissò, il suo bel viso era segnato dalla preoccupazione. Si stava innamorando di lui. Lo sapeva. Forse ne era sempre *stata* un po' innamorata. Spiegava perché la sua sola presenza la rendeva nervosa. Ma si era trattato di un sentimento non corrisposto, un'idea sciocca che non aveva mai creduto fosse realizzabile. Uomini come lui non volevano donne come lei. Se n'era fatta una ragione.

Ma ora il mondo era capovolto. James Rylon, Duca di Abernathe, la voleva. Lo dimostrava ogni volta che la toccava. Era troppo facile lasciarsi cullare dalla possibilità che l'amicizia e il desiderio potessero trasformarsi in amore quando non sarebbe successo. Non per lui.

Non lo avrebbe mai permesso.

Spinse indietro le spalle e si allontanò da lui. «Mia madre si sbaglia su molte cose, James. Ma in una cosa, ha ragione. Questa *è* una guerra. Non con te, non nel modo in cui lei crede. Ma è pur sempre una guerra. E devo smettere di aspettare che succeda qualcosa, devo smettere di aspettare di essere salvata. In fin dei conti, devo combattere per me stessa. Altrimenti finirò per essere uno dei caduti. E potrei benissimo trascinarti giù con me.»

James la fissò. «Che cosa vuoi dire?»

«È ora che io combatta le mie battaglie» sussurrò Emma, sperando che le sue parole avessero un tono coraggioso come voleva. Sperando che anche il suo cuore fosse coraggioso. «Dopo tutto, mi hai messo tu sul campo di battaglia. È ora che io agisca. Ad... a domani, James.»

Mantenne lo sguardo fisso su di lui a lungo e poi si voltò. Lo sentì sussurrare il suo nome. Fluttuò verso di lei nel vento e mancò poco che la facesse voltare. Quasi si precipitò di nuovo tra le sue braccia, che non erano sicuramente il posto per lei.

In qualche modo però trovò la forza di non farlo. Continuò a camminare, rientrò nella sala da ballo e osservò la folla. Osservò tutti gli scapoli presenti, analizzandoli e alla fine trovò il suo obiettivo. Con un sorriso che non rifletteva la perdita che sentiva nell'anima, andò decisa da Meg.

La sua amica sorrise quando la raggiunse. «Ti stavi godendo l'aria notturna?»

Emma cercò di non pensare ai momenti rubati con James sulla terrazza. Il momento in cui si era resa conto che doveva lasciarlo andare. «A dire il vero faceva un po' freddo fuori. Meg, puoi farmi un favore?»

Meg annuì. «Qualsiasi cosa al mondo, Emma. Lo sai.»

Emma le strinse la mano, grata per la gentilezza di questa donna che aveva imparato ad adorare nelle poche settimane in cui erano diventate amiche. «Sì, lo so. Mi presenteresti al signor Middleton?»

Meg sbatté le palpebre un paio di volte ed entrambe le donne guardarono il gentiluomo in questione dall'altra parte della stanza. Era più vecchio di Emma di almeno quindici anni, ma non portava l'età come un panciotto della taglia sbagliata come succedeva con molti uomini. Era di rango affine a quello di suo padre, anche se aveva preso le sue conoscenze e le aveva sfruttate per ottenere un modesto successo finanziario e un minimo di rispettabilità. Inoltre aveva perso sua moglie tre anni prima e aveva due figli.

In breve, non stava puntando troppo in alto come aveva fatto con Abernathe, né troppo in basso.

E quando Emma lo guardava, non sentiva nulla.

«Emma» sospirò Meg. «E mio fratello?»

Emma non fece a tempo a trattenere un gridolino di dolore. Si rifiutò di incrociare lo sguardo di Meg mentre diceva: «Abernathe mi ha aiutato molto, ma so che devo fare i prossimi passi da sola. Non posso aspettare che mi salvi qualcun altro.»

«Non è quello che volevo dire» sussurrò Meg.

Emma si voltò verso la sua amica. «Lo so. Ma James... non può darmi quello che mi serve. Non sono nemmeno sicura che vorrebbe. E non importa cosa penso o provo, non posso essere così sciocca da fingere di avere tutto il tempo o le scelte del mondo.»

Meg chinò la testa. «Sei in trappola.»

«Sì.» Emma annuì. «E devo fare buon viso a cattivo gioco.»

Meg rise, ma era una risata carica di dolore piuttosto che di allegria. «Be', nessuno capisce questo concetto meglio di me.»

Emma inclinò la testa, e per la prima volta vide davvero il dolore sul viso di Meg. Vide quell'espressione di donna intrappolata che conosceva così bene lei stessa. «Meg, non vorresti...»

Meg scosse la testa. «Non parliamo di quello che vorrei io. Non importa. Vieni, andiamo a conoscere il tuo signor Middleton.»

Attraversarono la stanza insieme e Meg fece le presentazioni da brava padrona di casa. E da buona amica, trovò poi una scusa per lasciarli soli. Emma condusse una breve conversazione con il gentiluomo in questione, ma prestò scarsa attenzione perfino quando lui le chiese di ballare.

Lo seguì sulla pista da ballo, e quando iniziarono a volteggiare insieme, vide il duca rientrare in sala. James la cercò con lo sguardo e quando la trovò fissò gli occhi su di lei e sul suo partner. Serrò la mascella e strinse i pugni lungo i fianchi. Ma non fece un solo passo verso di lei.

Così lei si voltò e si concentrò sul futuro, non sul passato. E non su un sogno che non si sarebbe mai potuto realizzare.

CAPITOLO QUINDICI

James si aggirava per il giardino senza prestare attenzione a quanto lo circondava. Non gliene importava un accidenti dei fiori o della rugiada mattutina o del cinguettio degli uccelli. In quel momento fremeva di frustrazione e di rabbia che non riusciva a elaborare completamente. Tutto quello che sapeva era che entrambe le emozioni lo avevano tenuto sveglio tutta la notte. E ogni volta che riusciva ad addormentarsi?

Sognava Emma. Emma tra le sue braccia. Emma che si apriva a lui. Lui che prendeva Emma.

Alternarsi tra la rabbia cieca e un'erezione non era un modo piacevole di passare le ore.

Svoltò a un angolo e si fermò. In piedi davanti a lui, a fissare la casa, c'era Simon. «Crestwood?»

Simon sussultò, voltandosi verso di lui rosso in viso, come se si sentisse in colpa. «James, non ti avevo visto. Ti sei alzato presto.»

«Non riuscivo a dormire» ammise James. «E neanche tu a quanto pare.»

Simon scrollò le spalle. «Ultimamente ne soffro di continuo, a quanto pare. Ti va di fare due passi con me?»

James si incamminò a fianco del suo amico. «Cosa ti turba?»

«Niente per cui si possa fare qualcosa» disse Simon con tono sommesso ma anche duro come l'acciaio. «E tu?»

«Sono sicuro che tu e Northfield avete già discusso a lungo dei miei problemi» mormorò James.

Simon esitò e poi annuì. «Sì, se non altro riusciamo a parlare di te. Ha detto che stai incontrando difficoltà con... con questa messinscena in cui hai deciso di coinvolgere Emma Liston. "

Una messinscena. James quasi rise. Fin dall'inizio sembrava che fosse stata più di una semplice messinscena.

«Non mi piace sentirmi così» ammise a bassa voce.

«Così come?» chiese Simon.

«Come se mi stessero portando via qualcosa. Non è nemmeno qualcosa che voglio.»

Simon si fermò in mezzo al sentiero e incrociò le braccia. Aveva cambiato espressione tutto d'un tratto, la bocca era stirata in una linea dura, e rivolgeva a James uno sguardo furioso. «Nessuno ti sta *portando* via qualcosa. Credimi, conosco quella sensazione e non è il tuo caso. Tu stai *rinunciando* a qualcosa. Ne hai paura, e per questo preferisci lasciar perdere. Mandi tutto all'aria come se non significasse nulla quando è evidente che significa tutto.»

James lo fissò. Di solito era Graham quello schietto a parlare e severo nei consigli, mentre Simon addolciva tutto per renderlo più appetibile. Ma in quel momento, sembrava quasi che Simon lo volesse picchiare.

«Non doveva essere...»

«Oh, piantala con queste stronzate su come doveva andare, James. Maledizione!» Simon si girò di scatto, passandosi una mano tra i capelli. «È tutta la vita che cerchi di essere all'altezza e di sfuggire all'eredità di tuo padre. E ora sei disposto a perdere qualcosa...» Tornò a guardare la casa. «Qualcosa di importante solo per ripicca nei confronti di un morto. Bene, se è quello che vuoi fare, non meriti di averlo.»

James fece un altro passo indietro. «Simon...»

«Lascia perdere» grugnì il suo amico. «Fa' come se non avessi parlato. Grimble ti stava cercando prima. Io... mi dispiace.»

Senza dire un'altra parola, Simon si voltò e se ne andò, diretto non verso la casa, ma verso le scuderie. James lo guardò allontanarsi, turbato dalle sue parole e confuso dalla passione con cui erano state pronunciate.

Alla fine andò a casa, con la voce di Simon che gli risuonava ancora in testa. Il suo amico, a tutti gli effetti, lo aveva definito un codardo.

E quel che era peggio, pensava che Simon avesse ragione.

Entrò in casa e Grimble si precipitò a salutarlo. Il maggiordomo era pallido in viso e aveva un'espressione contrita. James si preparò ad affrontare qualsiasi problema fosse stato causato da uno degli ospiti.

«Mi hanno detto che mi stavate cercando, Grimble» disse, sforzandosi di avere un tono distaccato mentre si toglieva il pastrano e lo consegnava al servitore.

«Si milord. Mi dispiace disturbarvi per questo, milord. Non sapevo cos'altro fare.»

James aggrottò la fronte. Grimble di solito era freddo come pochi, ma il balbettio e la fronte sudata del domestico misero James in allerta.

«Sono certo che qualunque cosa sia accaduta, possiamo risolverla. Ditemi cosa c'è che non va» disse con tono più pacato per rassicurare il suo uomo.

Grimble strinse le mani davanti a sé. «Abbiamo un nuovo arrivo, Vostra Grazia. E insisteva che doveva partecipare al ricevimento. Ho dovuto mettercela tutta per convincerlo che doveva aspettare la vostra approvazione. Ma è *molto* molesto, milord, e sempre più esigente, e io...»

James alzò una mano per fermare Grimble. «Chi?» chiese. «Avete parlato di un nuovo arrivo, ma di certo non aspettiamo nessun altro alla festa. Allora, chi è l'intruso?»

«Il signor Harold Liston, milord» disse Grimble.

James drizzò le spalle sentendo quel nome. Restò a bocca aperta per la sorpresa. «Il padre della signorina Emma Liston?» disse col fiato corto.

Grimble annuì. «Sì.»

«La signora Liston o la signorina Liston sanno che è arrivato?» chiese James, pensando alla sobria confessione di Emma sulla pista da ballo, alla sua tangibile paura quando aveva parlato di quell'uomo meno di dodici ore prima.

Grimble deglutì a fatica prima di dire: «È ancora molto presto e non pensavo che si fossero già alzate, milord. Anche se il signor Liston ha chiesto di essere sistemato nella camera di sua moglie insieme ai suoi bauli.»

James si passò una mano tra i capelli. «A quella povera donna verrebbe un colpo. Ma devono essere informate. Mandate qualcuno a chiamarle. Presumo che il signor Liston sia stato fatto accomodare in un salottino?»

«Sì, milord» rispose Grimble.

«Bene, almeno non sta girovagando per casa. Allora fate portare lì le signore Liston non appena possono. Il valletto inviato a chiamarle non deve dire che il signor Liston è qui. Date istruzioni a chi le accompagnerà di bussare due volte e io andrò loro incontro nell'atrio e darò loro questa notizia di persona.»

Grimble non sembrò affatto sorpreso da questa strana direttiva. Si limitò ad annuire. «Senz'altro, milord. Cos'altro posso fare?»

«Ditemi solo dov'è Liston» disse.

«Nel salottino blu.»

James si allontanò a grandi passi senza dire una parola, percorse il lungo corridoio tortuoso fino a raggiungere la stanza indicatagli. Anche prima di arrivarci, sentì l'intruso all'interno muoversi e parlare da solo a voce molto alta.

James raddrizzò le spalle e aprì la porta. Quando entrò, un uomo vicino al camino si voltò e lo guardò. James vide subito la somiglianza. Emma aveva ereditato quegli occhi da suo padre, sebbene quelli di Liston non fossero né vivaci né gentili come quelli di sua figlia.

«Il Duca di Abernathe» disse Liston, la pronuncia leggermente impastata rivelò a James che il tipo era ubriaco nonostante fosse mattino presto.

Ovviamente James non era nella posizione di giudicare. Probabilmente anche sua madre era ancora stordita dall'alcol. Ma almeno non aveva fatto incursione in una festa privata, né stava minacciando nessuno al momento, a differenza dell'ospite indesiderato di James.

«Dovreste licenziare quel vostro maggiordomo» continuò Liston. «Bastardo maleducato. Non voleva permettermi di vedere mia moglie.»

James alzò il mento. «Non prendetevela con il mio maggiordomo. Grimble ha fatto esattamente come avrei voluto. Dato che non eravate nella lista degli invitati al nostro ricevimento, aveva ordini di non consentirvi di accedere alla casa o ai nostri ospiti fino a quando non avessi dato la mia approvazione.»

Liston si raddrizzò e gli lanciò un'occhiataccia. «E così devo ottenere la tua approvazione, allora, ragazzo?»

Le narici di James si allargarono e avanzò di un passo. «Restate al vostro posto, signore, non scordate la disparità del nostro rango. Sono il Duca di Abernathe e vi rivolgerete a me con il dovuto rispetto, o verrete allontanato in un modo che non troverete confortevole.»

Liston sembrò riflettere su quell'affermazione e chinò la testa. «Certamente, Vostra Grazia. Mi scuso per la mia maleducazione. Sono appena stato costretto ad attendere più di mezz'ora e vorrei solo vedere la mia famiglia.»

James strinse le mani lungo i fianchi. Liston stava facendo quello che poteva per sembrare buono. James sapeva bene quale fosse la verità su di lui.

«La signora Liston e vostra figlia ci raggiungeranno a breve» disse piano. «Ma poiché sono ospiti a casa mia, ne sono responsabile. Devo verificare che intenzioni avete con la vostra visita.»

Liston strinse gli occhi. «Lo aveva detto che le stavate ronzando intorno. Non che uno come voi possa avere intenzioni serie.»

«Chi lo ha detto?»

«Sir Archibald» disse Liston con un sorrisino.

James fece un passo avanti mentre gli si gelava il sangue in corpo. Archibald, che lui aveva cacciato meno di una settimana prima per il suo comportamento sgradevole nei confronti di Emma. L'idea che quella vipera fosse corsa dritta da Liston era davvero preoccupante, considerato quello che aveva detto sulla loro comune abitudine a giocare d'azzardo.

«Che cosa siete venuto a fare?» gli chiese James.

Il sorriso di Liston vacillò un poco e incrociò le braccia. «Voglio vedere mia moglie e mia figlia, Vostra Grazia. Vedete, ho delle novità per loro. Novità che entrambe vorranno sentire. E non ho intenzione di riferirle a voi. Allora perché non le fate venire qui e basta?»

Emma guardò il suo riflesso nello specchio mentre Sally le apportava gli ultimi ritocchi all'acconciatura. La cameriera aveva chiacchierato tutta la mattina mentre sbrigava le faccende, ma Emma non aveva quasi prestato attenzione. I suoi pensieri continuavano a tornare a James.

Come sembravano fare sempre adesso.

«Ma ieri sera avete avuto molto successo, signorina Emma."

Emma sbatté le palpebre quando la domestica richiamò la sua attenzione e aggrottò la fronte. «Presumo che questo significhi che la cameriera di mamma ti racconta tutto quello che dice mia madre?»

Sally scrollò le spalle. «Claudia e io siamo nella stessa stanza negli alloggi della servitù e lei non è mai stata una persona riservata.»

«È per questo che lei e mia madre vanno così d'accordo» mormorò Emma. «Sì, immagino che il ballo di ieri sera sia andato bene. Non ho perso una danza.»

Sally fece un sorriso luminoso. «Dev'essere un sollievo. Avrete alternative per il futuro.»

Emma fissò di nuovo il suo riflesso. Un sollievo? No, non si sentiva proprio sollevata. Né felice nelle circostanze attuali. *Avrebbe dovuto,* ma non era così.

Qualcuno bussò alla porta. Emma si alzò sospirando e fece cenno a Sally di aprire. Era sua madre dall'altra parte, e sembrava fin troppo eccitata per i suoi gusti.

«Buongiorno, mamma» disse Emma, dirigendosi verso l'ingresso. «Non mi aspettavo di vederti in piedi così presto.»

La signora Liston sorrise. «Di norma non sarei già sveglia, ma tu ed io siamo state convocate da Abernathe.»

Emma trattenne il fiato mentre fissava sua madre. Si voltò lentamente e fece un cenno a Sally. «È... è tutto» riuscì a dire con voce strozzata.

Sally sembrava delusa dal fatto che non sarebbe riuscita ad ascoltare la conversazione, ma fece una riverenza e uscì dalla stanza senza fare rumore.

«Sembri infelice» sbottò sua madre quando furono sole. «Non mi hai sentito? Ho detto che il Duca di Abernathe ha chiesto la nostra presenza. Insieme!»

A Emma rimbombavano le orecchie e riuscì a malapena a sentire l'ultima frase, ma cercò di mantenere la calma. «Ha detto di che cosa voleva parlarci?»

«No» ammise sua madre, «ma può essere solo una cosa.»

«E sarebbe?» sussurrò Emma.

Sua madre le diede una pacca sul braccio. «Vuole chiedere la tua mano, Emma. Non potrebbe essere nient'altro.»

Ci fu un momento in cui Emma fu travolta da pura gioia. Quella gioia rivelava una verità contro cui aveva cercato di lottare a lungo. Non si stava innamorando di quell'uomo, ne era *già* innamorata. Peggio ancora, voleva un futuro con lui.

Ma questo non voleva dire che pensasse che l'analisi della situazione fatta da sua madre fosse giusta. James aveva messo in chiaro che non aveva intenzione di chiedere la sua mano. E lei aveva cercato di farsene una ragione e di creare le condizioni per avere un altro futuro.

«Non ci conterei troppo» disse Emma. «Ci sono molti argomenti che Jam... Abernathe potrebbe voler discutere con noi.»

Sua madre sorrise trionfante quando la sentì usare per sbaglio il nome di battesimo di James in modo così disinvolto. «Non credo proprio. Vieni, non dobbiamo farlo aspettare un minuto di più.»

Afferrò il braccio di Emma e quasi la trascinò giù per il corridoio e le scale fino al piano principale della casa. In fondo alle scale, le aspettava un domestico.

«Sua Grazia vi sta aspettando nel salottino blu» disse il giovane. «Seguitemi per favore.»

Si voltò e le guidò attraverso i lunghi corridoi. Mentre lo seguivano, la signora Liston strinse più forte il braccio di Emma. «Vedi? Che formalità!» disse in un sussurro teatrale che probabilmente si poteva sentire a quattro stanze di distanza. «Non può essere niente di meno che una proposta di matrimonio.»

Emma diventò paonazza. «Per favore, non fare una scenata, mamma» sussurrò. «Non sappiamo niente. Non comportiamoci da sciocche.»

Il domestico si fermò davanti a una porta chiusa, lanciò loro uno sguardo da sopra la spalla e poi bussò due volte. Con grande sorpresa di Emma, non entrò, ma aspettò in corridoio i pochi secondi che James impiegò ad aprire.

James diede un'occhiata al corridoio, fece un cenno al suo servitore e uscì per unirsi a loro. Chiuse la porta dietro di sé e congedò il valletto con un cenno della mano.

Una volta che se ne fu andato, James sorrise dapprima ad Emma, poi a sua madre che le saltellava a fianco. Le venne un nodo in gola e le mancò il fiato. James sembrava molto turbato. Era successo qualcosa.

«Buongiorno, signore» le salutò. «Grazie per essere venute.»

«Ci mancherebbe» disse la signora Liston, sorridendogli. Emma lottò per trattenere un sospiro. Sua madre chiaramente non aveva capacità di osservazione in quel momento. Era così presa dall'idea di questa presunta imminente proposta che non vedeva il cipiglio di James, l'ombra che attraversava il suo sguardo, il tono sempre più gentile che usava, come se stesse conducendo qualcuno alla tomba.

«Che c'è?» sussurrò Emma, guardandolo negli occhi.

Per un momento, lo sguardo di James vacillò e guizzò altrove, ma poi tornò fermo su di lei. Emma vide la mano di James fremere al suo fianco come se volesse toccarla, e in quel momento di follia Emma avrebbe voluto che James potesse farlo. Voleva aggrapparsi a lui, calmarsi con quella forza.

Ma non poteva.

«Non esiste un modo semplice per dirlo» le disse. «Quindi lo dirò e basta. Avete un visitatore che è venuto in questa casa per incontrarvi. Un uomo che temo nessuna di voi desideri vedere.»

Emma si sentì barcollare. «Chi?»

«Il signor Harold Liston» sussurrò James. «Emma, tuo padre è qui.»

CAPITOLO SEDICI

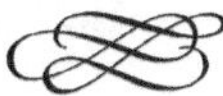

Emma fissò James. Stava parlando, ma era come se la tenessero sott'acqua mentre gli guardava le labbra muoversi. Le sembrava un'eco incredibilmente lontana mentre elaborava ciò che le aveva appena detto.

Suo padre era qui. *Qui!* Era venuto da Londra fino alla contea di Abernathe, aveva trovato Falcon's Landing e aveva preso d'assalto questo castello come un esercito invasore.

Era venuto a *cercare* lei e sua madre, invece di limitarsi ad aspettare il loro ritorno a Londra tra un'altra settimana. E *questa* non poteva essere una buona notizia.

«... perché pensate che questa non sia una bella notizia, Vostra Grazia» stava dicendo sua madre con tono falsamente allegro. «Non mi aspettavo che mio marito ci raggiungesse qui, ma ovviamente saremo *entrambe* molto contente di vederlo.»

Emma assorbì le parole di sua madre scuotendo lentamente la testa. Anche in questo momento, quando era ovvio che James sapeva dei loro problemi con suo padre, sua madre era più interessata a salvare le apparenze che a ottenere protezione. Peggio ancora, Emma sapeva che nel momento in cui sua madre avesse posato gli occhi su suo marito si sarebbe trasformata in una debuttante dal risolino facile, travolta dal fascino di un bell'uomo.

Perché faceva sempre così.

«È... lì dentro?» chiese Emma, indicando la stanza da cui James era uscito un attimo prima.

Lui annuì lentamente. «Sì.»

«Allora entriamo» disse sua madre, e quasi scavalcò James per aprire la porta.

James guardò Emma mentre la signora Liston si avviava nel salottino. Poi allungò una mano e fece scorrere solo le dita sulle sue. «Sono qui» le sussurrò. «Sono *qui*.»

Emma rabbrividì all'intimità sia del suo tocco che delle sue parole, ma poi si allontanò. James diceva che ci sarebbe stato per lei, ma non era permanente. Se avesse fatto troppo affidamento su di lui, quando lui se ne fosse andato avrebbe potuto non ricordare come reggere il peso della propria situazione.

«Grazie» mormorò, e poi entrò nel salotto dove ora suo padre era con sua madre. Teneva la mano della signora Liston e lei lo fissava con sguardo adorante, nonostante tutto quello che aveva detto su quanto fosse pericoloso e inaffidabile. Era sempre stato così tra loro.

Emma guardò suo padre mentre era distratto dalla sposa che trovava così facile da accantonare. Era passato quasi un anno dall'ultima volta che aveva posato gli occhi su di lui. Era sempre sorpresa dal suo aspetto ancora giovane. I suoi capelli erano ancora fitti e avevano mantenuto la loro lucentezza nonostante il grigio incipiente sulle tempie, e i suoi occhi erano luminosi. Ovviamente, non dover assumersi alcuna responsabilità aveva quell'effetto su un uomo.

«Ecco la mia Emma» disse, lasciando andare la mano di sua madre per venirle incontro. Si chinò per sfiorarle la guancia con un bacio e lei sopportò il gesto come meglio poteva.

«Padre» disse con un filo di voce.

«Papà» la corresse lui. «Non c'è bisogno di tanta formalità. Non quando vengo con buone notizie per te.»

Il cuore di Emma cominciò a battere al doppio del ritmo normale.

"Buone notizie" non prometteva niente di buono. I piani e le trame di suo padre non funzionavano mai, e lei e sua madre sarebbero rimaste a raccogliere i cocci alla fine.

Come sempre.

«Che notizie?» riuscì a squittire Emma.

Suo padre le accarezzò la guancia, poi guardò James dietro di lei. Lanciò un'occhiataccia al duca e a Emma si rivoltò lo stomaco. Tipico di suo padre fare irruzione in casa di qualcun altro, per poi fare l'offeso per non essere benvenuto.

«Sto morendo di fame e non sono stato accolto con molta gentilezza in questa casa. Presumo che abbiate un bel buffet per i vostri ospiti, eh, Abernathe?»

«Certo» rispose James con tono tagliente e temibile.

A suo padre non sembrò importare, perché batté le mani. «Ottimo. Allora mangiamo prima di darvi la buona notizia. Vieni, amore mio.»

Prese il braccio di sua madre e la condusse fuori dalla stanza. Emma la sentì ridacchiare mentre se ne andavano e chiuse gli occhi facendo un lungo sospiro.

«Emma» sussurrò James.

Si voltò. «Forse hai ragione a pensare male dell'amore, James. Guarda, trasforma mia madre in una vera sciocca.»

«Voglio aiutare» le disse.

Emma scrollò le spalle. «Non fai che dirlo, ma in questo caso non puoi fare niente. Adesso è qui e... e probabilmente tutto è perduto. Avrei dovuto essere più focalizzata. Avrei dovuto sforzarmi di più. Non avrei dovuto farmi prendere da...» Si interruppe e scosse la testa, non osava guardare James in quel momento. «Non importa.»

Non disse altro e uscì dalla stanza. James la lasciò fare, seguendola senza dire una parola, offrendole solo la sua presenza.

E la confortò anche se sapeva che ora non poteva fare nulla per lei.

Entrarono nella sala della colazione, dove si sentiva un gran brusio di discorsi e risate da parte degli ospiti mentre esaminavano le portate sulla credenza e si sedevano insieme chiacchierando e bevendo tè o caffè.

Ma quando la signora Liston entrò con il braccio avvinghiato a quello del marito, la conversazione si interruppe e tutti gli occhi si voltarono verso la coppia. Emma riusciva a malapena a respirare mentre guardava sua madre cinguettare, in apparenza raggiante di autentica felicità: «E guardate chi si è unito alla nostro bel gruppo: mio marito, il signor Liston.»

«Una gran bella folla, Abernathe» disse il signor Liston con una risata mentre entrava nella stanza e portava la moglie verso la credenza.

Emma lo sorprese a guardare le donne presenti, lo vide squadrarle da capo a piedi. Scosse la testa. Certe cose non cambiavano mai.

James entrò anche lui nella sala della colazione e lei sentì che le passava la mano sulla schiena di nascosto mentre lo faceva. Il calore delle sue dita mentre le sfioravano la spina dorsale la fece abbandonare al suo conforto per un attimo.

Ma poi se ne andò a parlare con gli ospiti presenti nella stanza, cercando ovviamente di distogliere l'attenzione dal ritorno del padre prodigo e notoriamente turbolento. Emma apprezzò lo sforzo, anche se chiaramente non serviva a niente. Quando entrò nella stanza, sentì gli occhi su di lei. Sentì i mormorii.

Sebbene non avesse fame, raggiunse i suoi genitori alla credenza e si riempì un piccolo piatto, poi andò a sedersi. Meg era seduta a un capo del tavolo e le fece un cenno, così Emma seguì l'invito e si sedette accanto alla sua amica. Sotto il tavolo, Meg intrecciò le dita con quelle di Emma e le strinse delicatamente. Un altro membro di questa famiglia che le offriva sostegno.

Un sostegno che avrebbe perso se suo padre l'avesse distrutta alla fine.

Il signor Liston posò sia il suo piatto che quello di sua madre e si lasciò cadere su una sedia a pochi posti da quella di Emma. Iniziò a parlare, a voce troppo alta, come sempre, e il cuore di Emma ebbe un sussulto.

«Su il mento» sussurrò Meg. «È sempre meglio fingere di non accorgersi nemmeno dell'umiliazione.»

Emma le lanciò un'occhiata, pensando a quella sera al ballo in cui la Duchessa di Abernathe era stata così ubriaca. Ovviamente Meg capiva cosa stava passando. Lentamente si raddrizzò sulla sedia e sorrise all'amica.

Avrebbe superato tutto questo con la sua dignità intatta, anche se la sua posizione sociale alla fine fosse crollata del tutto. La dignità aveva valore.

«E cosa vi ha portato a unirvi così tardi al nostro ricevimento, signor Liston?» chiese la duchessa mentre zuccherava abbondantemente una tazza di caffè e la beveva con un profondo sospiro.

Liston sorrise e il suo sguardo guizzò verso Emma. «Ho notizie per Emma. Buone notizie, in effetti. E quale momento migliore per condividerle?»

James lo trafisse con un'occhiataccia. «Forse è meglio che riferiate queste notizie a vostra figlia in privato, Liston.»

Gli astanti spostarono in un baleno la propria attenzione dal padre di Emma a James, poi di nuovo al signor Liston in attesa della risposta al silenzioso ammonimento del duca.

«Siamo tra amici» disse Liston. «Non è vero, Emma?»

Emma deglutì a fatica. Suo padre voleva condividere qualunque notizia avesse in quel momento perché l'avrebbe sconvolta. Quella era l'unica ragione che avrebbe potuto avere suo padre per volerlo fare in un contesto pubblico. In quella stanza, con tutte queste persone che guardavano, non sarebbe stata in grado di mostrarsi turbata per mantenere una parvenza di decoro. Né avrebbe potuto rifiutargli qualunque cosa avesse organizzato per lei.

«Ma certo» disse la signora Liston, continuando a fissarlo adorante, anche se la sua voce tremò per un istante e lanciò ad Emma uno sguardo preoccupato.

«Stai per sposarti, Emma» disse il signor Liston con un sorriso smagliante quando lei non rispose alla sua domanda. «Ho acconsentito che tu sposi Sir Archibald.»

Ancora una volta Emma si sentì come se le avessero immerso la testa sott'acqua. Il sangue le fluì alle orecchie e ondeggiò sulla sedia mentre la stanza esplodeva di commenti sorpresi. Meg le strinse ancora di più la mano. Emma riusciva a sentire le dita della sua amica contro la sua pelle una ad una, ma non si mosse. Non parlò. Non respirava.

Fissava suo padre e vide un barlume di senso di colpa nei suoi occhi. Era successo qualcosa che lo aveva costretto a farlo. Qualcosa per cui lui aveva scambiato la sua mano per salvare la propria pelle.

«Archibald è stato ospite qui, credo. Gli hai fatto una gran buona impressione ed è venuto dritto da me per prendere accordi. Tornerà presto alla festa. Sono sicuro che non vi dispiaccia, Abernathe.» Quando Emma non riuscì ancora a trovare le parole, suo padre scosse la testa. «Be', insomma, ragazza, di' qualcosa» disse il signor Liston con una risatina. «Ti ho trovato un buon partito, *devi* pur avere qualcosa da dire.»

«Emma non parla perché teneva segrete le proprie buone notizie, signor Liston» disse James alzandosi lentamente in piedi. Emma lo guardò, ben consapevole del suo corpo alto e forte mentre si raddrizzava. Quando si voltò verso suo padre, era una sottile minaccia della sua posizione e forza superiori.

«Ja... James» sussurrò, senza nemmeno preoccuparsi del fatto che si stesse rivolgendo a lui in modo sconveniente di fronte a persone che ne avrebbero parlato ridendone. Adesso avevano abbastanza materia prima per i loro pettegolezzi, che differenza faceva un po' di più?

«Notizie?» ripeté il signor Liston, rivolgendo a Emma uno sguardo preoccupato. «Che notizie ha mia figlia?»

James la guardò negli occhi e in una frazione di secondo Emma capì cosa avrebbe fatto. Anche Meg doveva averlo percepito, perché inspirò a lungo prima che lui parlasse di nuovo.

«Sebbene Emma apprezzi quanto avete fatto per combinarle un matrimonio» disse James. «Temo che sia impossibile. Vedete, Emma ha già accettato di sposare *me*.»

Emma si alzò in piedi di scatto. «James» ripeté.

«Ieri» continuò lui con dolcezza mentre la guardava senza scomporsi. «Avevo intenzione di chiedere ufficialmente la sua mano a sua madre stamattina quando siete arrivato.»

A quel punto, nella stanza esplose il caos più completo ed Emma sentì annebbiarsi la vista. In lontananza, sentì James gridare: «Prendetela!»

E poi si fece tutto buio.

CAPITOLO DICIASSETTE

James portò la figura inerte di Emma in un salottino e la fece sdraiare sul divano. Fu seguito da uno stuolo di persone, impedendogli di avere un po' di privacy mentre si inginocchiava accanto a lei e guardava preoccupato il suo viso pallido. C'erano sua madre, Meg, il signor e la signora Liston e, naturalmente, quattro dei cinque membri del Club del 1797 presenti al ricevimento. Solo Simon non era con loro perché non era tornato dalla sua cavalcata in tempo per essere presente all'annuncio del "fidanzamento".

James alzò lo sguardo e incrociò gli occhi di Baldwin. «Grazie, Sheffield» disse a bassa voce. «Avrebbe potuto battere la testa se tu non fossi stato così veloce a prenderla.»

Sheffield inarcò un sopracciglio. «Non potevo mica rischiare che la futura moglie di uno dei miei migliori amici si facesse male, no?»

James avvertì la domanda nel tono di Sheffield. La vide anche sui volti di Brighthollow, Roseford e Graham. Ma avrebbero avuto occasione per parlare di questo argomento fin troppo presto.

In quel momento, doveva concentrarsi su Emma.

«Emma» disse, accarezzandole la guancia. «Emma?»

Le tremolarono le palpebre e aprì gli occhi lentamente. Per un attimo Emma si limitò a fissarlo in viso e lui vide solo l'accenno di sorriso sulle sue labbra. Un sorriso solo per lui che gli fece palpitare il cuore. Ma poi Emma spostò lo sguardo sul resto della stanza, sulla folla di persone che la fissavano, e il sorriso svanì mentre si sforzava di mettersi a sedere.

«Oh no» gemette Emma.

Le mise gentilmente una mano sulla spalla. «Sei svenuta, Emma, stai ferma. Riposati un attimo prima di alzarti e ricominciare daccapo. Potrei non essere così bravo a prenderti come ha fatto il Duca di Sheffield.»

La stava prendendo in giro, ma lei non ne trasse alcun piacere. Continuava a fissare i presenti nella stanza.

«James» sussurrò.

Lui annuì. «Va tutto bene.»

«È tutto molto melodrammatico» disse la Duchessa Madre tirando su col naso.

«Zitta, mamma» scattò Meg, chiaramente preoccupata per la sua amica. «Emma aveva tutto il diritto di perdere i sensi dopo quella scena orribile nella sala colazione.»

James sostenne lo sguardo di Emma per un momento, detestando il dolore che ci vide, l'umiliazione, ma peggio ancora... la rassegnazione. Si era rassegnata a un destino straziante, nonostante il suo tentativo di salvarla con il suo annuncio. Ma ora non lo avrebbe permesso più di quanto non fosse stato disposto a consentirlo un attimo prima. Avrebbe lottato per questa donna.

In qualche modo era riuscita a ispirargli questo sentimento.

«Tutti fuori» disse con tono deciso. «Tutti tranne il signore e la signora Liston.»

Alzò lo sguardo e incontrò quello di ciascuno dei suoi amici. E, naturalmente, lo capirono. In silenzio, iniziarono a far uscire sua madre e i domestici che erano arrivati per aiutare ad accompagnare gli ospiti alla porta.

Alla fine di quelli a cui era stato ordinato di andarsene rimase solo Meg che si fece avanti e spinse James da parte per inginocchiarsi accanto ad Emma sul divano. Gli occhi di Emma si riempirono di lacrime. «Mi dispiace» sussurrò la giovane. «Mi dispiace così tanto di aver rovinato tutto.»

Meg schiuse le labbra e prese la mano di Emma con entrambe le sue. «Non hai rovinato *niente*. Quindi non c'è bisogno di scusarsi. Affatto.»

Si chinò per baciare la guancia di Emma, poi si voltò e fece altrettanto con James. Lui notò lo sguardo penetrante di sua sorella mentre lo faceva. Uno sguardo con cui lo pregava di portare a termine quel che aveva affermato nella sala colazione, con cui gli diceva, senza parlare, che avrebbe dovuto sposare Emma. E alla svelta.

E forse non solo per il bene di Emma.

Lui annuì leggermente e Meg si alzò in piedi, poi sussurrò: «Dov'è Simon? Non era con gli altri.»

«Crestwood è andato a fare una cavalcata» rispose lui, pensando un attimo allo strano comportamento del suo amico in giardino, poco prima che l'intera vita di James andasse in mille pezzi. «Aveva bisogno di schiarirsi le idee.»

«Schiarirsi le idee?» ripeté Meg, preoccupata. Poi scosse il capo. «Lo andrò a cercare e gli spiegherò che cos'è successo. So che vorresti che lo sapesse e che fosse qui con noi. Con te.»

James le sorrise prima che se ne andasse chiudendosi la porta dietro di sé e lasciandolo finalmente solo con Emma e i suoi genitori. Emma si mise a sedere, facendogli segno di allontanarsi mentre si alzava lentamente. Quando Emma sembrò reggersi da sola, James si voltò verso il signore e la signora Liston.

«Sputate il rospo» ringhiò, controllandosi a fatica. «Che cosa avete fatto, Liston?»

«James» sussurrò Emma. Lui si voltò verso di lei e vide che lo fissava, con gli occhi spalancati e pieni di paura.

«Non ho intenzione di lasciare che ti faccia del male» dichiarò, sostenendo il suo sguardo in modo che lei capisse che faceva sul serio. Lei deglutì, mostrando in viso quanto fosse incredula all'idea che l'avrebbe difesa, il che ovviamente gli fece venire ancora più voglia di farlo.

Si voltò di nuovo verso Harold Liston e lo fissò. «Parlate.»

«Non ha *fatto* niente» disse la signora Liston, stringendo forte il braccio del marito. James scosse la testa, disgustato dal fatto che questa donna prendeva le parti del marito scapestrato anziché quelle di sua figlia. «Diglielo, Harold. Digli che hai solo combinato un buon accordo per Emma, senza renderti conto che aveva un altro corteggiatore dietro le quinte.»

Liston volse lo sguardo altrove. «Sir Archibald mi ha contattato in questi giorni, tutto qua. Voleva solo parlarmi di Emma.»

Era ovvio che stava mentendo. Non riusciva a guardarlo negli occhi, era arrossito in viso, sudava, si era staccato dal braccio della moglie e aveva cominciato a camminare su e giù per la stanza, irrequieto.

James stava per incalzarlo, ma Emma fece un passo avanti. Le tremavano le mani, ma non sembrava che sarebbe svenuta di nuovo. No, in quel momento sembrava arrabbiata. Giustamente arrabbiata, ed era incredibilmente bella nella sua furia.

«Che cos'hai fatto, padre?» chiese. «Smettila di mentire a James. Smettila di giocare a fare l'eroe davanti alla mamma e dimmi la verità. Guardami e dimmi che cos'hai fatto di preciso!»

«Ti ha messo in palio a carte» disse una voce dalla porta. Si voltarono tutti e videro Sir Archibald in persona sulla soglia del salotto. Sorrise a tutti e continuò: «E non era la prima volta. Solo la prima volta che ha perso.»

Emma sentì il bisogno di urlare. Di sedersi sul pavimento, stringere i pugni e urlare la sua rabbia e il suo dolore finché non le fossero usciti dal petto consentendole di riprendere fiato. Ma quando fissò prima Sir Archibald e il suo sorriso compiaciuto poi suo padre e il suo sguardo imbarazzato, non lo fece.

Al contrario, incrociò le braccia e si avvicinò al signor Liston.

Sostenne il suo sguardo, si rifiutava di consentirgli di distogliere gli occhi, e poi disse: «Per una volta nella vita, dimmi la verità.»

«Non è colpa *mia* se è successo» rispose suo padre, alzando le mani mentre piagnucolava. «Voleva giocare a carte, che cosa dovevo fare?»

«Dire di no» disse James a bassa voce mentre le si avvicinava e le metteva delicatamente una mano sulla schiena all'altezza della vita.

Emma alzò lo guardò e lo osservò, pensando a quello che aveva detto nella sala colazione. A quello che aveva affermato di averle chiesto, alla risposta che aveva dichiarato di aver ricevuto da lei. Ma non poteva davvero avere intenzione di andare fino in fondo e sposarla. Era una follia.

«Non è *mai* stato capace di dire di no» rise Archibald. «Così abbiamo giocato finché non ha perso i soldi, poi il cavallo, e poi ho suggerito una nuova scommessa. La mano di Emma.»

La signora Liston si coprì la bocca con entrambe le mani, ora aveva il respiro affannoso. Emma capiva che sua madre voleva che andasse da lei, per confortarla, ma non lo fece. Non poteva. Aveva passato una vita a farlo, ad asciugare le lacrime di sua madre mentre ingoiava le proprie. In questo momento, non ne aveva più la forza.

«Bella mano, suppongo» disse James, ma non c'era niente di piacevole nel suo tono. Dava l'impressione che potesse uccidere Archibald.

«Sì. Non potete sempre vincere, Abernathe» disse Archibald con un altro di quei sogghigni che fece rivoltare lo stomaco di Emma. *Questo* era l'uomo che suo padre avrebbe voluto farle sposare. Questo... bastardo. Riusciva a immaginarsi la vita d'inferno che avrebbe avuto se avessero fatto a modo loro.

Il viso di James si era fatto ancora più severo. «Avete fatto tutto questo solo per vendicarvi di *me*?»

«Mi avete umiliato» scattò Archibald, incrociando le braccia. «A un ricevimento pieno di gente, per una ragazzetta.»

James fece un passo in avanti. «Così volevate rifarvi su di me e volevate una sposa, e pensavate di aver preso due piccioni con una fava. Ma *voi* non sapete la novità, Sir Archibald.»

Sir Archibald sbatté le palpebre. «Novità?»

«Sì» rispose James, facendo scivolare un braccio intorno a Emma. Se la attirò al fianco, le sue dita strinsero più forte all'altezza della gabbia toracica, e lei fu invasa da calore in tutto il corpo a quel tocco gentile e rilassante. «Emma ha già accettato di sposare me.»

Sir Archibald sbiancò in viso e si voltò verso il signor Liston. «Che cosa?»

Liston alzò le mani. «Non è colpa mia, non sapevo che fossero stati presi altri accordi.»

Sir Archibald boccheggiò e affrontò di nuovo James. «Non potete opporvi alla volontà di suo padre, Abernathe. Non potete invalidare un contratto stipulato tra me e lui.»

«*E* dopo che io ho annunciato pubblicamente l'accordo con Sir Archibald» aggiunse il signor Liston con un filo di voce, sentendosi chiaramente intrappolato tra due uomini potenti.

James strinse Emma delicatamente prima di allontanarsi, fissando Sir Archibald dall'alto in basso. Il vecchio trasalì visibilmente e lei non poté fare a meno di sorridere.

«Io sono il *Duca di Abernathe*» sibilò James. «Ho più potere, denaro e influenza di voi due messi insieme, patetici omuncoli che non siete altro. *Io* sono il Duca di Abernathe e posso fare quello che diavolo voglio. Intendo sposare Emma Liston e non c'è *niente* che possiate fare per impedirmelo.»

Sir Archibald balbettò, poi lanciò un'occhiataccia al signor Liston prima di rivolgere la sua attenzione a Emma. Era rosso in viso, i suoi occhi brillavano di puro odio. «Nessuno mi umilia due volte. *Non* è accettabile.»

Corse fuori dalla stanza appena James fece un altro passo verso di lui. Emma si lasciò sfuggire un sospiro e si coprì il viso con le mani, travolta dall'emozione.

James l'aveva salvata. Ma a che prezzo?

Suo padre e sua madre non sembravano curarsene, però. Entrambi si fecero avanti, e fu suo padre a parlare. «Bella mossa, Abernathe! Ovviamente siete un partito di gran lunga migliore per Emma e noi sosteniamo questa unione con tutto il cuore.»

«Con tutto il cuore» fece eco la signora Liston mentre rivolgeva la sua attenzione a Emma. «Oh, Emma, una duchessa! Sarai una duchessa. Che colpo!»

Emma abbassò le mani, fissandole entrambe. I suoi genitori, una coppia di avidi. Un uomo che non c'era mai stato in nessun momento difficile della sua vita. Un uomo che apparentemente aveva messo in gioco il suo futuro più di una volta. Un uomo che non si prendeva alcuna responsabilità per i danni che faceva.

E sua moglie, una donna che faceva affidamento su Emma per salvarla piuttosto che fare il suo dovere di madre. Una donna che manipolava gli altri con lacrime e accuse. Una donna che usava l'amore come un'arma.

«Come hai potuto?» chiese Emma, dapprima con un sussurro, poi alzando la voce. «Come hai potuto?»

«Be', ma che reazione è questa» rispose il signor Liston, con la faccia tosta di sembrare scioccato. «Ti porto non un marito ma addirittura due e ti arrabbi con *me*?»

James allora si lanciò contro di lui. Lo prese per il bavero e lo trascinò verso la porta del salottino. La aprì e lo buttò fuori, poi si voltò verso la signora Liston. «Anche voi» ringhiò.

Lei obbedì, lanciando ad Emma sguardi ansiosi e preoccupati che alla fine furono interrotti quando fu in corridoio e James le sbatté la porta in faccia.

Si voltò ed Emma alzò lo sguardo su di lui. Fissò il suo bel viso, il volto di quest'uomo che amava. L'uomo che voleva gettare via il futuro che aveva progettato per proteggerla. Un uomo che sicuramente un giorno l'avrebbe guardata con rimpianto, e chinò la testa.

James non disse nulla, si limitò a raggiungerla e a stringerla forte tra le braccia. Emma si abbandonò al suo tocco, al conforto che le offriva, affondandogli le dita nella schiena mentre lui le lisciava i capelli con la mano e le sussurrava vuote frasi fatte. Lo lasciò fare per non seppe nemmeno lei quanto tempo, assorbendo la sua forza, il suo calore e la sua tenerezza. Ma alla fine aprì gli occhi e fece il passo più duro che avesse mai fatto.

Quello per allontanarsi da lui.

Non sarebbe stata come sua madre. Non avrebbe distrutto qualcun altro per salvare se stessa.

«James, non sai quanto apprezzo quello che hai detto nella sala colazione e come mi hai difeso appena adesso» iniziò, con voce tremante.

Lui fece per avvicinarsi, ma lei alzò la mano per fermarlo. «Emma.»

Lei scosse la testa. «Per favore, fammi finire, James. Io... tu non puoi sposarmi.»

James alzò un sopracciglio. «Devo fare di nuovo il discorso sul fatto che sono il Duca di Abernathe e faccio sempre quello che voglio alla fine?»

Stava scherzando, ma lei non sorrise. Era una faccenda troppo seria per permettergli di sminuirla. Scosse lentamente la testa. «Conosco almeno una dozzina di ragioni per cui non sono adatta a essere tua moglie, James.»

«Una dozzina?» ripeté lui. «Ne dubito. Dimmele.»

Emma fece un sospiro. «Primo, non ti sono neanche lontanamente vicina per rango. Sposarmi ti legherà a un viscontado minore che non mi riconosce nemmeno come parte della loro famiglia.»

«Mi sono sempre piaciuti i visconti di grado minore» ribatté James. «E mi piace tuo nonno, se devo essere onesto. Magari una volta sposati, potrà incontrarti e capire che sei degna della sua attenzione. Se non lo fa, fai riferimento al mio discorso sul fatto che sono il Duca di Abernathe e che sono molto più importante di chiunque altro.»

«James, sono praticamente senza dote» continuò.

Lui si diede un'occhiata intorno ed Emma seguì il suo sguardo. Era circondata da oggetti belli e costosi. Alla fine si voltò a guardarla. «Ti sembra che soffra di particolari ristrettezze?»

Lei scosse la testa. «Certo che no, ma...»

«Niente ma. Siamo a due, Emma, due ragioni non molto buone per cui non dovrei attenermi a quanto ho promesso non solo ai tuoi genitori, ma a una stanza di nobili incredibilmente pettegoli.»

Emma alzò la mano e si allontanò. «Allora entriamo nel vivo del problema. Potresti avere chiunque, James. Qualsiasi bella donna in quella stanza da cui siamo appena usciti o qualsiasi altra in tutto il regno. Io so cosa sono. So di non essere il tipo di donna che un uomo come te desidera.»

James emise un sommesso suono gutturale e quando Emma si voltò lo vide venirle incontro. La prese per i gomiti e la attirò con forza contro di sé, poi abbassò la bocca sulla sua. Le diede un bacio profondo, appassionato e intenso prima di lasciarla andare con gentilezza.

«Sei una donna che desidero moltissimo, Emma Liston» sussurrò, con voce improvvisamente roca. «Al punto che penso che non potrò aspettare che tu sia mia moglie prima di farti mia. Ti desidero completamente. E non c'è nessun'altra donna nella stanza da cui siamo appena usciti o qualsiasi altra in cui sia mai stato che mi abbia ispirato un tale desiderio. Anche se non volevo provarlo. Prossimo problema.»

Emma lo guardò sbattendo le palpebre, sbalordita sia dalle sue parole che dal fatto che sembrava parlare sul serio. La voleva. La voleva per davvero, e dalla testa che le girava alle dita dei piedi, con ogni centimetro del suo corpo fremente... anche lei lo voleva.

«Nient'altro?»

«I miei genitori sono fonte di imbarazzo» sussurrò lei, ricacciando indietro le lacrime. «Sposarmi non impedirà a mio padre di comportarsi da incosciente o a mia madre di cercare di ottenere sempre di più da te con le sue manipolazioni.»

«Tu non sei i tuoi genitori» disse James dolcemente. «E sai che Meg e io comprendiamo perfettamente cosa significhi avere un genitore... o due... che ci rendono la vita difficile. Non ti giudicherei *mai* per questo.»

Emma chinò la testa, scioccata dal fatto che lui potesse liquidare così facilmente le paure che aveva in cuore. Eccetto una.

«In ultimo» sussurrò, «la mia ultima obiezione è la più importante. Ed è ciò che hai messo abbondantemente in chiaro a me e a tutti quelli a cui tieni di più, cioè che non desideri sposare nessuna. Che hai progetti per il tuo futuro che non prevedono una sposa o dei figli.»

James rimase in silenzio per un momento, e le si strinse il cuore anche se non poteva leggere il suo bel viso per sapere cosa c'era dentro di lui. Alla fine le disse sospirando: «La mia prima risposta è che se questa è la tua ultima obiezione, è solo la sesta e non la dozzina che mi avevi prospettato.»

«Me ne verranno in mente altre, ne sono sicura» ribatté lei.

James le mise un dito sotto il mento e la costrinse a guardarlo negli occhi. «Emma Liston, te ne potranno venire in mente altre cento e non cambieranno affatto le mie intenzioni. Hai ragione, ho sempre pensato che sarei rimasto scapolo, che avrei evitato il dovere che mio padre riteneva più importante: portare avanti il suo nome e il suo titolo. Ma non sono più un bambino. Alcune cose sono più importanti di un puntiglio. Salvarti è cosa la più importante.»

«Salvarmi a tuo rischio e pericolo» sussurrò Emma. «E con la consapevolezza che un giorno proverai risentimento per le opzioni che ti ho tolto.»

James la prese per entrambe le spalle che strinse leggermente. «Siamo diventati amici, no?»

Lei annuì lentamente. «Sì.»

«E mi vuoi?» le chiese, e la sua voce divenne di nuovo ruvida e le sue pupille dilatate.

Emma deglutì a fatica prima di costringersi ad annuire di nuovo, questa volta senza dire una parola.

James fece un lieve sorriso. «Allora questo è tutto quello che potevo sperare. Stare con un'amica che desidero mi sembra un buon matrimonio, Emma. Qualunque altra cosa non... non ne sono capace. Quindi me lo farò bastare.»

Emma lo fissò, e sentì il suo cuore spezzarsi piuttosto che librarsi. L'avrebbe sposata. Era ovvio che non c'era modo di evitarlo adesso: non le avrebbe permesso di sfuggirgli.

Ma non l'avrebbe mai amata. Lo stava mettendo in chiaro senza ombra di dubbio. Era divertente quanto fosse deludente quella constatazione. Dopotutto, non aveva mai creduto che si sarebbe sposata per amore. Almeno non per molti anni.

Ma oggi le sembrava una perdita.

Forse perché lo amava già. E aveva il vago sospetto che sposarlo avrebbe solo fatto crescere quei sentimenti piuttosto che farli svanire nel tempo. Sarebbe stata l'unica innamorata.

«Ho annunciato il nostro fidanzamento in pubblico, Emma, e ho sventato i piani di tuo padre in modo molto melodrammatico» disse, prendendole la mano. «E poi sei svenuta. Non si può sottovalutare il trambusto che abbiamo creato con le nostre azioni. Annullarlo non farebbe che peggiorare le cose per entrambi, ma soprattutto per te. Sir Archibald e tuo padre rappresenterebbero un pericolo anche più di prima.»

«Quindi non vuoi cambiare idea?» sussurrò lei.

James distolse un attimo gli occhi, e per un breve istante lei pensò di vedere un barlume di dolore nel suo sguardo, ma poi scomparve. Sepolto, se mai era esistito.

«Non *posso*» la corresse gentilmente. «Ci sposeremo, Emma. E dato che non mi fido di tuo padre, penso che faremmo meglio a farlo il prima possibile.»

CAPITOLO DICIOTTO

James entrò nella stanza del biliardo e si diresse verso la credenza, dove si versò un bicchiere di scotch pieno fino all'orlo. Bevve un lungo sorso, sentendone il bruciore giù per la gola mentre si sforzava di ritrovare il fiato.

Era fidanzato. Era finita. Stasera si sarebbe compiuto del tutto quando il ballo in programma si sarebbe trasformato in una festa di fidanzamento dopo alcuni frettolosi preparativi fatti da sua sorella.

Era *fidanzato*.

«Bevi tutta quella roba di mattino e sarai fuori uso al ballo stasera.»

James si voltò e vide Graham, Simon, Sheffield, Brighthollow e Roseford che entravano nella stanza. Simon allungò la mano dietro di sé per chiudere la porta e tutti e cinque si limitarono a fissare James con le stesse espressioni intense sul viso. Le emozioni però erano diverse. Graham e Simon avevano entrambi un'espressione preoccupata, Brighthollow e Roseford sembravano inorriditi e Sheffield era bianco come un cencio.

«Be', non fatemi le congratulazioni tutti in una volta» mormorò James, mettendo da parte il liquore.

«Vuoi che ti facciamo le congratulazioni?» chiese Brighthollow, inarcando le sopracciglia.

James sospirò. Hugh non aveva mai creduto nell'amore. Poteva essere duro. E Roseford non era meglio. Credeva nella passione e nient'altro. Normale che quei due fossero inorriditi dal fatto che era rimasto invischiato da una dama, ovviamente.

«Sto per sposarmi» disse, e le parole lo sorpresero anche se era stato lui a fare in modo che fossero vere. «È tradizione.»

«Congratulazioni» disse piano Roseford, ma non sembrava proprio sincero.

«Ancora non capisco bene come sia successo» disse Simon, avvicinandosi per battere una mano sul braccio di James. «Meg parlava così in fretta quando mi ha trovato, le ci è voluto tutto il tempo che ci abbiamo messo per tornare alla tenuta solo per spiegarmelo.»

Graham si voltò di colpo verso Simon. «Meg?»

Simon non guardò il loro amico, ma mantenne lo sguardo fisso su James. «Sì. Questa mattina tardi stavo facendo una cavalcata per la tenuta e mi ha cercato per darmi la notizia.»

Graham non ne sembrò contento, ma non disse nient'altro sulla questione tranne: «Non sono sicuro di cosa ci sia da spiegare, Crestwood. James sta per sposare la signorina Liston per salvarla dallo sfortunato matrimonio che aveva combinato suo padre. Cos'altro c'è da dire?»

«Io devo dire che non ti avevo mai considerato il tipo d'uomo che salva una donna sposandola» ridacchiò Roseford. «Ci vedo più Simon.»

Simon ignorò la battuta scherzosa, mantenendo l'attenzione sul suo esame del viso di James. «Salvare qualcuno è positivo, buono e nobile. Ma la domanda da fare è se *vuoi* sposarla. Allora?»

James si sentì come se avesse un pugno nello stomaco che stava aprendosi e lo riempiva, lo allungava fino a dargli fastidio. In gran parte pensava al matrimonio e voleva scappare a gambe levate nella notte e non tornare più. Un'altra parte di lui pensava al matrimonio con Emma e voleva rannicchiarsi dentro di lei in un modo che sembrava altrettanto pericoloso.

Non era sicuro di quale reazione fosse più terrificante.

«Sta succedendo, e il più velocemente possibile» rispose. «*Volere* non fa più parte dell'equazione.»

«Ha ragione» commentò Sheffield a bassa voce, e c'era un tono malinconico nella sua voce e nell'espressione sul suo viso. «Anche uomini come noi, uomini di potere, a volte abbiamo poca scelta nel nostro futuro. La società e le circostanze ci dettano tutto. È così che va il nostro mondo, che lo accettiamo o meno.»

«Cristo santo, Sheffield» disse Brighthollow scuotendo la testa. «Cerca di essere un po' più sdolcinato.»

Sheffield gli lanciò un'occhiataccia, ma poi rivolse un debole sorriso a James. «Non sto cercando di fare il disfattista. Il fatto è che la signorina Liston non sembra il peggior tipo di donna che potresti sposare. Nessuno può fingere che non ti piaccia.»

James chinò la testa. *Piacergli.* Che termine benevolo per quello che gli ribolliva dentro ogni volta che si trovava a meno di tre metri da Emma. Era bisogno, desiderio e passione, sì, e tutte quelle cose che avrebbe potuto accettare e persino godersi.

Ma c'era qualcosa di più dell'attrazione fisica quando era con Emma. Gli piaceva sì, ma era più complicato di quella sensazione piuttosto semplice e infantile. Si sentiva nervoso con lei. Si sentiva... irrequieto. Voleva starle più vicino, voleva saperne di più su di lei, voleva proteggerla, voleva mostrarle cose e luoghi.

Sospirò. «Sì, mi piace» ammise.

«Be', è più di quanto molti uomini di rango trovano in una sposa» disse Graham. «Quindi festeggeremo con te.»

Simon annuì e andò alla credenza per versare altro scotch di quello che James stava bevendo al loro arrivo. Porse i bicchieri a tutti e poi inclinò la testa verso Graham per il brindisi.

«A James» disse Graham, guardando James dritto negli occhi. «Il nostro impavido capo, che ora ci guiderà senza paura nella prossima fase della nostra vita. E a Emma, l'unica donna abbastanza furba da accalappiarlo.»

James sorrise e gli altri risero prima di alzare i bicchieri all'unisono. «A James e a Emma» ripeterono tutti.

James bevve di nuovo, questa volta più lentamente per assaporare quel momento ancora un po'. Probabilmente era uno degli ultimi istanti che avrebbe avuto da scapolo.

Presto tutto sarebbe cambiato.

Emma entrò nella sala da ballo e sentì tutti gli occhi nella stanza volgersi su di lei. Fece un lungo respiro e cercò di ignorare i loro sussurri e i loro sguardi. Avrebbe dovuto abituarsi, a quanto pareva. Sicuramente la Duchessa di Abernathe avrebbe ispirato una simile reazione più spesso di quanto avesse mai fatto l'insignificante Emma Liston.

Soprattutto visto che diventava la Duchessa di Abernathe in circostanze così difficili.

«Ci sono persone che ottengono quel che non si meritano» commentò una donna tirando su col naso mentre Emma passava.

Si irrigidì per l'insulto mentre continuava il suo cammino per la stanza. Diretta verso cosa, non lo sapeva. Non aveva ancora trovato James tra la folla e le ragazze lungo la parete non ricambiavano più il suo sguardo.

All'improvviso si sentì prendere per il braccio e trovò Meg al suo fianco, raggiante di amicizia e affetto per lei, ed Emma si sentì quasi cedere. Sposare Abernathe avrebbe fatto di Meg sua sorella. Non vedeva l'ora.

«Sorridi» disse Meg. «Ci penso io a te adesso.»

«Sembra che la tua famiglia abbia l'abitudine di salvarmi» disse Emma con un sorriso che le fece male alle guance.

Meg si strinse nelle spalle. «Anche tu hai salvato noi, non l'ho dimenticato. Forse è questo che fa una famiglia, ci si salva a vicenda. Alla fine tutto si pareggia, credo.»

«Spero che James la pensi allo stesso modo» sospirò Emma. «Anche se non riesco a immaginare che avervi aiutato una volta sia uguale al sacrificio che lui sta facendo per me, non importa con quanta cortesia lo faccia.»

Meg si voltò verso di lei. «Non farne un salvatore, Emma. Per tutta la vita è stato messo su un piedistallo, l'erede, il duca, l'uomo che non poteva sbagliare. Una cosa che fa di lui una bambola, non un uomo. Ed è un uomo con difetti, colpe e dolori come tutti gli altri. Fallo scendere così che possa essere un umano insieme a te, sii paziente con lui finché non lo capisce. Qualunque cosa tu faccia, non soffocare il fatto che lo ami, anche se pensi che sia quello che vuole.»

Emma sussultò. «A…amarlo?»

Meg alzò un sopracciglio. «Mi vuoi dire che non lo ami?»

Emma sospirò. «Potrei, immagino, ma tu sei tenace. Presumo che mi bistratteresti fino a estorcermi la verità.»

Meg rise. «Ci puoi giurare. Bene, sono contenta di non immaginarmi le cose. E sono *contenta* che lo ami. Ha avuto poco amore nella sua vita, poco amore su cui poter fare affidamento. Ed è quello che voglio per lui.» Guardò in lontananza. «Sta arrivando adesso, sta venendo per te.»

Il cuore di Emma sussultò e si lisciò le gonne d'istinto. «E se non ne fossi capace?» mormorò.

«Tu sei più forte di quanto vuoi credere» disse Meg dolcemente, poi la fece voltare verso James mentre lui faceva gli ultimi passi verso di lei. «Adesso, ecco ciò che meriti, Emma. Prendilo.»

James sorrise quando arrivò da loro. «Ciao, Emma. Meg.» Meg li salutò allontanandosi e James osservò incredulo la sua uscita frettolosa. «Ci vediamo, Meg.»

Emma lo guardò in faccia, pensando a quello che Meg le aveva appena detto. Che era un uomo, niente di più e niente di meno. Era ben consapevole della sua mascolinità in quel momento, ovviamente, ma Meg intendeva qualcosa di diverso.

«Balliamo?» sbottò.

James sorrise. «Non dovrei essere io a chiedertelo?»

Lei alzò una spalla. «Abbiamo infranto tutte le altre tradizioni nelle ultime ventiquattr'ore, perché non distruggere tutto?»

Lui fece un leggero inchino. «Mi piacerebbe molto ballare con voi, signorina Liston.»

Allungò un braccio e lei lo fissò mentre metteva la manina nella sua più grande. Lei indossava i guanti, anche se lui invece no, ma sentì comunque il calore del suo tocco. Sentì la forza della sua mano mentre la conduceva sulla pista da ballo. Con sua grande sorpresa, tutti gli altri si allontanarono, liberando uno spazio tutto per loro mentre cominciava la musica e lui cominciava a farle muovere i primi passi.

«Perché si sono allontanati?» sussurrò.

«È il nostro primo ballo da fidanzati» mormorò lui in risposta senza mai distogliere lo sguardo da lei. «Suppongo ci stiano esaminando.»

Emma rabbrividì leggermente. «Allora dovremmo fingere per loro?»

James smise di sorridere e c'era qualcosa di intenso e serio nel suo sguardo. «Ci sono molte cose che sono finzione, Emma. Ma non in questo momento. Non pensare a loro, guardami e goditi questo istante.»

«È difficile goderselo quando ne conosco il costo» insistette lei.

Lui scosse la testa. «Non mi sono spiegato bene. Non c'è nessun costo. Stasera, in questo momento, sono esattamente dove voglio essere.»

Emma si sentì schiudere le labbra mentre era invasa da gioia e speranza. Aveva passato così tanto tempo a ripetersi che un uomo come lui non l'avrebbe voluta, che non poteva davvero piacergli, ma ora sentiva il suo calore. Ed era solo per lei.

«Anch'io» gli disse, strappandogli un altro sorriso mentre le teneva la mano più stretta e la faceva girare ancora, e ancora, finché tutto ciò su cui Emma riuscì a concentrarsi era il fatto che era sua. Per qualche ragione, contro ogni previsione, sarebbe stata sua.

~

James se ne stava all'ombra di una porta e fissava la camera di Emma dall'altra parte del silenzioso corridoio. Lei era dentro e, nonostante l'ora tarda, non era sola. Di tanto in tanto poteva sentire un'esplosione di risatine dalla stanza, sia di Emma che di Meg.

Sorrise a quel suono. Non stava portando solo una sposa alla sua casata, ma una sorella per Meg. Dopo una vita circondata da lui e dai suoi amici, poteva ben immaginare che Meg non vedesse l'ora di avere una compagnia femminile in casa fin tanto che vi sarebbe rimasta prima del suo matrimonio con Graham.

La porta della camera si aprì e Meg uscì. «Buonanotte, Emma» sussurrò.

«Buonanotte» sentì in lontananza, e gli palpitò il cuore a quel suono.

Meg stava sorridendo quando chiuse la porta di Emma dietro di sé e si avviò lungo il corridoio, lontano dagli alloggi degli ospiti, verso le stanze di famiglia. Quando James sentì la porta di sua sorella aprirsi e richiudersi, fece un lungo respiro e si avvicinò alla porta di Emma.

Ci fu un momento in cui rimase lì a fissare la barriera che si frapponeva tra lui e ciò che voleva. Avrebbe potuto allontanarsi da lì, da lei, e tornare nella sua stanza. L'autoerotismo non era male. Certamente avrebbe potuto alleviare il suo desiderio in quel modo.

Ma non voleva. Quello che voleva era dietro quella porta.

Alzò la mano e bussò piano. Ci fu un momento in cui sentì un fruscio e poi dei passi sul pavimento.

«Meg, hai dimenticato...» iniziò a dire Emma mentre spalancava la porta. Quando lo vide lì in piedi, rimase a bocca aperta. «... qualcosa?»

La guardò. Indossava già una camicia da notte e una vestaglia. I suoi capelli scuri le ricadevano sciolti sulle spalle, una massa di lucenti riccioli castani con qualche mèche bionda nascosta nel mezzo.

E stanotte non gli avrebbe voltato le spalle.

«Non sono Meg» sussurrò allungando il braccio. «Ma in effetti ho dimenticato qualcosa. Questo.»

Si chinò e la baciò. Per un attimo sembrò sorpresa, ma poi si alzò in punta di piedi, gli mise le braccia attorno al collo mentre emetteva un sommesso suono gutturale di piacere e desiderio. La spinse dentro la camera e chiuse la porta dietro di loro, girando la chiave con la mano dietro la schiena prima di concentrarsi completamente sull'assaggiarla.

«Come fai a essere così dolce?» mormorò James, ritirandosi solo una frazione e sentendo il calore del respiro di Emma sulle labbra. «Non mi piacevano nemmeno i dolci prima di incontrarti.»

Lei rabbrividì e lui le strinse il braccio intorno. Lo guardò a occhi spalancati. «Perché sei venuto qui, James?»

«Nella tua stanza?» le chiese. Lei annuì lentamente e lui sorrise. «Secondo te perché?»

Emma deglutì a fatica, il gesto le mise in evidenza la gola facendogli desiderare di tracciare il percorso di quel movimento con la lingua finché lei non gli gemesse contro.

«Sei venuto qui per... per... non so come dirlo» ammise con un forte rossore che iniziava dalle guance e le scendeva lungo la carne fino a scomparire sotto la scollatura della vestaglia, creando ancora un ulteriore tragitto per la sua lingua.

«Sono venuto qui» le disse, abbassando la mano per iniziare ad allentarle il nodo della vestaglia, «perché fino ad ora ho dovuto essere prudente. Ho dovuto trattenermi dal fare quello che volevo. Ma ora siamo fidanzati. Tra pochissimo sarai mia agli occhi di Dio. Agli occhi della legge. Agli occhi di tutti quelli che conosciamo e amiamo. Per questo motivo non ho nient'altro che mi possa impedire di fare l'amore con te, Emma.»

Emma spalancò gli occhi e lui la vide combattuta a quella prospettiva.

«Non c'è niente che mi fermi a meno che sia tu a non volere che io lo faccia» chiarì James.

«Ho qualche do… domanda» balbettò Emma.

«Non avevo dubbi» disse lui con una risata. «Chiedimi qualsiasi cosa.»

«Ne so molto poco. Mia madre dice che va sopportato, ma quando mi hai toccato le altre volte è stato meraviglioso. Sarà così?»

James si trattenne dall'imprecare davanti alla sua totale innocenza. Era sia allettante che terrificante. Avrebbe dovuto tenerlo sempre in mente adesso, in modo da non spaventarla o ferirla.

«Sì, sarà così» le promise. «E anche meglio. Ma ci sarà un po' di dolore la prima volta che… ti penetrerò.»

Lei annuì. «Questa dev'essere la parte da sopportare di cui parlava. Il male.»

Lui sorrise. «Si sente male solo la prima volta, Emma. E se farò bene il mio lavoro, non ci sarà niente da sopportare. Ci sarà solo desiderio e piacere per entrambi.»

Emma sembrò rifletterci sopra un attimo, poi portò le mani dov'erano le sue, ancora aggrovigliate nei passanti della vestaglia. Le spinse delicatamente da parte e sciolse il nodo prima di scrollarsi la vestaglia di dosso e lasciarla cadere a terra.

CAPITOLO DICIANNOVE

Emma vide James seguire con gli occhi la sua vestaglia che cadeva e poi studiarla nella sua sottile camicia da notte. Nessun uomo l'aveva mai vista così esposta e cercò di resistere all'istinto innato di coprirsi sotto il suo sguardo.

«Cosa devo fare?» gli chiese con voce tremante.

James spostò lo sguardo dal suo corpo al suo viso e scosse la testa. «Niente. Stanotte è per te. Ti sdrai e lasci che ti dia piacere.»

Le tremò tutto il corpo a quelle parole e al tono tenebroso e seducente con cui le pronunciava. All'improvviso voleva di più, voleva tutto quello che lui aveva da dare. Voleva tutto ciò su cui si era trattenuto nel loro insolito "corteggiamento".

James le mise una mano sulla spalla, facendo scivolare le dita sotto la spallina della camicia. Le sue mani erano calde e leggermente ruvide mentre le faceva scendere la spallina lungo il braccio, e il lato sinistro della sua camicia da notte cadde in avanti.

Rabbrividì quando l'aria tiepida della camera le toccò la pelle. Solo il suo viso era bollente in quel momento, come se avesse le guance davvero in fiamme.

Il respiro di James era affannoso ora mentre la fissava. Sollevò la mano, e lei rimase scioccata nello scoprire che tremava leggermente mentre le copriva il seno.

La sensazione la travolse, più potente di qualsiasi cosa avesse mai provato prima, anche quando l'aveva portata all'orgasmo le volte precedenti. La pelle nuda di James contro la sua pelle nuda era scioccante e perfetta, come se fosse destinata a essere così da sempre. Come se le fosse mancato un pezzo e ora lo avesse ritrovato nel tocco gentile delle sue dita.

«Sei meravigliosa» la rassicurò mentre le faceva scivolare giù l'altra spallina. L'intero indumento le cadde intorno ai piedi e all'improvviso fu completamente nuda davanti a lui.

Emma abbassò la testa e questa volta non riuscì a trattenersi dal coprirsi il seno con un braccio e il punto tra le gambe con la mano opposta.

«Non essere timida» disse James, prendendole la mano e tirandola via così che i suoi seni fossero di nuovo esposti. «Tra pochi giorni sarò tuo marito e ti abituerai alla mia...»

«Attenzione?» gli chiese quando lui non finì la frase.

«Ossessione» precisò lui ridendo sommessamente. «In questo momento sembra più un'ossessione quando ti guardo.»

«Com'è possibile?» squittì Emma. «Non sono il tipo di donna che ispira queste cose negli uomini. Non lo sono mai stata.»

L'espressione di James si addolcì e si avvicinò, facendole scorrere una mano lungo il mento e tra i capelli. «Quegli uomini erano ciechi o dormivano. Ne sono contento. Così eri lì, ad aspettare, quando finalmente mi sono svegliato io.»

Emma deglutì nonostante il nodo in gola. Quando James la guardava come faceva adesso, riusciva quasi a credere che lui la volesse. Che la loro messinscena potesse in qualche modo trasformarsi veramente in qualcosa di serio per lui come era successo a lei.

Anche se quella cosa seria era solo il desiderio che ora pulsava nella stanza. L'avrebbe presa al volo.

Si alzò in punta di piedi e gli avvolse le braccia intorno al collo. I seni si appiattirono contro la sua giacca e il tessuto ruvido strofinò i capezzoli sensibili. Inclinò la testa all'indietro ansimando per le sensazioni inaspettate che le scorrevano nel corpo, e lui emise un gemito carico di bisogno.

«Sei incredibilmente reattiva» le disse, quasi in soggezione. «E intendo usarlo a mio vantaggio.»

Senza un'altra parola, le passò un braccio sotto le gambe nude e la portò a letto. La mise sopra il copriletto e mentre lei si adagiava sui cuscini, lui si scrollò di dosso la giacca e poi cominciò a togliersi la camicia.

Emma si tirò su appoggiandosi ai gomiti per guardarlo, affascinata dalla vista della carne maschile che copriva muscoli e ossa che si svelava lentamente. Quando si sfilò la camicia dalla testa, lei trattenne il respiro. Era... perfetto. Semplicemente perfetto, come le statue degli dei greci che costellavano i giardini delle case di campagna di tutta l'Inghilterra.

Quegli uomini erano scolpiti nella pietra, però. Quest'uomo era ben reale. Allungò una mano e gli toccò il petto. Era caldo, i suoi muscoli si increspavano sotto la punta delle sue dita. James fece un respiro a denti stretti che le fece scostare la mano.

«Scusa» disse Emma.

«Fallo di nuovo» le ordinò con un tono tanto cupo e roco da farle vibrare e pulsare la cavità tra le gambe.

Emma lo guardò negli occhi ed eseguì il suo ordine lentamente, alzandosi per premergli di nuovo la mano sul petto.

«Maledizione, mi metti davvero alla prova» ringhiò. «E mi fai venire voglia di farti cose...»

Emma spalancò gli occhi. «Farmi cose?» ripeté.

«Oh sì» confermò mentre si abbassava, mettendole una mano su entrambi i lati della testa. «Stanotte sarò tenero con te, gentile, perché te lo meriti. Ma un giorno vorrai tutte le cose perverse che mi passano per la mente quando ti tocco.»

Emma si ritrovò a sorridere anche se non capiva appieno cosa intendesse. Lo desiderava già. Gli avrebbe già dato qualunque cosa le avesse chiesto, solo per appartenergli.

Stanotte, solo per un po', voleva appartenergli.

James si appoggiò al bordo del materasso, spingendola contro i cuscini con la parte superiore del corpo mentre abbassava la testa per baciarla ancora una volta. Gli strinse le spalle ancora di più e il suo respiro divenne affannoso mentre lui le faceva passare la lingua tra le labbra e la assaggiava con crescente insistenza.

Alla fine James si staccò, ansimando mentre la fissava. Senza distogliere lo sguardo, si raddrizzò, si slacciò i pantaloni e li lasciò cadere.

Emma si tirò un po' su e fissò il corpo nudo di quest'uomo che amava e desiderava.

Non aveva mai visto un uomo nudo prima, tranne che in alcuni dipinti. Certamente una signora come lei non avrebbe dovuto vedere un uomo nudo fino alla sua prima notte di nozze. E nemmeno allora, se si doveva credere a certe voci.

Ma James era davanti a lei, muscoloso e tonico da capo a piedi. Quella cosa che aveva tra le gambe sembrava incredibilmente dura, grossa e curva e... terrificante. Eppure allettante. Emma voleva respingerlo, ma anche far scorrere il dito lungo il suo sesso.

«Hai gli occhi fuori dalle orbite» disse James dolcemente.

Quelle parole le fecero distogliere l'attenzione dal suo corpo e portarla al viso. «È solo che non ... non ho mai... non so cosa fare.»

«Te l'ho già detto» disse lui con un mezzo sorriso. «Niente. So io cosa fare.»

Emma deglutì. «Allora dimmelo. Dimmi di cosa si tratta, perché in questo momento sono francamente... impietrita.»

James rise piano. «Così non va bene. Impietrita non va affatto bene. Quello che farò, Emma, è aprirti le gambe, come ho fatto quando ti ho toccata e assaggiata e ti preparerò per me facendo le stesse cose che ti sono già piaciute.»

Lei rabbrividì di desiderio a quella notizia, ma non riuscì a cancellare la sua ansia per l'ignoto che sarebbe seguito. «E poi?»

«E poi» le disse, chinandosi su di lei, coprendole il corpo mentre saliva sul letto. «Quando sarai bagnata e calda e mi vorrai, metterò il mio uccello dentro di te.»

«Uccello» ripeté lei quasi senza fiato.

«Sì» disse lui, allungando una mano per prenderle la sua e abbassandola in modo che lei potesse toccarlo nelle parti intime. «Questo è il mio uccello. Ed è fatto per riempirti, Emma.»

«Sembra piuttosto grande se è quello lo scopo» obiettò lei mentre faceva scorrere le dita su di lui. Era così duro eppure la pelle era così morbida.

James rise di nuovo, ma aveva un tono soffocato quando ansimò: «Mi lusinghi. Ma ti assicuro che non è così. Sei stata fatta per prenderlo. Fatta per distenderti e accoglierlo. Non ti racconterò una bugia dicendoti che la prima volta non ci sarà dolore. Ma farò in modo che ci sia anche piacere. Questa volta e tutte le volte dopo. Perché quando il tuo corpo è scosso dai brividi e trema, quando sei calda e provi una sensazione di bisogno quando ti tocco, è questo che vuoi.» Spinse il membro nella sua mano e lei sussultò. «Questa unione dei nostri corpi che farà di noi una cosa sola più di qualsiasi voto che pronunciassimo in futuro.»

Emma lo fissò mentre diceva tutte quelle cose con passione, senza distogliere lo sguardo dal suo. E la sua paura svanì, sostituita da un pulsante desiderio di arrendersi a lui. Completamente.

Si ritrovò ad annuire e lui chinò la testa. Questa volta, però, non le baciò la bocca, ma la gola, ne tracciò la colonna mordicchiandola e leccandola delicatamente. Lei gli lasciò andare il pene e gli mise le mani sulle spalle, stringendogli i muscoli con le dita mentre lui proseguiva a baciarla più in basso, facendo scivolare le labbra sulla sua clavicola, sul suo petto, e alla fine le coprì un capezzolo con la bocca.

Emma si inarcò con un gemito di piacere quando lui iniziò a tirare il capezzolo con le labbra, a leccarlo e umettarlo con la sua lingua ruvida. Gli fece scivolare le dita tra i capelli, tenendolo fermo lì mentre lei voltava la testa nel cuscino e mugugnava di libido e desiderio.

James alzò gli occhi mentre continuava a tormentarla, la fosca intensità nel suo sguardo la costringeva a stare con lui, a guardarlo mentre la toccava in modi che lei non aveva mai immaginato fossero possibili e che tuttavia le intonavano un canto in una lingua antica che comprendeva perfettamente.

Il suo corpo rispondeva a James di sua spontanea volontà. Le si afflosciarono le gambe aprendosi leggermente sotto di lui, i suoi capezzoli si inturgidirono e cominciarono a pulsare, la sua schiena si inarcò e le sfuggirono dalle labbra dei gridolini mentre si arrendeva centimetro dopo centimetro, attimo dopo attimo.

James si spostò sul seno opposto, suscitando lo stesso piacere. Mentre lui faceva le sue cose, il sesso di Emma si lubrificava e il suo corpo si contorceva sotto di lui. Non aveva mai provato niente del genere, nemmeno in tutte le volte che l'aveva toccata in modo così scandaloso. Questo era più... mirato in qualche modo. Più finalizzato.

Ma era ovvio che lo fosse. Questi gesti portavano a una rivendicazione, a un atto finale che le avrebbe cambiato il corpo e l'anima, che avrebbe cambiato tutto tra loro per sempre.

E per quanto ne fosse spaventata, non vi si oppose. Fece praticamente le fusa quando lui fece scorrere la mano lungo il suo fianco nudo e poi fece scivolare le dita tra i loro corpi. James trovò il suo sesso, continuando a succhiarle il seno mentre le allargava le pliche e le spandeva i fluidi del suo corpo sull'apertura palpitante.

James sollevò la bocca dal capezzolo con uno schiocco. «Sei così bagnata, Emma. Così pronta. E io ti voglio da morire. Ma ho bisogno di sapere che vuoi che io lo faccia stasera. Una volta fatto, non ci sarà modo di tornare indietro. Nessuna via d'uscita. Quindi devi guardarmi e dirmi che mi vuoi.»

Emma deglutì a fatica. Questa era la sua ultima possibilità di porre fine alla follia che stava crescendo e turbinando dentro di lei. L'ultima possibilità di allontanarsi da lui.

Ma lei non voleva andare via. Né stasera né mai.

Gli prese entrambe le guance con le mani. Lo guardò dritto negli occhi, tenendolo fermo per quanto poteva visto che il suo mondo girava vorticosamente.

«Sono tua, James» sussurrò. «E ti voglio.»

James emise un sospiro che sembrava contenere il sollievo di mille vite. Poi si mise in una posizione diversa continuando a fissarla negli occhi. Lei sentì la sua dura turgidità, il suo sesso, premuto contro quel punto bagnato tra le sue gambe tremanti. Si ritrovò a sollevarsi contro di lui senza volere, e poi lui spinse dentro.

«Oddio» gemette lui quando la penetrò con la punta. «Sei perfetta.»

Emma rispose mugolando perché non aveva più parole in testa. C'era solo questo atto animale tra loro che lei voleva e temeva in egual misura.

James entrò di un altro centimetro, e ci fu il dolore di cui le aveva parlato, uno strappo veloce che le fece trattenere il respiro e affondargli le unghie nelle spalle.

«Lo so» mormorò, «lo so, mi dispiace. Ma ti prometto che è finita, Emma. Non farà mai più male.»

Lei annuì lentamente, pregando che avesse ragione e sapendo che poteva sbagliarsi. James si spinse in avanti, prendendola sempre più in profondità finché non fu certa di non avere più spazio in corpo per lui. Quando la ebbe presa fino in fondo, si arrestò e rimase fermo dentro di lei.

Emma lo fissò meravigliata da sotto in su e lui sorrise. «Cos'è quello sguardo?»

«Mi avevi detto che ero fatta per accoglierti» gli rispose lei scuotendo la testa. «Solo che non ti credevo.»

Si chinò per baciarla dolcemente. «In queste cose non ti mentirei mai, Emma. E ora non posso più aspettare. Devo averti, averti sul serio.»

Diede una spinta mentre diceva l'ultima parola, e lei rimase senza fiato quando scivolò dentro di lei così forte mentre il suo corpo gli si stringeva intorno. Era una sensazione così diversa, aliena ma anche stranamente naturale. Non era il suo posto, eppure ogni volta che si muoveva dentro di lei, la sensazione migliorava sempre di più.

E poi roteò i fianchi con un lento movimento circolatorio e lei si bloccò. Non era più strano, era... bello. Molto bello. Il piacere la scosse mentre lui roteò ancora, strofinando il bacino contro il suo e facendole uscire un gemito roco dalle labbra.

«Ecco, così» sussurrò James. «È questo che voglio, Emma. Voglio il tuo piacere. Voglio farti fremere di piacere.»

Emma sollevò i fianchi contro di lui, e ora fu lui a emettere un suono aspro di piacere. Sorrise. Per una volta sembrava poter avere tanto potere quanto lui.

Cominciarono a muoversi insieme, guardandosi negli occhi mentre lei si sollevava contro di lui, e lui spingeva dentro di lei. Le spinte si fecero sempre più forti e veloci, e il corpo di Emma cominciò a provare una sensazione di beatitudine. Il piacere che le procurava aumentava mentre a James si tendeva il collo e venivano gli occhi lucidi per lo sforzo.

E poi fu travolta dall'orgasmo, in ondate che erano molto più intense di qualsiasi cosa le avesse procurato in precedenza. Si aggrappò a lui, seppellendo la bocca contro la sua spalla nuda per non svegliare tutta la casa con le grida della sua estasi.

In tutto questo lui continuò a spingere, esigendo di più, prendendo di più, e alla fine gridò il nome di Emma come se fosse una supplica e lei si sentì riempire di calore. Il *suo* calore, il calore del suo seme. James le crollò addosso, con il respiro affannoso, e la tenne stretta, lisciandole le mani sui capelli, sulla schiena, sulle spalle, mentre si girava su un fianco e la tirava contro di sé.

Per quanto tempo restarono così, non ne aveva idea. Sapeva solo che si sentiva al caldo, sicura, protetta come non si era mai sentita in tutta la sua vita. Quando le braccia di James erano intorno a lei, era un bozzolo dove nessun male poteva penetrare. E lei lo amava ancora di più per aver creato quella piccola oasi di sicurezza, anche se era solo nella sua mente.

James si chinò e le baciò la tempia prima di separare i loro corpi ancora intrecciati e alzarsi in piedi. Lo guardò quando si piegò, perfettamente a suo agio nella sua gloriosa nudità mentre si vestiva.

«Devi andare?» gli chiese, detestando la lieve disperazione nella sua domanda.

Lui la guardò da sopra la spalla. «Devo. Dato che dobbiamo sposarci, se venissimo scoperti lo scandalo non sarebbe così grave come sarebbe stato un giorno fa, ma non è il modo in cui voglio che inizi la tua vita come Duchessa di Abernathe. Quindi devo andare.»

Stava ancora infilando la camicia nei pantaloni quando si voltò di nuovo verso di lei. La guardò, la scorse da capo a piedi con quello sguardo incandescente, e scosse la testa. «Incredibile» mormorò.

«Che cosa?» gli chiese lei dolcemente.

Lui si chinò e la baciò ancora una volta. «Che il desiderio con te non svanisca» le spiegò. Strofinò il naso avanti e indietro contro il suo. «E ora sei veramente mia. Ora non si può tornare indietro.»

Le baciò di nuovo la guancia, le sorrise e uscì dalla sua camera da letto. Una volta che se ne fu andato, Emma si alzò in piedi e raccolse la sua camicia da notte da terra. Ma mentre se la infilava in testa, trattenne il respiro, non per il piacere, ma per il dolore. Per la delusione.

Quando le aveva detto che non si poteva tornare indietro, lei aveva visto qualcosa nei suoi occhi. Un barlume di preoccupazione, di angoscia.

Aveva fatto l'amore con lei quella sera e lei aveva nutrito grandi speranze che questo significasse un nuovo inizio per loro. Un inizio in cui un giorno avrebbe potuto ricevere da lui lo stesso amore che provava *lei*.

Solo ora capiva la verità. Era venuto da lei non solo perché tra loro c'era un innegabile desiderio. Era venuto perché aveva bisogno di un motivo per non poter rimangiarsi la parola data. Doveva rovinarla così non ci sarebbe stata nessuna possibilità di sfuggire alla promessa che aveva fatto.

Andò alla finestra e guardò fuori nell'oscurità. Aveva detto che era sua. E lo era.

Ma lui non era suo. E temeva che non lo sarebbe mai stato.

CAPITOLO VENTI

James era solo sul parapetto che dava sul giardino sottostante. In lontananza poteva vedere dozzine di domestici che sistemavano le sedie, addobbavano il gazebo, si davano da fare con fiori e nastri.

Stavano allestendo l'area dove avrebbe sposato Emma... guardò l'orologio da tasca... due ore.

Sospirò. Nell'ultima settimana e mezza tutto era volato. Aveva ottenuto una licenza speciale, c'erano state sarte che andavano e venivano, tutte di fretta e apparentemente scontente, nonostante quanto le pagasse per preparare un abito per la sua futura moglie in quattro e quattr'otto. E c'era stato il suo ricevimento di campagna da gestire. Solo che adesso era un ricevimento di nozze e il tono era cambiato in modo significativo.

L'unica cosa per cui non c'era stato tempo, a quanto sembrava, era un momento da solo con Emma. Si accigliò a quel pensiero. Aveva sognato di fare l'amore con lei, ma sembrava non essere mai da sola. Aveva persino chiesto a Meg di restare nella sua stanza con lei fino alla prima notte di nozze, sventando i suoi tentativi di andare a trovarla come aveva fatto prima.

Lo stava evitando.

«Vostra grazia?»

Si voltò e soffocò un gemito quando vide la persona che lo aveva interrotto sulla soglia della porta finestra della terrazza. La signora Liston, la sua futura suocera. Sfortunatamente lei e suo marito *non* lo avevano evitato dal giorno del fidanzamento. Aveva avuto il grande dispiacere di passare molto tempo con loro. Gli avevano chiesto soldi, tempo, presentazioni, persino un cottage nella sua tenuta. Mai direttamente, ovvio, sempre in modo indiretto per far sembrare di avere a cuore solo Emma.

Oh sì, aveva imparato a conoscere molto bene la loro avidità.

«Signora Liston» la salutò con tono freddo. «Siete bella come sempre.»

La donna abbassò lo sguardo sul suo vestito con una risatina. «Mi sarei fatta fare un nuovo abito - la madre della sposa, sapete - ma non c'era tempo. Non che mi lamenti.»

James strinse le labbra mentre pensava alle parole di questa donna sulla terrazza tante notti prima. L'aveva sentita complottare con Emma per "accalappiarlo". Emma si era rifiutata, anche se era andato tutto esattamente come quella donna aveva desiderato.

E ne sembrava piuttosto orgogliosa.

Quando lui non disse niente, lei si fece avanti. «Vorrei parlarvi del futuro di mia figlia.»

Si accigliò. «Come abbiamo discusso in precedenza, per il futuro di vostra figlia è tutto sistemato, signora Liston. Non le mancherà mai più niente.» La donna si agitò leggermente e James inarcò entrambe le sopracciglia. Sembrava che avessero finito di girare attorno a quello che voleva veramente questa donna. Era pronta per essere più diretta. «Ah, capisco. In realtà volete parlarmi del *vostro* futuro.»

Lei annuì e gli si avvicinò. «Il mio e quello di mio marito.»

James strinse i pugni lungo i fianchi. Passare del tempo con il suo futuro suocero si trasformava sempre in un continuo esercizio di autocontrollo. Sapendo cosa aveva fatto il signor Liston a Emma, cosa aveva *provato* a fare, James voleva distruggerlo.

E ora ecco sua madre che chiedeva regalie per lui. Per se stessa.

«Voglio che sia molto chiara una cosa, signora Liston» disse piano. «Darò a Emma tutto ciò che desidera per il resto della sua vita. Sarò felice di farlo, perché conosco il suo carattere ed è quello che merita. Ma quanto a vostro marito, quando questo matrimonio sarà finito, non mi dispiacerebbe non rivederlo mai più.»

La signora Liston aprì la bocca e spalancò gli occhi. «Vostra grazia...»

Sollevò una mano per impedirle di parlare. «Adesso *basta*. Non vi capisco. Come fate a sapere esattamente cos'è quell'uomo, a sentire quel che ha fatto a vostra figlia, come ha giocato con il suo futuro pur di salvare se stesso, e continuare a cinguettargli nell'orecchio come se foste due sposini?»

Un forte rossore le inondò le guance e si voltò all'improvviso. «Io...» iniziò. «Lui... ha promesso di cambiare. Ha giurato che ora che Emma è sistemata, cambierà abitudini. Verrà con me a Londra, resterà a casa nostra. Avremo solo bisogno di un po' di aiuto e lui...»

«Come ha fatto Emma a diventare così intelligente?» la interruppe James scuotendo la testa. «Se voi siete così sciocca da credere a quelle bugie.»

«Non sono bugie, Vostra Grazia» scattò lei, tornando a guardarlo, le braccia conserte in segno di sfida e gli occhi pieni di lacrime.

«Quante volte vi ha detto la stessa cosa?» mormorò lui. «Quante volte vi ha promesso diamanti e perle, fedeltà e serenità?»

L'espressione di sua suocera gli disse tutto quello che voleva sentire e scosse lentamente la testa. «Emma vi vuole bene, nonostante tutto quello che avete permesso nella sua vita. E se lei vuole aiutare voi, non mi opporrò. Ma suo padre... quell'uomo da me non riceverà *mai* un penny. E farò *tutto* quanto in mio potere per assicurarmi che non le faccia mai più del male. Accettate un modesto consiglio, signora Liston, da qualcuno che sa fin troppo bene come vanno certe cose. Le persone non cambiano. E rimarrete solo delusa se credete ancora una volta alle storie di vostro marito.»

Lei lo fissò, con le mani strette lungo i fianchi e il labbro inferiore che tremolava. In quel momento James vide Emma in lei.

Emma di lì a vent'anni, se le fosse stata negata sicurezza e protezione... amore.

Poteva darle le prime due cose, ma l'ultima? Sposare lui l'avrebbe condannata allo stesso modo che sposare Sir Archibald?

Si scrollò di dosso quella domanda inquietante quando la signora Liston gli si avvicinò. «Siete in debito con noi» sussurrò.

Lui alzò un sopracciglio. «Sono in debito con *Emma*. Tutto il resto è facoltativo.»

La signora Liston sbottò e tornò in casa di corsa, lasciando James di nuovo solo. Tornò a guardare in lontananza. I domestici avevano quasi finito i preparativi per il suo matrimonio.

E ora non sapeva come procedere con Emma una volta che fosse diventata veramente sua. Perché l'idea che la felicità di qualcuno appartenesse a lui, o peggio, che la sua felicità appartenesse a qualcun altro, era terrificante.

Emma stentava a riconoscere la donna che la guardava nello specchio. La sarta di Meg aveva fatto miracoli in un breve lasso di tempo, creando uno splendido abito cucito con filo d'argento scintillante e un corpetto finemente intrecciato. Le avevano arricciato i capelli che poi avevano raccolto in alto in una bellissima acconciatura. Le avevano pizzicato le guance per dare un po' di colore, messo un po' di rossetto sulle labbra, nonostante l'audacia della cosa.

Aveva un aspetto... diverso.

Aveva *quasi* l'aspetto che doveva avere una duchessa.

«Sei bellissima» disse Meg, chinandosi per baciarle la guancia. «Mio fratello sarà estasiato!»

Emma abbassò la testa. James estasiato? Sembrava quasi impossibile. La stava sposando per senso del dovere, perché sentiva di doverla salvare. Ben presto qualunque desiderio avesse provato per lei sarebbe svanito e sarebbero rimasto solo...

Risentimento. Forse un giorno anche odio.

Rabbrividì e Meg le strofinò delicatamente le braccia nude. «Hai freddo?»

«No» disse Emma, mettendo la mano su quella dell'amica. «Non ho freddo. Grazie.»

La porta della camera si aprì ed entrò sua madre. Emma si alzò in piedi e osservò il viso tirato della signora Liston. Era sconvolta, era chiaro. Emma fu travolta dalla paura che spazzò via qualsiasi altra emozione positiva mentre si chiedeva terrorizzata cosa avrebbe potuto fare suo padre adesso.

«Posso restare un attimo sola con mia madre?» disse sorridendo a Sally e Meg.

«Ma certo» disse Meg e si voltò verso la cameriera. «Sally, *devi* parlare con la mia cameriera. Un giorno mi piacerebbe avere la stessa acconciatura che hai fatto a Emma. È perfetta.»

Uscirono insieme dalla stanza e Meg chiuse la porta dietro di sé, lasciando Emma da sola con sua madre. Fece un passo avanti. «Che c'è?»

Sua madre scosse la testa. «Uomo orribile. Non sai quanto, Emma!»

Emma fece diversi lunghi respiri e cercò di mantenere la voce calma mentre sussurrava: «Che cos'ha fatto? Che cos'ha fatto papà adesso?»

«Tuo padre?» La signora Liston scoppiò in una risatina rabbiosa. «No, non è stato lui a farmi arrabbiare.»

Emma sbatté le palpebre confusa. «Allora chi?»

«Quel tuo futuro marito» esclamò la signora Liston. «Sai che ha osato dire che non avrebbe aiutato tuo padre? Sostiene che Harold non se lo merita dopo quello che ti ha fatto. Quello che ha fatto? Be', è grazie a lui che stai per sposare un duca, o no?«

«Perché ha forzato la mano di James dopo avermi perso al gioco?» ringhiò Emma. «Davvero gentile da parte sua, sì.»

«Non essere impertinente» scattò sua madre. «Ti ha salvato, seppure per vie traverse. Ma Abernathe insiste che non darà un soldo al tuo povero padre. "

Emma deglutì. Sua madre pensava di turbarla con questa informazione, ma stava ottenendo una reazione opposta. Mentre se ne stava lì a sentire sua madre parlare di come James aveva messo a posto suo padre, si sentì... *protetta*. Come se avesse finalmente trovato il paladino per cui aveva pregato per tutta la vita.

«Il mio *povero* padre» ripeté piano. «È questo che ti sei convinta che sia tuo marito in tutto questo, una vittima?»

Sua madre strinse gli occhi. «Potrai anche essere una futura duchessa, ma gli devi comunque rispetto. È tuo padre.»

«Per modo di dire» obiettò Emma. «È entrato e uscito dalla mia vita per decenni, mamma. E dalla tua, per l'amor del cielo. Meno di una settimana fa eri terrorizzata a morte all'idea che ricomparisse e distruggesse le nostre vite. Adesso parli di lui come se fosse un santo.»

Sua madre si agitò. «Non capisci l'amore, Emma. Se lo capissi, sapresti cosa sto passando, cosa devo accettare.»

Emma si voltò. Capiva l'amore. Amava James, era inutile negarlo ormai. Ma lei non voleva vivere la vita che aveva visto vivere sua madre. Una vita in cui temeva e desiderava un uomo in egual misura. Una vita in cui era costretta a perdonare qualsiasi misfatto nella disperata speranza di avere qualche briciola di affetto.

«Tu sei artefice della vita che vivi, mamma» disse. «E anche io.» Si voltò. «Se James non desidera aiutare papà, allora... non discuto la sua decisione.»

Sua madre fece una smorfia e strinse le mani lungo i fianchi. «Maledetta ingrata» sibilò prima di voltarsi e uscire di corsa dalla stanza.

Emma appoggiò le mani contro il tavolo più vicino, le bruciavano gli occhi di lacrime, tremava tutta dopo il diverbio che aveva appena avuto con sua madre. Un diverbio che sembrava essere stato rimandato da anni.

Voleva rannicchiarsi e piangere. Voleva scappare dal dolore nel suo cuore. Ma soprattutto, voleva trovare James. Per avere il suo conforto e il suo sostegno, sì, ma anche perché sapeva cosa doveva fare. Sapeva cosa doveva rischiare.

E se non avesse rischiato adesso, forse non avrebbe più avuto un'altra possibilità.

Si raddrizzò e si lisciò l'abito, poi uscì dalla camera. Percorse i corridoi, sentendo parlare e ridere da dietro le porte degli alloggi degli ospiti, sorridendo alla servitù che ora la guardava con nuova deferenza in qualità di loro futura signora.

Quando scese le scale, trovò in fondo Grimble. Il maggiordomo aveva una lunga lista e ne stava discutendo con un cameriere, ma fece cenno all'uomo di allontanarsi quando lei fece l'ultimo gradino.

«Signorina Liston» disse, con un tono e un'espressione gentili. «Che cosa posso fare per voi?»

«James» sussurrò. «Abernathe. Dov'è?»

Il maggiordomo sembrò leggermente sorpreso dalla sua domanda, o forse dalla sua espressione quando l'aveva fatta, perché era certa che il suo turbamento le si leggesse in volto.

«Sua Grazia è sulla terrazza» disse lentamente.

«Grazie, Grimble» disse annuendo. Il cuore cominciò a batterle più forte mentre si voltava verso il retro della casa, dove avrebbe potuto raggiungere il suo futuro marito. Le tremavano le gambe e le mani quando entrò in una stanza e si diresse verso la porta finestra. La aprì e scrutò la terrazza in cerca dell'uomo che amava.

Lo trovò immediatamente. Ma non era solo. James era a tre metri da lei, voltato di spalle... con una bella donna in piedi di fronte a lui. Strizzò gli occhi per vedere meglio e trasalì. Era la Contessa di Montague, una donna notoriamente generosa nel dispensare i suoi favori, per così dire. Li aveva già visti parlare alla festa, ma solo di sfuggita. *Questa* però non era una conversazione passeggera. Lady Montague era addossata a James, con la mano audacemente appoggiata sul suo petto.

Emma li guardò insieme, con le mani tremanti lungo i fianchi e le lacrime che le pizzicavano gli occhi. James sorrise all'altra donna e lei si voltò con il cuore infranto. Tornò in casa, nell'atrio. Grimble la chiamò, ma lei lo ignorò mentre usciva di casa e si affrettava giù per il sentiero che la portava dalla casa verso le scuderie.

Camminò per un po', con il respiro affannoso e la mente che andava a mille. Aveva visto James fare qualcosa di sbagliato? Non proprio. Stava parlando con uno dei suoi ospiti. Un'ospite femminile, sì, ma non poteva certo aspettarsi che non parlasse mai più con un'altra donna solo perché la stava per sposare.

Era stata l'intimità della conversazione a distruggerla. In quel momento aveva intravisto il suo potenziale futuro. Non voleva essere come sua madre, non voleva amare un uomo che non ricambiava i suoi sentimenti, in attesa che la degnasse di una qualche attenzione. Non poteva passare la vita in quel modo.

Svoltò un angolo per andare alle scuderie, incerta sulle prossime mosse. Tornare indietro e affrontare James? Fare finta che non fosse successo e procedere con il matrimonio, nonostante i suoi dubbi?

Scappare?

Si fermò nel bel mezzo del sentiero cercando di ritrovare la calma.

«Bene bene bene.»

Si voltò al suono della voce sprezzante che proveniva da dietro di lei. Quando vide chi era, le si fermò quasi il cuore.

«S...Sir Archibald» sussurrò, cercando di allontanarsi.

Questi fece un passo avanti di uguale misura, tenendola a portata di braccio. Emma lo fissò, perché non sembrava l'uomo che aveva manifestato interesse per lei solo poco tempo prima. Aveva i capelli in disordine, la faccia arrossata, come se avesse bevuto, e gli occhi lucidi.

«Che c'è che non va?» sussurrò Emma.

Archibald inclinò la testa come se fosse confuso dalla sua domanda. «Che c'è che non va? A parte l'enorme umiliazione che mi ha inflitto il *tuo duca*?»

Emma rabbrividì al tono aspro e stridulo della sua voce. «Di che umiliazione parlate, Sir Archibald? Non avete mai veramente voluto me. Mi conoscete appena e non mi si può certo considerare un bel partito vista la mia famiglia e la mia mancanza di fondi.»

Archibald alzò un sopracciglio al duro giudizio che aveva dato di se stessa. «Forse no, ma avevo fatto la mia proposta. Tuo padre aveva approvato il matrimonio. Abernathe non avrebbe dovuto smentirmi così pubblicamente. Ora sono lo zimbello della contea. Tutti sussurrano quando mi vedono, si nascondono il viso con la mano e ridono di me. Non è accettabile.»

Emma trattenne il respiro, perché vide una luce pericolosa nel suo sguardo. «Cosa... cos'avete intenzione di fare?»

«Prendere quello che è suo» disse piano. «Per pareggiare i conti.»

Fece un altro passo in avanti ed Emma urlò terrorizzata poi si lanciò contro di lui come una matta. Gli graffiò la guancia con le unghie, lasciando un livido gonfio, e lui ringhiò per il dolore infuriandosi ancora di più.

«Sei combattiva» disse, spingendola in avanti. Lei scivolò lungo il muro, cercando una possibilità di fuga, ma dovunque andasse, lui la seguiva. «Mi piace combattere.»

Il cuore le batteva all'impazzata. La stava spingendo verso i box bui e vuoti sul fondo. Lei lanciò un urlo e lui le saltò addosso e la afferrò. Emma colpì l'angolo di uno dei box con la spalla e fu attraversata da una fitta di dolore.

Archibald le coprì la bocca con il palmo della mano. «Zitta ora, non verrà nessuno a salvarti. Risparmia tutto quel baccano per dopo.»

Emma cercò di divincolarsi, ma lui era sorprendentemente forte per un uomo della sua età. In quel momento si rese conto di essere in trappola. Era prigioniera. E Archibald aveva ragione: non stava venendo nessuno ad aiutarla.

CAPITOLO VENTUNO

James guardò la bella donna che aveva davanti, la sua mano sottile che gli toccava il petto. Non si poteva negare che Lady Montague fosse affascinante e che i racconti sulle sue prodezze sessuali fossero ben noti. C'era stato un tempo in cui avrebbe potuto essere attratto da lei, ma ora la fissava e non sentiva... niente.

Non voleva un'avventura con un'amante esperta e disincantata. Non voleva un'amante fissa, come Lady Montague si era appena offerta di diventare senza mezzi termini. A quanto pareva voleva solo Emma.

«Siete silenzioso, Abernathe» lo blandì Lady Montague. «Sono scioccata che non abbiate una risposta più immediata al mio... *suggerimento*. Dopotutto, una relazione discreta è comune nelle nostre cerchie. *So* che vi siete già tolto molti sfizi, come me. E penso che potremmo stare... bene insieme.»

James fece un passo indietro, facendole cadere la mano al fianco. «Apprezzo l'offerta, milady. E forse avete ragione sul fatto che *potremmo* trovare piacere insieme. Ma sto per sposarmi e...» Scosse la testa pensando a quello che stava per dire. «Ho intenzione di essere fedele a mia moglie.»

Lady Montague corrugò la fronte. «*Fedele?*» ripeté lei, come se non capisse la parola. «Veramente?»

«Sì.»

Lo fissò a lungo, poi scrollò le spalle. «Allora siete una creatura singolare, Vostra Grazia. E la signorina Liston è... fortunata ad aver ispirato tanta fedeltà. È piuttosto rara.»

James annuì, perché sapeva che era vero. Ma non sapeva di voler essere uno dei pochi nelle loro cerchie a voler restare fedele alla sua sposa finché non gli era stata offerta la possibilità di essere qualcos'altro.

«Perdonatemi, milady» disse con un cenno gentile che poteva solo incoraggiarla a lasciarlo solo. «Ho molte cose da preparare in questa ultima ora prima del mio matrimonio.»

Lady Montague annuì con un sorriso di circostanza. «Certo. Buon pomeriggio, Vostra Grazia.»

James si voltò e tornò in casa. Attraversò il corridoio che portava alle scale, determinato a trovare la sua fidanzata. Anche se non aveva idea di cosa le avrebbe detto quando l'avesse vista.

Attraversò l'atrio, voltandosi per salire le scale, quando comparve Grimble. «Vostra grazia?»

Sentì la tensione nel tono del suo maggiordomo e lo guardò, anche se voleva solo precipitarsi da Emma in quel momento. Questo matrimonio improvviso aveva messo a dura prova il suo personale e doveva loro la sua attenzione. «Sì?»

«Milord, mi dispiace interrompervi, so che avete molte cose da preparare, ma...» Il maggiordomo si agitò. «Pensavo che doveste essere informato che la signorina Liston vi stava cercando prima.»

«Emma?» chiese James, e cominciò a battergli più forte il cuore. «Dove?»

«Era uscita in terrazza per parlarvi solo pochi minuti fa» disse Grimble. «Ma dopo pochi istanti, è rientrata di corsa in casa ed è uscita dalla porta principale.»

James trasalì. Se Emma era venuta in terrazza di recente, non gli aveva parlato. Ovvio, lui era distratto da Lady Montague.

Gli si chiuse lo stomaco. Se Emma lo aveva visto con quella donna, con la mano appoggiata sul suo petto, avrebbe potuto pensare...

«Maledizione» mormorò. «Dalla porta principale, hai detto?»

«Sì» disse Grimble. «L'ho vista dirigersi verso le scuderie, ma la curva del sentiero mi ha impedito di vedere dove andava molto più in là di lì.»

James gli passò accanto di corsa, uscì dalla porta principale e fece lo stesso sentiero che Emma sembrava aver preso pochi istanti prima. Gli girava la testa mentre si precipitava a cercarla. Dopo tutto quello che Emma aveva passato, tutto quello che aveva visto sopportare a sua madre con quel padre scapestrato, se lo aveva visto con Lady Montague, nessuno poteva biasimarla per essersi immaginata il peggio.

Soprattutto perché credeva che James la stesse sposando solo per un qualche senso dell'onore o del dovere. Ma c'era molto di più.

Molto, molto di più. Solo che non glielo aveva mai detto. A stento si era permesso di riconoscerlo nel proprio cuore, per non parlare di confessarlo a lei o a chiunque altro. Mettere a nudo il suo cuore non era mai finita bene per lui, e così eccolo lì, a inseguire una donna che probabilmente aveva ferito senza volere.

E questo significava molto per lui. Più di quanto avrebbe dovuto.

«No!»

James si bloccò mentre si avvicinava alle scuderie, perché aveva sentito il grido acuto di una voce femminile all'interno. La voce di Emma.

Si mise a correre verso la stalla al doppio della velocità quando sentì un secondo grido soffocato. Svoltò l'angolo, entrò nella stalla e il suo sguardo saettò da un lato all'altro dell'ampio fabbricato. E lì, nell'angolo più lontano e buio, vide Emma. Tirava all'indietro strattonando forte la mano di un uomo che le stringeva il polso. Il mascalzone stava cercando di trascinarla in una stalla vuota, era evidente.

James si precipitò in avanti. «Fermo!» gridò.

Chiunque stesse trattenendo Emma la lasciò andare di scatto facendola barcollare all'indietro; per poco non cadde sul pavimento polveroso della stalla. James la tirò dietro di sé e guardò nel box per vedere chi fosse il suo aggressore.

Spalancò gli occhi quando vide Sir Archibald nello spazio angusto. Il viso del vecchio era pallido come un cencio e gli tremavano le labbra mentre fissava James. «Abernathe» sussurrò.

James non gli lasciò dire nient'altro prima di tirargli un pugno che gli centrò in pieno la mascella. Sir Archibald cadde all'indietro, urtò contro il muro della stalla e lanciò un grugnito di dolore.

«Che diavolo ci fate qui?» chiese James, anche se poteva vedere esattamente quali erano le intenzioni del tipo. Aveva i vestiti in disordine, la camicia allentata e fuori dai pantaloni.

A James venne voglia di ucciderlo al pensiero che avesse avuto intenzione di fare del male a Emma.

Avrebbe potuto ammazzarlo, ma Emma gli mise una mano intorno al braccio, costringendolo a guardarla. «James» disse dolcemente.

Abbassò lo sguardo, vide il suo viso rigato di lacrime e trattenne il respiro. Seppur scarmigliata com'era adesso, era bellissima nel suo abito da sposa.

«Ti ha fatto male?» le chiese, allungando una mano per tracciarle lo zigomo con il dito. «Ti ha toccato?»

«No» lo rassicurò. «Non ha fatto a tempo. Lo hai fermato.»

James trattenne il fiato. Emma aveva dei lividi sul polso, lievi ma c'erano. Le sollevò la mano. «Emma...»

«Non sono ferita» sussurrò, anche se la sua voce tremolante la smentiva. «Non sono ferita.»

James si voltò di nuovo per affrontare Sir Archibald, ci vedeva rosso dalla rabbia, ma scoprì che il tipo era sfuggito di soppiatto mentre lui si prendeva cura di Emma. Stava correndo fuori dalla stalla più velocemente che poteva. James si affrettò ad andargli dietro in tempo per vedere il bastardo salire sul suo cavallo e volare via verso i cancelli della tenuta.

«Ti ammazzo se ti avvicini di nuovo a lei!» gridò James, certo che il vento avrebbe portato le sue parole rabbiose al nemico incurvato sulla sella.

Si voltò e rientrò nella scuderia. Nel box dove era stata aggredita, Emma se ne stava appoggiata contro il muro, col viso pallido e tirato. Gli si strinse il cuore alla vista della sua espressione. Del suo dolore.

«Lo inseguirò» mormorò, scostandole dalla guancia una ciocca di capelli sfuggita dall'acconciatura. «Lo *ucciderò* per quello che ha cercato di fare.»

«No» disse Emma, facendo un passo avanti per afferrargli il braccio. «James, sai cosa succederebbe se facessi qualcosa del genere. Potresti essere esiliato o impiccato. Anche se non succedesse, lo scandalo ti distruggerebbe. Distruggerebbe Meg. Non ne valgo la pena.»

La fissò. Era convinta di quello che diceva. Ovvio, dopo la vita che aveva avuto. E all'improvviso voleva darle molto di più di quanto lei avesse già provato. Voleva darle tutto. Tutto quello che lui aveva ed era. Soprattutto, voleva darle tutto ciò che poteva essere ma non era ancora diventato.

Voleva essere migliore per lei.

«Tu vali molto di più» le disse dolcemente.

«Non voglio perderti» disse lapidaria scandendo ogni parola. «Per favore, non andargli dietro.»

James digrignò i denti. L'idea che Archibald riuscisse a farla franca dopo quello che aveva cercato di fare era ripugnante. Avrebbe solo fatto del male a qualcun'altra. O magari ci avrebbe riprovato con Emma per vendicarsi.

«Chiederò a Graham di pensarci lui» disse alla fine. «Quando torneremo a Londra, potrà tenere d'occhio Sir Archibald. Sono sicuro che molti nostri amici gli daranno una mano.»

Lei annuì. «Sì. Così saprai se ha in mente di fare ancora del male.»

James fece un passo avanti e la prese tra le braccia per tenerla stretta. La sentì tremare tra le sue braccia e la strinse più forte, desiderando di poter cancellare qualunque paura avesse provato.

«Emma» sussurrò contro i suoi capelli. «Mi spiace tanto.»

Lei scosse la testa e si staccò da lui. Fuori dalle sue braccia, portando via con sé il suo calore, lasciandolo con una sensazione di freddo mentre faceva un passo indietro, sempre più indietro e lontano da lui.

«Sto... sto bene» disse Emma, aggiustando il tono in modo da non mostrargli più tutte le sue emozioni. «Era ubriaco e arrabbiato e... deciso a punirci entrambi per aver infranto le promesse che gli aveva fatto mio padre.» Le tremavano le mani e se le stringeva ai fianchi. «Grazie per avermi salvato.»

«È mio compito salvarti» disse. «Il mio più grande dovere come marito sarà quello di proteggerti da ogni male. Avrei dovuto immaginare che Sir Archibald potesse essere tanto stupido da minacciarti. Non permetterò mai che accada di nuovo, Emma. Una volta sposati, mi assicurerò che tu sia sempre protetta.»

Si aspettava che lei sorridesse a quella affermazione. Forse anche che tornasse tra le sue braccia per un bacio. Ma il viso di Emma rimase teso in preda a un'oscura emozione e bianco come un cencio. La vide abbassare il mento, rifiutandosi di sostenere il suo sguardo.

«James» sussurrò, con voce rotta. «A... Apprezzo il tuo desiderio di proteggermi. Davvero. Ma oggi mi è diventata molto chiara una cosa.»

Lui aggrottò la fronte. «Davvero? E che cos'è?»

«Non posso sposarti, James. Io... io non voglio.»

Le parole che Emma aveva appena pronunciato a forza con labbra che tremavano erano le più difficili che avesse mai detto, rese ancora più difficili dalla presenza travolgente di James nello spazio angusto della stalla. Era intervenuto per salvarla e sarebbe stato così facile permettergli di cullarla e proteggerla per sempre.

Ma lei voleva di più da lui. Non ottenerlo avrebbe portato solo rovina e disperazione in futuro.

«Hai battuto la testa, Emma?» chiese lui alla fine, con tono incredulo.

«Certo che no.»

«Allora che diavolo vuol dire che non vuoi sposarmi?» le domandò, con un tono teso come un filo allungato al punto di rompersi.

La Emma che aveva sempre fatto da tappezzeria, la parte di lei che aveva vissuto nella paura da quando era abbastanza grande da sapere che suo padre avrebbe potuto rovinarla, voleva scusarsi con James, piegarsi alla sua volontà e dire che si era sbagliata ed entrare così nel futuro del suo progetto.

Ma adesso c'era un'altra parte di lei. Una parte che riconosceva il proprio valore. Ironia della sorte, era una parte che James stesso la aveva aiutata a trovare. E questa era la parte che le diceva di allontanarsi da lui.

«Ti ho visto» disse piano.

James deglutì a fatica. «Mi hai visto?» ripeté.

Si costrinse a guardarlo negli occhi senza distogliere lo sguardo. «Ti ho visto sulla terrazza. Con Lady Montague.»

Si aspettava che reagisse scioccato e poi negasse la sua affermazione. Era quello che avrebbe fatto suo padre. Diamine, quello che *aveva* fatto una dozzina di volte o più, quando sua madre gli aveva rinfacciato i suoi tradimenti nel corso degli anni. Emma aveva assistito a quelle orribili liti. Sua madre piangeva, suo padre si offendeva per le accuse. Alla fine sua madre capitolava. Alla fine suo padre se ne andava di nuovo.

Era un ciclo infinito.

Solo che James non sembrava scioccato per la sua accusa, solo triste. E con sua grande sorpresa, lui annuì. «Immaginavo che ci avessi visto. Grimble ha detto che eri andata in terrazza per cercarmi e sei uscita di casa poco dopo.»

Emma strinse la mascella. «Vi ho visti parlare. *Flirtare.*»

Lui scosse lentamente la testa, infine gli uscì di bocca il rifiuto che lei si aspettava. «Ti assicuro che non stavo flirtando con Lady Montague.»

Le crebbe una gran rabbia dentro, un senso di dolore e tradimento che sapeva di non avere il diritto di provare. James non l'amava. Non aveva mai giurato di amarla, né che le sarebbe stato fedele. La maggior parte degli uomini del suo calibro non lo erano.

Tuttavia era quello che lei voleva da lui, stupida che non era altro. Quanto meno, voleva onestà da lui.

«L'ho *visto*» ripeté, alzando la voce. «E so di cosa parlo, James, non farmi passare per stupida. Ho visto mio padre fare quegli stessi giochi per tutta la vita.»

«Io non sono tuo padre» ribatté lui dolcemente, ma non c'era dolcezza nel suo tono.

«Bene, e io non desidero essere mia madre» replicò lei. «Amarti e perdonare ogni bugia che dici, come una sciocca.»

«Io non sono tuo padre» ripeté lui con tono più aspro di prima. Ma poi cambiò espressione e la fissò. «Hai appena detto di amarmi?»

Emma dischiuse le labbra. Nel suo turbamento, aveva detto quelle parole. Era venuta allo scoperto. Fu sorpresa di scoprire che non ne era pentita. Ora che aveva messo le carte in tavola, poteva spiegargli meglio perché doveva andarsene.

«Ci sono due parti in me, James» iniziò, scioccata che la sua voce fosse calma e ferma. «C'è la ragazza che si nascondeva sempre, che faceva da tappezzeria, che cercava di non farsi notare, soprattutto da un uomo come te. Ed è forte dentro di me. Mi dice di rinnegare il mio cuore, di proteggermi mentendoti. Mentendo a me stessa.»

James le si avvicinò un poco e le cominciarono a tremare le mani. «E qual è l'altra parte?»

«L'altra parte adesso è più forte» sussurrò. «L'altra parte non vuole mai più vivere nell'ombra e con le bugie. L'altra parte mi dice di confessarti la verità.»

«E qual è la verità?» la incalzò.

Emma si lasciò sfuggire un singhiozzo e si piegò leggermente mentre si sforzava di riprendere fiato. Alla fine, si rialzò.

«Che ti amo, pezzo d'idiota» sbottò, arrossendo per la sua franchezza. «Da vera stupida, ti amo.»

CAPITOLO VENTIDUE

James riusciva a malapena a respirare. La potenza dello sguardo fisso di Emma, delle sue parole, lo travolse. Emma Liston lo amava. Lo *amava*.

Un concetto terrificante e meraviglioso che all'improvviso gli fece girare la testa e tremare le gambe.

Eppure non sembrava contenta di quella confessione, né cambiava il fatto che gli aveva detto che non voleva sposarlo.

«Perché sei una stupida ad amarmi?» le chiese a bassa voce. «Perché non sono degno del tuo amore?»

Emma schiuse le labbra e allungò un braccio per toccarlo per la prima volta da quando avevano iniziato quella conversazione. Gli prese una delle mani tra le sue e se la portò al petto.

«Santo cielo, James, no. Quello è tuo padre che parla, non io. "

Il cuore di James sussultò. «Che cosa sai di mio padre?» chiese. Lei inclinò la testa e lui scosse la sua. «Meg. Ti ha parlato di lui, di noi?»

Emma annuì. «Un po'. Ma non essere arrabbiato con lei. Sono stata io a chiedere, ho fatto la ficcanaso.»

«Non... sono arrabbiato» disse lentamente, e si rese conto che era vero. Pochissime persone sapevano della sua relazione con suo padre. Erano tutte persone di cui si fidava profondamente. Emma di sicuro corrispondeva a questa descrizione. «Se dobbiamo sposarci, ed è un argomento di cui dobbiamo ancora discutere, allora hai il diritto di saperlo. Mio padre era... crudele.»

Emma trattenne il respiro. «Meg ha detto qualcosa di simile.»

«Aveva perso il suo primogenito, la sua prima moglie. Erano la famiglia che voleva veramente.» James combatté il dolore che accompagnava quelle parole. «Noi eravamo un rimpiazzo. Non sono mai stato all'altezza dell'originale. Non mi sono mai conquistato l'amore che provava per suo figlio. Il suo *vero* figlio.»

Lei gli strinse la mano più forte. «Eri un ragazzo, non avresti dovuto conquistare niente. L'amore non è uno strumento di baratto, James. Il fatto che lo abbia usato come ricompensa piuttosto che come dono la dice lunga su di lui e non su di te. Ti meriti di più.»

Lui la guardò negli occhi e ci vide riflessa la vita che avrebbe avuto con lei. Una vita di amore e felicità, di protezione, non solo di lui per lei, ma di lei per lui. Vide figli e la possibilità di essere il padre che non aveva mai avuto.

Vide il suo futuro, e in quel momento fu travolto dall'ansia di non perderlo. Di non perdere lei e l'amore che offriva. L'amore che lui ricambiava ma che aveva tenuto nascosto.

«Emma» sussurrò. «Lady Montague mi ha approcciato sulla terrazza e voleva diventare la mia amante.»

A Emma sfuggì un lieve suono gutturale carico di dolore che lo pugnalò al cuore e fece per allontanarsi da lui. Lui si aggrappò alla sua mano, tenendola ferma.

«Ascolta» disse dolcemente. «Per favore, guardami e ascolta fino in fondo quello che sto per dire.»

Emma aveva il respiro affannoso, ma smise di lottare e lo guardò con le lacrime agli occhi. «Molto bene. Cos'hai da dire?»

James deglutì a fatica. «Non l'ho voluta» rispose.

Lei aggrottò la fronte. «Ma è bella e ricercata, più adatta a te di quanto lo sarei mai io. E tutti conoscono le voci sulla sua... la sua... esperienza. Molti uomini prendono un amante e...»

«Non m'interessa» la interruppe lui prima che lei potesse sprecare altro fiato per convincerlo. «Non la *voglio*. Non l'ho voluta quando mi ha fatto la sua proposta. E gliel'ho detto. Voglio solo te.»

Emma sbatté le palpebre, rapidi piccoli fremiti, come un uccello che lotta per spiccare il volo. «Ma tu sei... tu. E io sono... io.»

«Continui a ripeterlo» le rispose, frustrato da come si svalutasse in continuazione. «Ma non ho mai pensato che tu non andassi bene per me. In effetti, questo nuovo lato di te che hai descritto prima, quello che è disposto a tenermi testa, ad allontanarsi da me se pensi che ti abbia tradito, che Emma possa essere molto al di sopra di me... mi piace. Mi piace anche la Emma originale. La timidona intellettuale con tutta quella passione nascosta sotto la superficie è proprio la persona che mi ha affascinato. Voglio *te*, Emma. Tutte le parti e tutti i lati di te.»

«L'hai davvero rifiutata?» sussurrò Emma.

Lui annuì lentamente. «Sì. E rifiuterò qualsiasi altra offerta che potessi ricevere in futuro. Non sono tuo padre, Emma. Non ti tradirò mai finché respiro.»

Lei emise un sospiro tremolante. «E io non sono *tuo* padre, James. Non userò mai l'amore come merce di scambio.» Poi scosse la testa. «Siamo una gran coppia, non credi?»

«Sì» le rispose con una piccola risata. «A quanto pare eravamo entrambi così aggrovigliati nel passato, che eravamo pronti a lasciare che rovinasse il nostro futuro.»

Emma trattenne il respiro, le tremavano le mani anche se continuava a tenere saldamente quelle di James. «Dobbiamo lasciare che lo rovini?»

«No» sussurrò lui. «Potremmo ricominciare da capo.»

Lei inclinò la testa. «Ricominciare?»

James sfilò la mano da quella di Emma e la tese di nuovo, come se le stesse incontrando per la prima volta. «Salve, sono James Rylon, quindicesimo Duca di Abernathe. E ti amo, Emma Liston. Se questo momento deve essere un nuovo inizio, è tutto ciò che devi sapere.»

Emma fece una piccola smorfia e lo fissò con straziante incredulità. «Tu... mi ami?» ripeté.

«Sì. E se ti abbasserai a sposarmi come avevamo programmato, per il resto della mia vita cercherò di non fartene mai più dubitare. Cercherò di dimostrarti che è vero in ogni istante di ogni giorno per tutta la vita.»

Emma si lasciò sfuggire un singhiozzo, ma stava sorridendo. Poi gli prese la mano e gliela strinse gentilmente. «Salve, sono Emma Liston. E ti amo James. E tu sei più che degno del mio amore, non importa quello che ti ha detto un vecchio duca bastardo.»

James si chinò e le prese le guance, baciandola con tutta la passione, l'amore e l'abbandono che aveva trovato con lei. E per la prima volta da molto tempo, anni, decenni, si sentì a casa. Perché la sua casa era con lei. E questo la rendeva sicura.

Si staccò da lei con una risata. «Penso che abbiamo appena pronunciato i nostri voti nuziali. Sempre che tu mi sposi ancora.»

«Se lo desideri» disse lei, mentre le lacrime le rigavano il viso sorridente.

«Pensavo che non sposarmi, non portare avanti il suo nome, sarebbe stata la vendetta migliore contro mio padre» disse dolcemente mentre le asciugava con delicatezza quelle lacrime dalle guance. «Ma vivere felice, allontanarmi dalla sua ombra... penso che sia una vendetta di gran lunga migliore.»

«Allora andiamo a essere felici insieme» sussurrò lei, prendendolo per il braccio.

La condusse verso le porte della scuderia con una risata. «Per sempre felici e contenti.»

Tre mesi più tardi

Ci fu chi mormorò che una come Emma Liston non avrebbe mai potuto essere una buona Duchessa di Abernathe. Ma anche quei crudeli pettegoli supplicarono di essere invitati alla festa di fine estate a Falcon's Landing, appena tre mesi dopo il suo matrimonio con il duca.

Emma aveva invitato solo quelli che le piacevano davvero. Ora si trovava sul ballatoio che dava sul prato e sorrideva alla folla raccolta per il tè. Questi erano i suoi amici, la sua famiglia. L'unica assente era sua madre.

Sospirò un po' al pensiero. Non si erano più parlate da quando avevano litigato prima del matrimonio, anche se aveva sentito dire tramite amici di amici che suo padre aveva di nuovo abbandonato la signora Liston. Scosse la testa. Tra qualche giorno aveva intenzione di andare a trovare sua madre. Forse questa volta avrebbe potuto aiutarla a capire che qualunque cosa c'era tra i suoi genitori, non era amore.

E se non ce l'avesse fatta? Allora non avrebbe permesso che questo rovinasse la sua felicità. Ed era felice. Non aveva mai pensato che le sarebbe piaciuto essere una duchessa, ma James rendeva ogni giorno un'avventura e ogni notte un'esplorazione appassionata.

Come se fosse stato evocato dai suoi pensieri, lo sentì avvolgerle le braccia intorno da dietro e premerle un bacio sulla guancia mentre la attirava contro il suo petto forte e ampio. Sentì la protuberanza della sua erezione premerle contro il fondoschiena e rise. A quanto pareva avrebbe dovuto occuparsi di quello prima di raggiungere i loro ospiti, e lei era entusiasta all'idea.

«Ci stanno aspettando» disse James.

Emma si appoggiò leggermente contro di lui e gli suscitò un profondo gemito che la fece sorridere. «Ovviamente dovranno aspettare.»

Si aspettava che lui la riportasse in salotto e la prendesse, invece rimase dov'era, e la tenne stretta. Lei si voltò tra le sue braccia, alzò lo sguardo e lo trovò che sorrideva.

«Perché quello sguardo?» chiese mentre si alzava in punta di piedi per sfiorargli le labbra con le sue.

«Sono felice, Emma» disse dolcemente. «Ero incompleto e non lo sapevo. Ma sei arrivata tu e ora... ora sono completo.»

Le venne un nodo in gola davanti a quella dolce confessione e alla pura felicità sul viso di suo marito quando lo disse. «Mi sento così anch'io» disse. «E ho... ho una novità che ci renderà più che completi.»

«Una novità?» chiese lui, inclinando leggermente la testa. «Che novità è?»

Emma gli prese la mano e la abbassò, premendosela delicatamente contro il ventre. «Un bambino» disse, osservando la sua reazione.

Con sua grande gioia, il viso di James si illuminò e le mise l'altra mano sulla pancia mentre la fissava scioccato. «Un bambino?»

Lei annuì. «Sei felice?»

«Felice?» ripeté lui con una forte risata. «Sono al settimo cielo, Emma. Tutta la mia felicità, tutto il mio mondo... inizia e finisce con te. E non riesco a pensare a un regalo migliore di un bambino per completare questa unione felice.»

Poi la prese tra le braccia e la baciò, dapprima dolcemente, ma poi più in profondità e con più passione. Mentre la riportava in casa, in un salotto dove avrebbe dimostrato ancora una volta il suo amore per lei, Emma non poté fare a meno di sorridere.

Questa era la sua vita. Una vita che forse non avrebbe mai immaginato, ma che la rendeva più felice di quanto avesse mai pensato di poter essere e che intendeva festeggiare con l'uomo che amava.

ECCO UN ESTRATTO IN ANTEPRIMA DEL
PROSSIMO LIBRO DELLA SERIE IL CLUB
DEL 1797

"UN DUCA DA SCEGLIERE"

Simon chiuse la porta della terrazza dietro di sé, poi inspirò una bella boccata d'aria fresca. Dopo la sua conversazione con Christopher, aveva sentito questo peso opprimente che lo schiacciava. Ricordava appena gli ultimi venti minuti. Ricordava appena le danze o con chi aveva ballato.

Non ricordava nulla tranne il martellante ritornello che gli echeggiava nella testa. *Margaret. Margaret. Margaret.*

Meritava di essere sfidato a duello per la sua ossessione. Meritava di essere abbandonato. Eppure non riusciva a trattenersi dal pensare a lei.

«Dovrei andarmene» mormorò. «Per qualche mese o qualche anno.»

Ci aveva pensato spesso, ma non aveva mai portato a termine il piano. Forse era ora di fare la cosa giusta. Chinò la testa e si guardò le mani che stringevano la balaustra di pietra della terrazza. Avrebbe dovuto trovare una buona scusa per andare. Di certo non poteva dire a Graham e James che era disperatamente innamorato di Margaret.

Stava ancora riflettendo su quell'idea quando sentì un debole suono echeggiare da un angolo buio della terrazza. Si voltò, guardandosi intorno. Era solo qui fuori, o almeno aveva pensato di esserlo. Ma ora che ci faceva caso, sentiva altri suoni. Suoni di... pianto.

Fece qualche passo in avanti, verso la parte in ombra della terrazza, lontana dalle finestre e dalle porte, lontana da dove si potesse trovare una persona.

«C'è qualcuno?» chiese ad alta voce entrando nel cono d'ombra dove si fermò per permettere ai suoi occhi di adattarsi all'oscurità ora che la luce non filtrava più dalla casa. Quando tornò a vedere, rimase a bocca aperta.

C'era una donna seduta a un tavolo all'ombra della casa, aveva la testa appoggiata sulle braccia e piangeva.

Si precipitò verso di lei. «Ehi, state bene?»

Per la prima volta, la dama sconosciuta sembrò avere sentore della sua presenza. Alzò di scatto la testa, voltò il viso verso di lui e Simon si arrestò di colpo.

«Meg?» sussurrò.

Lei non si alzò, ma si limitò a fissarlo, i suoi occhi illeggibili nella semioscurità. «Tu... chi altri poteva essere» disse lei, con la voce piena di lacrime prima di abbassare la testa.

Avrebbe dovuto andarsene. Avrebbe dovuto entrare a cercare suo fratello o il suo fidanzato e lasciare che uno di loro la confortasse com'era opportuno.

Ma Meg era sempre stata sua amica, oltre che la sua ossessione. E non l'avrebbe lasciata sola nel momento del bisogno.

Si sedette al tavolo, avvicinando la sedia tanto che le loro gambe si sfiorarono sotto il piano. Lentamente, con delicatezza, le fece scivolare un braccio attorno alle spalle e la fece reclinare verso di lui finché lei non appoggiò la guancia contro il suo petto.

Meg fece un sospiro e lui fu scosso da capo a piedi dall'emozione di sentirla muovere contro di lui, risvegliando ogni suo nervo, costringendolo ad affrontare con quanta disperazione la desiderava e adorava.

«Che c'è?» chiese, scioccato di riuscire a formulare parole coerenti quando era così maledettamente consapevole di lei tra le sue braccia.

Meg sollevò una mano tremante e gliela appoggiò sul cuore. Di sicuro riusciva sentirlo martellare, anche sotto tutti gli strati dei suoi vestiti. Lui sentiva senz'altro la pressione di tutte le sue dita sottili.

«Non è niente» gli disse, con tono un po' più calmo. «Mi sono solo sentita sopraffatta dalla situazione per un attimo.»

Simon abbassò lo sguardo su di lei e colse un soffio del profumo di caprifoglio dei suoi capelli. Dio come amava quel profumo. Cinque anni prima aveva piantato quattordici cespugli di caprifoglio intorno alla sua tenuta a Crestwood solo per avere con lui un pezzettino di lei.

«Qualcuno ti ha detto qualcosa di spiacevole?» le chiese. «Perché posso andare dentro e...»

Lei inclinò il viso verso di lui e gli si fermò il cuore. Le sue labbra erano a pochi centimetri dalle sue. Abbastanza vicino da poter sentire il debole movimento del respiro di Meg contro la sua bocca. Tanto vicino che baciarla sarebbe stato facile.

Dio come voleva baciarla. Voleva fare di più che baciarla.

Meg deglutì, nei suoi occhi brillò una luce vagamente selvaggia quando si sfilò delicatamente dalle sue braccia, si alzò e uscì dall'oscurità per andare al sicuro alla luce proveniente dalla casa.

«Nessuno ha detto niente» sussurrò Meg a voce così bassa che si sentiva a malapena.

Avrebbe dovuto ringraziarla per averli riportati su terreno sicuro. Ma quello che voleva fare era prenderla per la fascia di velluto che aveva in vita e riportarla nell'angolo della casa.

Si alzò e la seguì.

«Tu ed io siamo... *amici*... da molto tempo» disse Simon con voce soffocata. «Sai che puoi dirmi qualsiasi cosa.»

Meg lo fissò e poi mosse la mano. La osservò mentre la sollevava e gliela premeva di nuovo sul petto. Fece scivolare le dita verso l'alto e gli sfiorò appena la mascella con i polpastrelli. Non li separava un solo filo d'aria, nessuno spazio e in quel momento non c'erano bugie.

Riuscì a scorgere qualcosa che aveva passato anni a convincersi che non esistesse. Meg lo voleva.

Lei allontanò la mano facendo un leggero suono gutturale e sussurrò: «Non posso dirti *tutto*, Simon.»

«Meg» gracchiò, cercando di prenderle la mano.

Prima di riuscirci, dietro di loro si aprì la porta. Meg si girò dall'altra parte, voltandogli le spalle, quelle sue spalle sottili che si sollevavano e ricadevano al ritmo del suo respiro affannoso.

«Ah, eccovi qua.»

Simon si voltò per sorridere quando James uscì sulla terrazza con loro. «James.»

«Vi stavamo cercando. Venite dentro, vero? Dobbiamo fare un annuncio.»

Meg si voltò e Simon trattenne il respiro. Si era composta al punto che nessuno avrebbe mai immaginato che avesse pianto in un angolo meno di cinque minuti prima. Rivolse al fratello un sorriso smagliante.

«Certo, James.» Quando passò davanti a Simon, gli lanciò una breve occhiata. «Grazie per... per la chiacchierata, Crestwood.»

L'AUTRICE

Jess Michaels è un'autrice bestseller di USA Today a cui piacciono robe da secchioni come Guerre Stellari, giocare ai videogiochi (ha una MEGA cotta per Cullen di *Dragon Age*), guardare la serie tv *Bob's Burgers* e collezionare Funko POP! Beve anche MOLTA Diet Coke. Probabilmente una quantità esagerata e poco salutare, ma è il suo unico vizio. Mangia (quasi) tutti i piatti a base di cocco, qualsiasi piatto al formaggio e nessun piatto piccante (sì, in questo è uno stereotipo ambulante). Le piacciono i gatti, il suo cane Elton e le persone che hanno a cuore il benessere dei loro simili.

Sebbene abbia iniziato come autrice tradizionale pubblicata da Avon/HarperCollins, Pocket, Hachette e Samhain Publishing, e anche da Mondadori in Italia, nel 2015 è passata al self publishing e non si è mai guardata indietro! Ha la fortuna di essere sposata con la persona che ammira di più al mondo e di vivere nel cuore di Dallas.

Quando non controlla ossessivamente quanti passi ha fatto su Fitbit, o quando non prova tutti i nuovi gusti di yogurt greco, scrive romanzi d'amore storici con eroi super sexy ed eroine irriverenti che fanno di tutto per ottenere quello che vogliono senza stare ad aspettare.

Jess è sempre molto felice di avere notizie dai suoi fan. Potete contattarla sul suo sito, tramite mail, e sui suoi social (o con piccione viaggiatore):

www.AuthorJessMichaels.com
Email: Jess@AuthorJessMichaels.com
Twitter: www.twitter.com/JessMichaelsbks

Facebook: www.facebook.com/JessMichaelsBks

OGNI mese Jess Michaels mette in palio un buono acquisto Amazon GRATUITO riservato agli iscritti della newsletter. Registratevi al sito: http://www.authorjessmichaels.com/

Se vi è piaciuta questa storia, lasciate una recensione per favore. Aiuterete altri lettori a conoscerla.

The Notorious Flynns – I FAMIGERATI FLYNN

The Other Duke (Book 1)– edizione italiana *L'Altro Duca* (Vol. 1)
The Scoundrel's Lover (Book 2) – edizione italiana *Una Canaglia per Amante* (Vol. 2)
The Widow Wager (Book 3) – edizione italiana *Azzardo d'Amore* (Vol. 3)
No Gentleman for Georgina (Book 4)
A Marquis for Mary (Book 5)